――魔導師、アークス・レイセフト。
熱に囚われたまま、己の名前を口にする。自分はここに、こうして

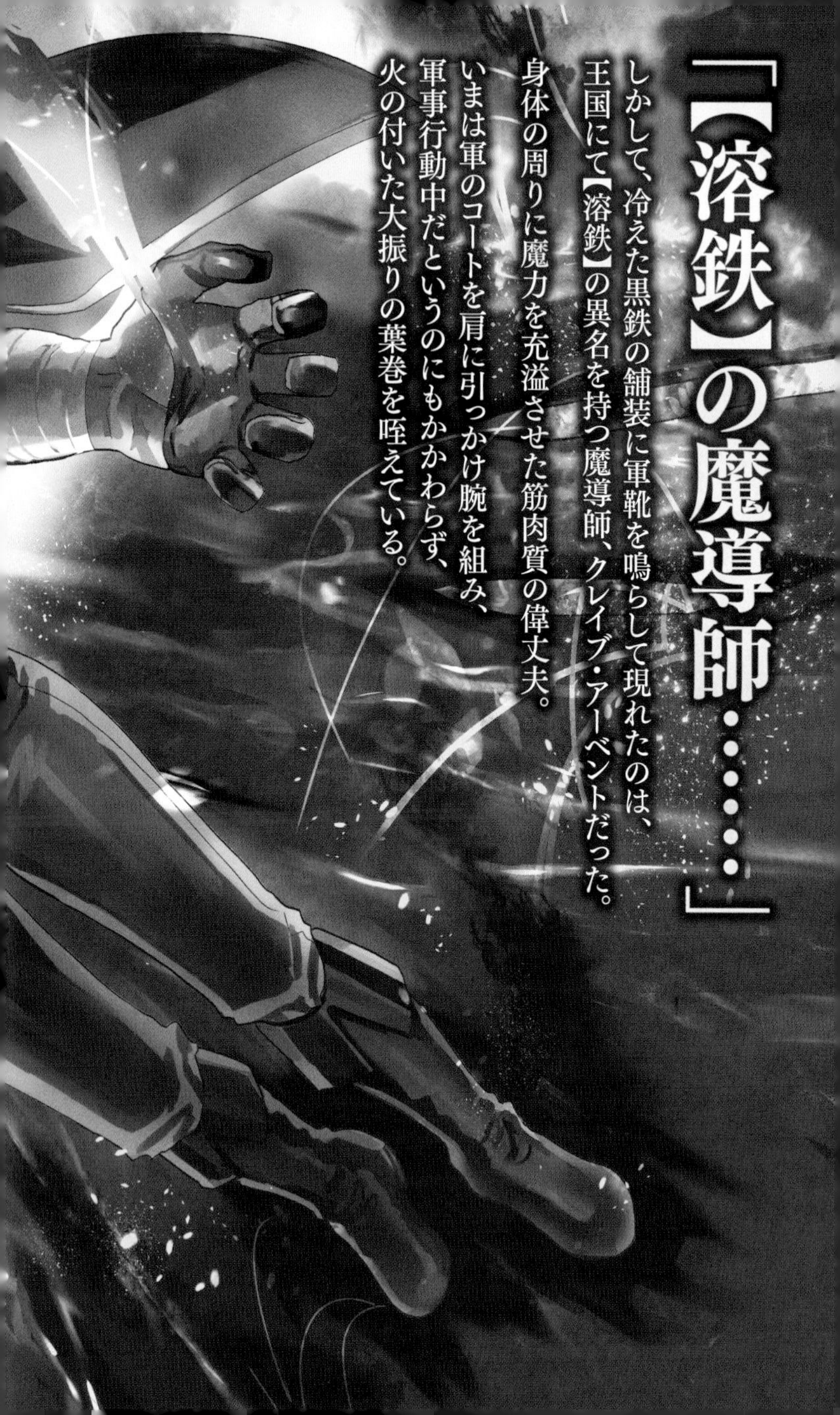
「【溶鉄】の魔導師……」
しかして、冷えた黒鉄の舗装に軍靴を鳴らして現れたのは、
王国にて【溶鉄】の異名を持つ魔導師、クレイブ・アーベントだった。
身体の周りに魔力を充溢させた筋肉質の偉丈夫。
いまは軍のコートを肩に引っかけ腕を組み、
軍事行動中だというのにもかかわらず、
火の付いた大振りの葉巻を咥えている。

っると。

Start up from disqualification.
The rising of the sorcerer-road.
Story by Hitsuji Gamei, Illustration by Fushimi Saika

GC NOVELS

失格から始める成り上がり魔導師道！

Start up from disqualification. The rising of the sorcerer-road.

～呪文開発ときどき戦記～

4

小　説　樋辻臥命
イラスト　ふしみさいか

Contents

Start up from disqualification.
The rising of the sorcerer-road. 4

Story by Hitsuji Gamei, Illustration by Fushimi Saika

プロローグ　過去の記憶

ライノール王国の王都郊外で、一人の青年が三人の青年たちと睨み合っていた。

片方は劣勢で地面に片膝を突き、もう片方は優勢で悠然とその場に立っている。

劣勢なのは無論のこと、三人の方ではなく一人の方だ。

その青年の名前は、エイドウ。外套を羽織っており、頭には黒い帽子を被っている。顔は頬がわずかにこけた細面で、まなじりは見る者に剣呑《けんのん》さを抱かせる切れ長。全体的に目立たなさを心掛けた出で立ちであり、建物の陰や暗闇に入るとすぐにでも見失ってしまいそうなほど希薄な気配を保っている。

ことの経緯は、エイドウが率いる一団のアジトがこの三人の襲撃に遭い、そのまま戦闘に発展したことに由来する。

突発的な戦闘のせいで、エイドウの仲間は散り散りになったが、彼の奮戦もあり一時は持ち直すことに成功した。だが、結局は多勢に無勢だ。そうでなくても、その三人は埒外《らちがい》の実力を持つ。魔導師としても、戦士としても。一人一人ならばエイドウとて対抗もできようが、一人が前に出れば必ず二人が助勢に回るゆえ、エイドウの劣勢は免れなかった。

大地をえぐり、轟音を響かせる激しい戦闘はすでに佳境を迎え、終幕へと向かっている。

無論、勝者は三人の青年たちであり、彼らにただ一人立ち向かったエイドウは、敗者として膝を突いていた。

エイドウは荒い呼吸で肩を上下させ、三人を見据える。

そんな彼の顔には、憎悪にわずかな困惑と寂寥感《せきりょうかん》が滲《にじ》んでいた。

いま彼が相対しているのは、現在の王都の薄暗い場所において、最も幅を利かせている集団の幹部たちである。

右端に立つ青年は銀色の髪を持ち、日に焼けた体格のいい身体つきをしている。

だが、その豪快な見た目に反し、身にまとう雰囲気は陰鬱で、目はギラギラとした眼光を放ち、ひどくやさぐれていることがわかる。最も特徴的なのは、身体からあふれ出る熱だろう。火に親和性のある魔力が常に熱を放っているのだ。

それはまるで怒りや苛立ちを内に秘めた、埋火《うずみび》のよう。

名前を、クレイブ・レイセフト。のちにクレイブ・アーベントと家名を改める青年である。

一方で左端に立つ青年の名前は、ルノー・エインファスト。

銅《あかがね》色の前髪を垂らした細身の青年だ。

その線の細い見た目に反し覇気は前のめりであり、血気盛んな印象を受ける。

一歩引いた場所に立ちながらも、確かな存在感を持っており、そこに巨岩や大樹があるかのような重みが同居していた。

その二人に挟まれているのは、金髪青眼の青年だ。

身ぎれいで、どこぞの貴公子顔負けの風貌をしているが、三人の中で最も態度が尊大であり、悪ガキじみた印象を受ける。

そのせいか、強い存在感を放つ二人に挟まれながらも、埋もれることはない。

いや、まるで空に輝く太陽のように、見る者たちすべてに強い印象を植え付けるほどだ。

両隣の二人の分を掛け合わせても届かないような強大な魔力を持ち、それが彼を強く輝かせている。

妙な取り合わせだ。見た目からちぐはぐで、反りも合わなそうに思える。にもかかわらずうまく行っているのは、真ん中にいる青年があまりに大きな度量を持っているせいか。

それに、あるなしの疑問を抱くまでもない。

そう、いま彼らと相対するエイドウも、金髪の青年——ライの度量に心酔した者の一人なのだから。

……つい数年前まで王都はひどく荒れていた。

日の当たらないところにはならず者たちがひしめき合い、ひとたび暗がりへ踏み込めば身包《みぐる》み剥がされ、身体も売り飛ばされ、夜ごとに死体が生まれるような、常に危うさが付きまとう場所だった。

憲兵の目は隅々まで届かず、人々は怯《おび》えて暮らす日々を強いられる。そんな荒《すさ》みように対して、王国執政府の動きは鈍く、貴族も自分たちの派閥争いに明け暮れ、街の様子を顧みることはなかった。

そんな中で立ち上がったのが、エイドウが率いる一団とライが率いる一団だった。

彼らは憲兵たちの手の回らない場所を巡回し、悪事や犯罪を監視しつつ。

協力して悪所からならず者たちを追い出し、街が平穏を取り戻すよう努めた。

ときには意見が対立することもあり、それが原因で争うこともあった。

だが、それでもお互いを好敵手として、理解者として、そして同志として認め合っていた。

その活動のおかげか、街は日を追うごとに着実に平和を取り戻していた。

エイドウは思った。このままいけば、きっと王都はもとの平和な姿を取り戻せると。

夜ごとに誰かの悲鳴を聞くような、出歩けば野ざらしの死体があるような、そんな荒みきった街ではなく、誰もが安心して暮らせる街になると。

誰もが誇りに思えるような街になるのだと、そんな希望を抱いていた。

自分と彼らが手を取り合えば、きっとそれを実現することができると。

だが、その願いは裏切られた。

ことの発端は、王国の執政府が重い腰を上げ、街の治安改善に乗り出したせいだ。

国が動けば、成果を挙げる必要が生じる。

執政府はその問題を、明確な悪を生み出してそれを処罰することで、解決しようと考えた。

そのとき、ならず者が街に溢れた原因として持ち上がったのが、エイドウが率いる一団の名前だ。

無論、エイドウたちはそんなことはしていない。だが、それを訴えようにも、耳を傾けてくれる者はいなかった。すべては、エイドウの存在を疎ましく思った貴族たちの策略だった。

彼らの身を隠す場所は、日を追うごとに少なくなった。

エイドウは最後の手段として、彼らを頼ろうとした。そう、ライが率いる一団を。

きっと彼らなら、手を貸してくれると思ったからだ。

だが、ライはこれまでの交流や協力など、まるでなかったかのようにエイドウを手ひどくあしらった。それだけではない。頼った彼らを追い詰めるように行動したのだ。

ライの持つ圧倒的な力と容赦ない謀略を以て、エイドウの率いた一団は瞬く間に行動不能となった。

《――鵲《かささぎ》が鳴く。シャシャと鳴く。その声は天より来りて、立ちはだかる者どもの耳を打つ。途切れぬ輪唱。雨ざらしの軒先。天よりの絶望。降り注ぐ雨は鉄の味なるや――【矢の雨は堪らぬもの《カスケードアロー》】》

《――この身に埋みし怒りは火に変じよ。天を焦がす唸りを上げて、一切を焼却する一条となれ――【火閃迅槍《フラムラールーン》】》

エイドウが呪文を唱えると、クレイブも呪文を唱える。

炎の魔法だ。【火閃槍《フラムルーン》】と呪文も効果も似ているが、威力に関しては別物だ。彼が行使した魔法の方が、格段に性能がいい。

撃ち出された炎の巨槍は黒い鏃《やじり》の雨にぶつかり、広範囲に及ぶ熱量によってそれらをすべて打ち消すばかりか、その余波によってエイドウをさらに後ろへと追い立てる。

エイドウに、抗うすべはなかった。

もはや体力も魔力も尽きていたからだ。

エイドウは堪《たま》らず声を荒らげた。

そう、己が最も頼りにしていた者に向かって。

「なぜだ!? なぜお前たちが我らを襲う!?」

「決まっている。お前たちが邪魔になったからだ」

「邪魔、だと……」

「そうだ」

　エイドウは奥歯を強く噛み締め、絞り出すように口にする。

「確かに私たちは敵対したこともあった。だが目指す部分は同じだと、いつも同じ方向を向いていると、私はそう思っていた」

「…………」

「なのになぜ、我らの手を払うのだ⁉」

　頼りにしていたのだと。

「あのとき交わした友誼《ゆうぎ》は嘘だったのか⁉」

　信じていたのだと。

「分かち合った勝利の喜びは、偽りだったのか⁉」

　共にいるのだと。

「あのとき語り合った夢は幻だったのか⁉」

　そうエイドウは叫んだ。

　これまでのことはすべて嘘だったのだと、冗談だったのだと、彼にそう答えて欲しかったから。

「どうなのだ⁉　答えろ⁉」

　最後に、一際強い語調で訊ねる。

だが、エイドウが望んだ答えは返らなかった。

ライはエイドウと目を合わせようとはせず、ただ俯《うつむ》いたまま答える。

「……そうだ」

「っ……!!」

エイドウにとって、ライが口にした断言はあまりに大きな衝撃だった。

信じていた者に、命を預けられると思った者に、こんな風に裏切られてしまったのだから。

ふいに、ルノーが前に出る。

それに対して、ライが制止の声を上げた。

「待て、ルノー」

「私にやらせてください」

「ダメだ。これはオレがやらなきゃならないんだよ」

「しかしそれでは！」

「……ルノー、大人しく引き下がった方がいいぜ」

二人の会話の間に、やさぐれた声が割って入る。どこか倦《う》んで飽きたような、陰気な響きが交じったそれは、クレイブが発した声だった。

ルノーは、どこか悔しそうに歯噛みしたあと、大人しく後ろへと下がった。

「……わかった」

「クレイブ。お前も手を出すなよな？」

「わあってるよ」

ライがエイドウの前に立った。

「エイドウ。オレの前から、いや、王都からいますぐ消えろ」

「それを私が大人しく聞くとでも」

「聞き入れてもらう。お前の了解は二の次だ」

ライはエイドウに向かって、呪文を唱える。

《――裂けよ。砕けよ。天蓋より鳴り響く暴雨の先触れ。天地の理を具現し、その精妙なる理を以て、轟と共に降り落ちよ》

手に寄り集まった【魔法文字《アーツグリフ》】が発光し、黄金の輝きを周囲へ発する。

天にのしかかる曇り空が、光によって真っ二つに切り裂かれると共に、大きな魔法陣が口を開いた。

「もう一度言う。オレの前から失せろ」

「………………」

「エイドウ！」

ライは答えようとしないエイドウに叫びを上げ、そして。

その魔法をエイドウに向かって行使した。

耳をつんざく轟音が、辺りの物へとしたたかに打ち付けられる。

目を焼くような発光が視界を埋めて、その場にあったあらゆるものを弾き飛ばした。

しかしてそれは、強力な稲妻の発現だった。

空気は吹き飛び、地面は強大な熱と圧力に負けて陥没。

余剰によって立ち上った煙が晴れたあと。

エイドウの姿は、そこにはなかった。

クレイブが、焦ったように声を上げる。

「おいおい、さすがにいまのはやり過ぎじゃねぇのか？」

「ライ様。あれほどの威力、いくらエイドウでも」

「……エイドウは強い。手を抜くことはできない。それに、あいつなら無事だ」

エイドウの姿が消えたのは、魔法を受けて消し飛ばされたのではない。

隠れていた仲間によって、助け出されたためだ。

間一髪、間に合ったはずだ。いや、間に合うようライが猶予を作ったのだ。

……ここで敗北した以上、今後エイドウは彼らの前には現れず、雲隠れしたまいずれは王都を出るだろう。

この争いにどういった真実が隠されていたのか、何も知らせられないままに。

クレイブがどこか寂しそうに訊ねる。

「……なあ、これで本当に良かったのか？」

「いいさ。オレたちは貴族の端くれとはいえ、まだまだ何もできん半端者の集まりだ。あいつらを助けるためには、もうこうするしか他にないんだよ」

「だが、俺たちが匿《かくま》ってやれば……」

「そうしたとして、一体どこに匿う場所がある？　今後悪所はすべて更地にされて、検《あらた》められることになるだろう。地下は再整備のためにラングラー家の手が入る。王都にあいつらの居場所はない」

「ですが、せめて本当のことを言った方がよろしかったのではありませんか？」

「そうしたら、あいつはここに残って戦うって言い出すぞ。オレたちが説得しても、きっと聞くことはないだろう。それはダメだ。たとえそれでオレたちが勝ちぬいたとしても、結局はシワ寄せや、責任を押し付けられる立場になる。身分が低いってのは、身分が高いヤツにとって都合のいいものでしかない」

「……ライ様は、エイドウが逃げられると思いますか？」

「大丈夫だろう。王都にはいたるところにあいつらが作った穴がある。貴族どもの手ぬるい包囲なんて、余裕で切り抜けられるはずだ」

ライは、エイドウが消えた先を見ながら、問わず語りに語りかける。

「エイドウ、すまない。オレに力がないばかりに。だけど、オレはいつか大きな力を手に入れて、オレたちが目指した平和で輝かしい王都を作り上げてみせる。勝手な約束だが、どうか聞いて欲しい」

それは確かに、彼への裏切りに対する謝罪だった。

だからこそ、ライはその言葉のあとに、こう続けたのだ。

「――エイドウ、オレたちの同志よ。生きてくれ。生きてさえいれば、オレたちはきっとまた手を取り合えるはずだから」

その無事を、どうかいつまでもと願うように。

その道行きを、どうか幸あれと祈るように。

それがライ——若き日のシンル・クロセルロードとエイドウが、決別した日の出来事だった。


……随分と懐かしい夢を見ていたようにも思う。

それは二十年前、自分たちが王都を出る直前に起きたことだ。

エイドウが率いた一団は、貴族たちの目論見のせいで狙われることになった。

そこをレイが率いた一団に助力を頼んだが、彼らはこちらの頼みを突っぱねただけでなく、逆にこちらに襲いかかった。

その戦いで幾人も仲間を失い、仲間は散り散りになった。

たとえ奇襲のせいだったにせよ、完全な敗北だった。

エイドウもその戦いで大怪我を負ったが、一命を取り留めた。しかし、王都にいることはできなくなった。王都ではすでに貴族たちが動き出しており、見つかるのも時間の問題だったからだ。

自分たちにはそれを迎え撃つ力も手勢も、方策さえなかった。

だからその後、地下に開けた抜け穴を用いて王都を去り、西へ向かった。

それが、長い長い隠遁生活の始まりだった。

そして、エイドウはのちに知ることになる。ライと呼ばれていた少年が、ライノール王国国王、シンル・クロセルロードであったということを。そして、その隣にいたのが、クレイブ・アーベント、ルノー・エインファスト。のちに【溶鉄】、【護壁】と呼ばれることになる、国定魔導師たちだったということに。

天幕に、部下の一人が音もなく現れた。

「かしら」

「どうした。食料でも尽きたか」

「いえ、外に帝国の兵が。全員武装しています」

「そうか。やはり思った通り、捨て駒にする算段か」

「どうしますか？」

「無論、予定通りだ。仕掛けた罠はすべて使って構わない。各々で切り抜けろ」

「では、かしらは」

「私は私で勝手に動く。お前たちは自分のことだけを考えて動けばいい」

エイドウがそう指示を出すと、彼の部下は皮肉でも思い付いたように笑みを見せる。

「……あの日、王都を逃れたときも、似たような状況でしたね」

「そうだな。だが、いまはそのときの経験がある。裏切りへの備えは万全だとも」

エイドウは立ち上がって外套を羽織る。

「行くのですか」

「当たり前だ。シンル・クロセルロードを釣り出す機会は、いまを残して他にはない」

それは、エイドウが企てた計画だ。

帝国やポルク・ナダールと協力関係を築いたあと、彼らの思惑に乗って王太子セイランを捕縛し、それを餌にしてシンル・クロセルロードをおびき出す。

もとより、セイランを帝国やポルク・ナダールに引き渡すつもりなどなかった。

すべては、シンル・クロセルロードに裏切りの代価を贖《あがな》わせるため。

二十年前の復讐を果たさんがためのこと。

今回は予想外の相手の登場によって阻まれてしまったが。

まだ、機会は残っている。

「いま、王太子のもとには【水車《すいしゃ》】の魔導師がいるようです」

「あの男か、つくづく我らとは因縁がある」

「王都にいた頃は、何度も邪魔をされましたね」

「奴も本気ではなかったがな。それが腹立たしく思ったのも、いまは懐かしい」

エイドウは、長年付き添った部下に言葉を掛ける。

「生き残れ。私たちはまだ、目的を達成していないのだ。それまで無駄に命は捨てるな」

……エイドウが部下たちの身を案じた、数時間後。

ナダール領内に駐屯していた帝国兵は、エイドウ一味への奇襲を開始したという一報を受けるも、それ以降、音沙汰がぷっつりと途絶えたことを不審に思い、状況の確認のために部隊を送り出した。送り出したのは精鋭たちであり、彼らなら間違いなくエイドウたちを始末できると踏んでいた。だからいまは、余計なことに時間を割かれているのだと、そう信じて疑わなかった。

しかして調査に訪れた部隊がそこで見つけることになったのは、死体の山だ。

それも、すべて帝国兵とナダール兵のものであり、エイドウやエイドウの率いていた者たちは一人もいなかった。

あるいは罠にかかり。

あるいは魔法を受けて。

死体が受けた傷はそのほとんどが正面から受けたものではない。

それが表すのはつまり、奇襲を仕掛けた方が、逆に奇襲を受けたということに他ならない。

無論、エイドウたちが寝泊まりしていた天幕はもぬけの空だ。

確認に遣わされた部隊長が、調査を任せていた兵士の一人に訊ねる。

「そちらはどうだった」

「ダメです。息をしている者は一人も……」

「小部隊程度の手勢に、黒豹騎《こくひょうき》が全滅とはな」

「信じられません。帝国の精鋭たちが、ただの盗賊共になす術もないとは」

「これがあの男の本当の実力だということだろう。奴らを始末するには、名うての魔導師か戦士が必要だったな」

「隊長、あの男は一体何者なのです？」

「【遮線】のエイドウ。かつて王国の裏社会で幅を利かせ、混乱の末期に王都を逃れたという恐るべき魔導師だそうだ」

部隊長はそう呟いたのち、ふいに折れた槍の切っ先に黒い影を見た。

それは、エイドウが身に付けていた外套の切れ端だった。

「さすがに無傷、とはいかなかったようだがな」

切れ端には、赤黒いシミがべったりと付いている。

これだけの出血があれば、たとえ治療の魔法を会得していても、大きな消耗は避けられないはずである。

あとは治癒に使う魔力の量を取るか、怪我の憂慮を残すかの二択しかない。

だが――

「まさか将軍さえ、その実力を見誤るとは」

「隊長。いかがなさいますか」

「レオン閣下に連絡を入れろ。どう動くかを、お伺いする必要がある」

部隊長から指示を受けた兵士は馬を駆り、将軍への報告へ急いだのだった。

第一章

「王太子との謁見、そして軍議」

Chapter1 ∽ Audience and Council

ポルク・ナダールから送り込まれた工作員たちの拠点を制圧し、大領主ルイーズ・ラスティネルと共に王太子セイランの救出に出てから、はや数日。

アークスはエイドウたちを退けたあと、その後の動きも考えてラスティネル領の領都へと向かって一時撤退。

そしてその後、ノア、そしてカズィと三人、待機中に報告が入った。

ルイーズは別れたのち、兵たちと共にナダールのいくつかの関を突破しつつ、王太子一行の足跡を追ったという。

一方王太子セイランの方はというと、ちょうど別ルートからナダール領内に入ったばかりだったらしく、最初の街に逗留《とうりゅう》していたところをルイーズと合流。彼女から一連の事件についての報告を受け、その後は無事にラスティネル領内へ戻ることができたそうだ。

ナダール側からの追撃も、他領で山賊行為を行っていた工作員の襲撃もなく。

当初より危惧されていた撤退戦は杞憂で終幕。

これによりポルク・ナダールのセイラン襲撃計画を頓挫《とんざ》させることが叶い、まずは一安心といったところ。

だが当然、話がこれで終わるわけもなく。

次いで届けられた報告によると、ナダール領内から撤退したセイランはラスティネル領にある城塞都市、ナルヴァロンドに拠点を移し、即座に周辺の諸侯たちにポルク・ナダールの討伐を呼びかけたらしい。

西部貴族にポルク・ナダール討伐についての正当性を訴える檄文を発し。

次いでは軍を編成するため、貴族、君主、小領主など王国西部の戦力を徴収。

あまりに迅速果断な行動で、ナダール側のみならず味方側までも泡を食う中。

セイラン側に諸侯たちが徐々に集まってきたところで、ナダール側も軍を興して、王家に対して宣戦を布告。

ライノール王国への敵対を旨とする蜂起の宣言を行い。

目下、ポルク・ナダールの軍勢は常備兵および徴発兵、金で雇った傭兵団諸々合わせて四千の軍をラスティネル領に向けて進発させているという。

アークスとしては背後にいると思われるギリス帝国の侵攻も予期していたが、その予想に反して帝国は静観の様子。ただ単に主だった軍事行動を起こしていないだけかもしれないが、実情は果たしてというところ。

――なんか、大事《おおごと》になったなぁ。

というのが、今回のことでアークスが抱いた印象だ。

自意識過剰かもしれないが、自分のちょっとした行動で、戦争にまで発展してしまったように思えて仕方がなかった。

アークス自身が何かしなくても、こうなることは避けられなかったとはいえ、なんとはなしに妙な気持ちになる。

「ほんの些細な行動で内紛を引き起こさせてしまうとは。アークスさまはまるで舞台の裏で糸を引く黒幕のような存在ですね」

「うるせえ」

「だが裏社会に君臨するには、だいぶ可愛げのあり過ぎる顔だけどな。今度から仮面でも付けてみるか？」

「うるせえ」

従者たちとそんなやり取りがあったのは、また別の話。


王太子セイランがポルク・ナダールの討伐を宣言してから数日後。

アークスたちはルイーズに呼ばれ、ディートと共に城塞都市ナルヴァロンドを訪れていた。

ルイーズは倉庫街で口にした通り、王太子セイランにアークスの活躍を報告してくれたらしい。もちろん、その後の活躍についても語ってくれたそうだ。

ひいては王太子自ら感謝のお言葉を下さるということで、いまは臨時に設けられた謁見の間にて、挨拶に訪れた貴族共々、静かにそのときを待っている。

……謁見の間の奥、放射状に広がった階段の最上部には豪奢な椅子が据えられており、セイランのために用意したのか、上部にはこの城の内装とは趣が異なった天蓋が設置されている。

それは高貴な者の姿を隠すという意味も持ち合わせるのか。天蓋の上部からは、前と両横三方にすだれが垂れ下がり、さながら男の世界の映像作品などによく登場する、古代中国の玉座といった外観。

いまはそこに、次代の国王セイラン・クロセルロードの姿がある。

身にまとう装束は、どこか中華らしさを感じさせる白い長着。

黄龍を模《かたど》った金色の刺繍が施され、動きやすさを考慮してのものか、腰元あたりからスリットが入れられている。

袖口も広く作られ、全体を通して袍服《ほうぶく》を思わせる出で立ちだった。

ともあれ、気になるのはそのご尊顔なのだが……頭巾には黒の面紗《ベール》が付いているため、男か女かもわからない。

ライノールの王太子は成人になるまで公式の場で面紗を付けるのがしきたりらしく、王族とその側近以外には決して顔を見せないのだという。

セイランも自分と同じくらいの歳だったはずだが、ひどく落ち着いているようにも思える。

幼いながらに高い位に就いた者がするような、自信に欠けたおどおどした素振りは一切ない。

そこにいるのがさも当然の如く、至って泰然とした様子を崩さず、静かなままだ。

しかも、何とは言い表せぬ確かな威厳までにじみ出ている。

——この世界においては、大国の王族というものは絶対の存在だ。

男の世界の王族は、基本的に統治者の延長線上のものでしかないが、この世界の王族は男の世界でいう神のような超越存在と同義であるため、特に絶対視されている。

事実、王族の血に連なるものはみな、人知を超えた力を有しているという。

ゆえに彼らはその武力なり、知力なりで、人々から尊崇《そんすう》され、王として君臨しているのだ。

こうして多くの貴族たちを傅《かしず》かせている、セイランのように。

壇上の椅子に座して。

下段には護衛が控え。

領地の支配を認められた地方君主であるルイーズ・ラスティネルとその子であるディートは、他の貴族や領主たちとは格が違うため、護衛と同じくセイランの近くに控えている。

いまは西部の貴族たちやルイーズ傘下の主だった領主たちが、セイランの前に跪《ひざまず》き、それぞれの名乗りと挨拶の口上を述べていた。

「ラスティネル家が臣《しん》、ガランガ・ウイハ。この度は主君ルイーズ・ラスティネルの供として、王太子殿下にお力添えを致す所存」

「ローネル男爵家、ローバー・ローネル。此度《こたび》は参集のご命に従い参上いたしました」

「シャールマン伯爵家、ピスタリス・シャールマン。初めて御意を得ます。この度の戦《いくさ》は王太子殿下の御為《おんため》に、微力をお尽くしいたします」

などなど。

西部すべての貴族や領主が集まったわけではないようだが。

号令に応じた西部貴族家は上級下級合わせて四十四。

君主はラスティネル家で一つ。あとはこまごまとした領主たち。

みな手勢を引き連れての参集らしい。

一方セイランから下されるのは、短い言葉だ。

――よく励め。

――活躍を期待している。

参じたことを喜ぶわけでもなく、ただひたすらに冷たい印象ばかりを受ける言葉をかけている。

ライノール王国は分類上、列強に数えられる大国だ。

その国の王太子というのは、その権威も大きく。

それゆえ、他者に侮られることがないよう、こんな態度を取っているだろうと思われる。

やがて、主だった貴族たちの挨拶が終わり、ついに自分の番が回って来た。

「アークス・レイセフト、王太子殿下の御前《おんまえ》に！」

側近に呼ばれると、緊張のせいで身体が硬直する。

すると、隣に控えてくれていたノアが。

（アークスさま。気を張ってお臨みください）

（こういうときってさ、緊張をやわらげてくれるとかするんじゃないの？）

（こういった場は逆に緊張していた方がよいでしょう。気を緩めていると、周囲に王太子殿下を蔑《ないがし》ろにしていると受け取られかねません。殿下のことを畏れている自分を演出するのです）

（なるほど）

（事前に確認しましたが、もう一度。顔を上げていいのは二度目の許可が下りたあとです。挨拶のあ

とは頭を下げ、返答はできるだけ少なく、王太子殿下のお言葉を否定してはいけません）

（わかった。ありがとう）

ノアの駆け足気味な忠告を聞いたあと、形式に倣《なら》い、セイランの姿を見ないよう視線を下げつつ前に出る。王太子が姿を余人の前に現し、こうして直答《じきとう》が許可されているにもかかわらず、古い形式に縛られているのは中々面倒なものだなと思う中。

自分が歩み出たことで、周囲がざわめきに包まれた。

——なぜ、あんな子供が？

——聞いたことがあるぞ。確かあの名前は……。

——これは一体どういうことなのだ？

疑問の声が各所から上がり、訝《いぶか》しむような視線が集中する。

あまり気分のいいものではないが、いまはそんなことに気を向ける余裕は一切なかった。

指示を受け、ノアの言葉を聞き、セイランの前に歩み出たその直後だった。

（これ、は……？）

突然、強烈な緊張が身体をがんじがらめに縛り付ける。

それがセイランの圧力がなせるものだということには、すぐに気付いた。

国定魔導師たちが放つものとはまた別種の圧力で手に汗が滲み、悪寒じみた寒気が身体全体を冒しにかかる。

肌がぴりぴりとしびれ。

身体を動かそうとするごとに、それが全体へと伝わっていく。

首筋に鋭利な刃先をあてがわれたかのような危機感のせいで、息ができなくなるような感覚に喘《あえ》いでいた矢先。

「アークス・レイセフト。面《おもて》を上げよ」

セイランの側近が発したその指示に従わずにいると、再度同じ言葉が掛けられる。

そこでやっと、顔を上げた。

目の前、壇上には白い長着をまとうセイランの姿。

黒の面紗の奥は……やはりわからない。

やがて、壇上から声がかけられた。

「そなたがアークス・レイセフトか？」

「お、お初にお目にかかります殿下。レイセフト家長男アークス・レイセフト、この度は殿下がお召しと伺い、過分なれどこの場に参上いたしました……」

「…………」

挨拶の口上を述べて頭を垂れるが、セイランからの返答はない。

口上に間違いやそぐわない部分でもあったのか。

面紗の奥から、検《あらた》めるような視線を向けられているようにも感じられる。

そんな不安が徐々に浮上してきた折、セイランは軽く息を吐いた。

「アークス・レイセフト。そなたの此度の活躍、まこと大儀であった。そなたがポルク・ナダールの企てた薄汚い目論見にいち早く気付いたことで、余も窮地にまみえず済んだ。心から礼を言おう」

セイランが礼を口にすると、ざわめきがさらに大きくなる。

王太子を助けたこともそうだろうが。

こういった身分社会で、君主から褒められることはあれど、直接感謝の言葉をいただくというのはとりわけ珍しいことだ。

王国傘下の貴族たちが、銘々《めいめい》に驚きの声を上げている。

やがて、それが静まったのち。

「王家に仕える臣として、王家ならびに殿下の御為に動くのは当然のことと存じます。にもかかわらず、こうして身に余るお言葉をいただけたことは、感激の至り」

「そうか。王家に仕える臣か。その歳で貴族家の一員たる自覚があるのは、見上げた志だ。余も上に立つ者として嬉しく思う」

「……ははっ」

また頭を垂れて、返事をする。

しかし、まさかここまで言葉をいただけるとは思わなかった。

貰っても一言、二言、簡単な言葉だけだと思っていたのだが、お礼のお言葉に続き称賛まで。しかも、先ほど貴族たちの挨拶に返していたものよりも若干、語気が柔らかく感じられた。

セイランに礼を言われ、なんとなく面映《おもは》ゆい気持ちになっていたそのみぎり。

「――ではアークス・レイセフト。戦のときは余の側を許そう。この戦では、余のもとで戦うとよい」

そんな、思いもよらない言葉をかけられた。

「――え？」

一瞬、言葉の意味がわからなかった。

だが、セイランの声の余韻が徐々に脳に浸透していくにつれ、理解が及ぶ。

戦のときは余の側を許そう。

つまりこれは、ナダール討伐戦に参加しろということだ。

……ここに来たのは、セイランからお礼の言葉を貰えるからだったはず。

貰ったあとはそのまま、ルイーズと銀に関する話をまとめ、王都へ取って返そうとしていたのに。

なのに、だ。王太子セイランは、そのまま戦に参加するものと考えていたらしい。

咄嗟《とっさ》にルイーズの方に視線を向けると、随分と驚いたような顔を見せている。

ということは、彼女もこれについては知らなかったのか。

その隣で嬉しそうに拳を握っているディートはともかくとして。

当意即妙な返しができなかったせいか、セイランの声音がわずかに冷たくなった。

「……どうした。そなたはなにか不満でもあると申すのか？」

「い、いえ！　滅相もありません！」

「ならばよかろう。そなたも此度の戦、よく励むがよい」

「は、ははっ！」

結局、頷いてしまった。

最悪だった。これでもう逃げられない。

ここで異を唱えてしまえば、セイランのもとで戦うことに不満があるということになるし、もしかすれば、セイランのナダール討伐に異を唱えるということにもなりかねないのだ。

本当は戦争に出たくないだけだとしても。

だから、頷くよりほかなかった。

（ま、マジかよ……）

こんな世界だ。ある程度の地位を望むようになれば、いつかはこういったときが来るとは思っていた。そのときまでに魔法を完璧に仕上げ、できることはすべてしようと思っていたのだが。

まさか、これほど早くにこんな事態が訪れるとは、まったく予想していなかった。

……側近から「下がれ」という言葉が掛けられるのをじっと待つ中。

突然、居合わせた貴族の一人が声を上げた。

「王太子殿下、どうか私に発言の機会をお許しいただきたく……」

一人の貴族が、セイランの前に歩み出て平伏する。

歳の頃は三十代程度。

髭面で、肌は日に焼けて色濃く。

武官貴族なのか、体格もいい。

許可されていない申し出に、側近が咎めの声を上げげた。

「ボウ伯爵！　まだアークス・レイセフトの目通りの儀は終わっていない！　下がりなさい！」

「そこを曲げて、なにとぞ発言をお許しいただきたく。伏してどうか、どうかお願いいたします」

伯爵と呼ばれた貴族は、唐突な割り込みを注意されるが、まったく引き下がろうとしない。

側近の気配が研ぎ澄まされたように鋭くなった直後、セイランが声を発した。

「そなたは……ダウズ・ボウ伯爵だったな」

「ははっ！」

「いまはまだ余がアークスに言葉をかけている最中だ。にもかかわらず不躾に嘴《くちばし》を容《い》れるとは、一体どういう了見か？」

「は。王太子殿下のお言葉を妨げるご無礼、謝罪の言葉もございません。ですが、王太子殿下の忠実な臣としてどうしても申し上げたき儀がございます。どうか、どうかお許しをいただけないでしょうか……」

ボウ伯爵がそう訴え出ると、にわかに近衛が動き出す。

ボウ伯爵を力ずくで下がらせようと言うのだろう。

しかしセイランはそれを手で制すると、伯爵に訊ねた。

「ふむ。なんだ。申してみよ」

「畏れながらこの者は、まだ幼い子供。平時ならばいざ知らず、戦場にて殿下のお側に控えるという大役は務まらないものと存じます。そして、そのことが原因で王太子殿下に何かあれば王国の一大事。殿下の臣として決して看過できぬことでございます。どうかご再考いただきたく……」

その発言は、当たり前だが子供が戦場に出ることを気遣ったものではない。

言葉そのままに、王太子の供をするには不適当だと訴えるものだ。

当然、それについては、伯爵と同じように考える者がいたのだろう。

集まった貴族の中から、ささめき声が聞こえて来る。

「いくらなんでも、戦場であのような子供を側に控えさせるというのは……」

「それに、確かアークス・レイセフトは廃嫡子だったはずだぞ？」

「そのような者に殿下の側仕えなど務まるはずがない」

どれもこれも、実力を疑うような声ばかり。

貴族間であの噂が先行しているためだ。

そんな中、側近が一睨みくれると、それらの声は一瞬にして消え失せた。

「ボウ伯爵。歳が幼くとも高い実力を併せ持つというのは、世にままあることだ。それは余然り、ラスティネル家の嫡子然りだろう。それに、アークス・レイセフトは工作員が詰めていた拠点の制圧に尽力し、余の救援に出た際は仕掛けてきた者たちを追い払ったと聞く。なれば、相応の力量があるように思うが？」

「は。殿下のおっしゃる通り、世には歳にそぐわぬ力を持つ者がいるということは疑うべくもありません。ですがそれは、高貴なる者の中でもたった一握りの者のみにございます。たかが下級貴族の子が、そのような天稟《てんぴん》を持つなど、とてもではありませんが考えられませぬ」

ボウ伯爵はそう言い終えると、軽くこちらに顔を向けた。

顔に浮かぶのは、嘲笑だ。「お前が殿下の側に控えるなど、おこがましい」とでも言うような、他人を追い落とさんとする者が見せる笑みである。

（こいつ……）

これがあからさまな当てつけということを知って、腹が立つ。戦場に立つのは本意ではなかったにしろ、こんな風に言われたくはない。

しかしこちらはそれに対して、おくびに出すことも、反論することもできない。

相手は伯爵。正面切って向かい合っていい立場の者ではないのだ。

こちらがもどかしさに歯噛みする中、伯爵は話を続ける。

「それに先の拠点制圧の話についても、本当かどうか疑わしいものでしょう。この者の活躍があったということですが、疑問を抱かずにはいられません」

伯爵がそう言うと、今度はルイーズが口を挟んだ。

「へぇ？　それはつまり、あんたはあたしの部下の目が節穴だったって言いたいのかい？」

「え、ええ。直截的に言えば、そういうことになりますな」

「ハッ――伯爵風情《ふぜい》が言ってくれるじゃないか……」

ルイーズの言葉を聞いた伯爵が、顔を険しくさせる。

だがすぐに眉間のシワを開き、腕を大仰に広げ、どこか芝居がかった調子で気取った言葉を並べ立て始めた。

「ルイーズ閣下。いくらあなたが大領を抱える君主の一人とは言え、王国貴族である私に、伯爵風情というのはいささか言葉が過ぎるのでは？　王国の伯爵位は、王家やひいては王国のため、力を尽くしたお家に与えられる由緒ある地位。さきほどのお言葉はいますぐ取り消していただきた――」

「あぁ⁉」

話が終わるのも待たず、ルイーズが伯爵に威圧的な声を叩き付ける。

一方で伯爵は「ひ――」と鶏を絞めたような啼《な》き声を一声上げて、すくみ上がったようにしゃくり上げた。武官貴族の中では恵まれた部類に属する体格にもかかわらず、その様はまるで小動物のよう。

伯爵が悲鳴を上げたのを合図に、ルイーズの家臣たちが伯爵に向かって猛烈な武威を差し向ける。

確かな実力を持つ者たちに敵意を向けられたせいで、伯爵の顔が一瞬で青褪めた。

それればかりか、ルイーズはさらに語気を強め、

「この！　あたしに！　貴様如きが！　随分舐めた口利くじゃないか！　ええ⁉」

……謁見の間に、ルイーズの強烈な武威が爆発する。

その圧力を前に、伯爵は怖気づいたのかごくりと唾を飲み込んだ。

上級貴族とはいえ、そもそも役者が違うらしい。

シャーロットの父、パース・クレメリアも伯爵の地位にあるが。

同等の位を与えられている者にも、ピンからキリまであるということなのだろう。

ルイーズの怒りで、謁見の間が一気に剣呑《けんのん》な気配に包まれる。

他の貴族たちも慄《おのの》いているのか。平静を保てているのは、数人程度。

そんな雰囲気の中、セイランが口を開いた。

「ルイーズ。控えよ」

「……は。御前で取り乱し、申し訳ございません」

セイランが仲裁に入ったことで、ルイーズは大人しく引き下がる。

一方でボウ伯爵は、まだ言い足りないのか。

「そ、そもそもこの者は廃嫡されているという話。そのような愚物に、殿下の側に控えるという役目が務まるはずがありませぬ。それは、他の者も同じ意見かと」

「ふむ」

「もし殿下がどうしても側仕えが必要だとお望みなのであれば、他の者を付けた方が適切かと存じます。僭越ながら私は武官としてこれまでいくつも武功を挙げており、殿下のお側に控えるには十分足るかと」

伯爵は異議を申し立てるどさくさで、そんなことを言い始めた。

面の皮が厚いことだ。最初から、こうして側仕えの役目を奪うつもりだったのだろう。

一方、貴族たちは伯爵の抜け駆けに今更気付き、してやられたと声を上げ始める。

そして、

「ボウ伯爵。そなたの話はわかった」

「はは！　では！」

「うむ」

セイランの言葉を聞いて、伯爵の声の調子が明らかに弾んだ。

意見を受け入れられ、ひいては自分がセイランの側に仕えられるという手応えを感じたからだろう。

伯爵の顔が目に見えて、明るくなり。

反対に、先ほどまで彼と言い合っていたルイーズの顔が険しくなる。

他の貴族たちも同じなのか、抜け駆けされたことに対してぶつぶつと文句が聞こえてきた。

そんな風に、ボウ伯爵が臨時の側仕えとして決まるかに思えた折。

セイランが思いもよらないことを口にする。

「――つまり、だ。そなたは余の眼力を疑うと言うのだな？」

「――は、え？」

「そういうことであろう？　余がアークスを側に控えるよう命じたのは、余が、この目で、アークスが足る者と判断したからだ。ならば、それに異を唱えるということは、暗に余の目が節穴だと言っていることに他ならぬというわけだ」

セイランが、その答えに至った理由を、淡々と口にしていく。

伯爵が唱えた異議を、自分への批判に転化して考えるのは深読みのし過ぎのようにも思えるが――

セイランはさらに伯爵を追い詰めにかかる。

「余が戦に臨むのが初めてとはいえ、これから余の力となる上位貴族にまさかここまで率直な態度を見せられるとは思わなかった。余の眼力が及ばぬことをここで諸侯たちに声高に訴え上げ、ひいては余が討伐軍を興したことに対しても異議を呈する……くくっ。いや、これほどの批判もなかろうな」

独り言なのか、それとも言い聞かせているのか、定かではないが。

自嘲とも受け取れるそれを聞いた近衛たちが、にわかに殺気立ち始める。

当然だ。セイランに対する批判に対して、近衛たちが黙っているはずもない。

これでは、先ほどのルイーズのときの焼き直しだ。

先ほどのものを遥かに超える危機感に、伯爵はひどく焦り始める。

「い、いえ！　いまの言葉にはそのような意図などまったく！」

「違うのか？　先ほどのそなたの言い分をかみ砕けば、つまりはそういうことになろう？」

「いえ！　決して！　決してそのようなことは欠片も！　ただ私はこの者が側仕えにそぐわぬのではないかと申し上げたかっただけでして！」

伯爵は頭を垂れて否定する。

自らの発言がセイランを貶《おとし》めるとまでは考えが及ばなかったのだろう。スケベ心を出して自薦したはいいものの、それが浅慮だったことに今更気付く。

やはり、下手に異を唱えることは王家の批判に受け取られかねないか。

……そもそもこの話、セイランの考えがよくわからないというのも要因にある。

自分を手元に置くというこの采配は、個人的な判断によっているのは確かだ。

しかしセイランも、そう言ってしまった以上、ここで下手に伯爵の意見を受け入れて撤回しては、優柔不断だと思われかねないだろう。

そうなれば王太子としての判断力を疑われ、諸侯のセイランに対する評価は、言葉通りに暗愚に堕ちることになる。

簡単に直言を受け入れてしまうようでは、上に立つ者として示しがつかないのだ。

セイランがくつくつと、不穏な笑声を漏らし始める。

危殆《きたい》を孕《はら》んだその笑い声に、諸侯が不穏を感じ始める中、

「だが、伯爵。そなたの言い分にも一理ある。余は初陣ゆえな、戦慣れした者から見れば至らぬところもあるのだろうな」

「い、い、い、いえ……そのような意味では決して……」

伯爵は再度否定の言葉を重ねるが、セイランの中でこの件は批判されたという風に固まってしまったのか。まったく受け入れる様子が見られない。

不穏な笑い声と声音を口から吐き続け、諸侯まで脅しにかかる王太子に、ボウ伯爵が取れる行動は一つしかなかった。

「王太子殿下！　お願いいたします！　どうか私の至らぬ発言を撤回させていただきたく……」

「くく……よい。伯爵、そなたはもう下がれ」

「は……」

伯爵は、ぽかんと口を開け放つ。

その場で停止したまま微動だにしない伯爵に、セイランの側近が怒鳴り声を上げた。

「ボウ伯爵!!　いつまでそうしているつもりか！　殿下は下がれと仰せだぞ！」

「ははっ！」

伯爵はその場から逃げるように、慌てた様子で後ろに下がる。

その一方で、セイランはいまだ笑気に囚われているのか、笑声を断続的に上げていた。

……笑っている姿が途轍もなく怖い。

セイランの笑声が大きくなっていくのに反比例して、謁見の間は水を打ったように静まり返る。

——セイランの怒りを買ってしまった。

諸侯が冷や汗をかく中、一転セイランが笑いを止め、椅子から勢いよく立ち上がった。

そして、

「皆、聞け！　余はこの決定を変えるつもりはない！　余には父である国王シンル・クロセルロードと同じく、物事を正しく見通す力と、そなたたちを導く力がある！　この戦で、それを余自ら証明しよう！　余が間違いを犯すなど決してあり得ぬことだと知れっ！」

セイランが壇上から高らかに言い放つと、集まった貴族たちは一斉にその場に平伏し、セイランの言葉を肯定する。

次いで、セイランはこちらに向かって剣を鞘《さや》付きのまま差し向けた。

「アークス！」

「はっ！」

「この戦で飛躍せよ。余の判断を間違いだったと思わせてくれるな」

「承知いたしました！」

勢いでそう返答する。

いや、そう返答するしかなかった。

ここでできないと口にしたが最後、首をはねられるだけでは済まないだろう。

責任重大だ。

戦に参加するだけだったはずなのに、アホ伯爵のせいでセイランの名誉まで守らなければならなくなってしまった。

……やっと、側近が「下がれ」と声をかける。

――というか、なんでどうしてこうなったのよ。

もはやそんな言葉しか湧いてこない。

……元の位置に戻った際、いい笑顔で「おめでとうございます」と口にしたノアを絞め殺したくなったのは、言うまでもないことか。


諸侯たちのセイランへの謁見が終わったあと。

ナルヴァロンドに集まった兵の大まかな数字が計上された。

討伐軍は、貴族および地方君主など諸侯軍合わせて五千と、そしてセイラン自身が引き連れていた近衛が五十騎。周辺から民を徴発すれば兵はさらに増えるが、今後も中央からの援軍が見込めるため、そちらは見送ったという。いまのところ数が足りないということもなく、加えて精強無比と名高いラスティネルの家臣とその兵士がいるためだろうと思われる。

一方で、ナダール軍はと言えば、

「――カーチャン、ナダール軍は称して一万五千だってさ」

「それは……こちらの三倍とはナダール伯も随分と数を盛ったもんだね」

「だよなー。いくらなんでもそこまで集めるのは無理だろ」

「そうだね。周辺貴族が味方をしていない以上は、傭兵を雇ったとしてもその数は無理がある」

らしい。

男の世界でも、どこぞのデモ隊が集会に集まった数を十倍以上も盛ることがあったが、これも似たようなものなのだろう。テレビやラジオが情報収集の主たるものだった時代。大衆はそうして発表された数を鵜呑みにするしかなく、大抵の人間がそれを真実だと思い込んでいた。

話を鵜呑みにすれば、兵士は浮き足立つし。

数を誤認すれば、作戦に影響が出る。

相手側の正確な数を知ることさえ難しいこの世界だ。

このような単純極まりないハッタリの応酬でさえ、戦略の一環になり得るということだろう。

「戦、楽しみだなー」

「そうだね。久々の戦だ」

……そんな話をしながら、親子並んで、猟欲がにじんだ獰猛《どうもう》な笑みを浮かべている戦闘狂共には、相手の数などあまり関係ないような気もするが。

(こえー。物騒な話しながら笑ってるよあいつら……)

周囲によく通る声で、家臣共々和気藹々《あいあい》。あの二人ならば敵軍の数が額面通りだったとしても、こ

うして笑うのではなかろうか。そんな気がしてならない。

ともあれ意外だったのは、討伐軍に国定魔導師が一人いたことだ。

短めに切り揃えた黒髪。

上から下まで黒一色で統一された立ち姿には、装飾の類いは一切省かれており、貴族にしては質素過ぎると言える風体。

一見してその年齢は定かではない男。

【水車《すいしゃ》】の通り名を持つ魔導師、ローハイム・ラングラー。

魔力計を発表した際、最も多く核心的な質問をしてきたので、よく覚えている。

ラングラー伯爵家は代々王家の魔法指南を務めている。

そのため、今回のセイランの視察に付いてきていたのだとか。

彼と会ったのはセイランへの謁見が終わってすぐ。

「君とは魔導師ギルドでのあれの発表以来だね」

「はい、閣下。いつも多大な援助をしていただき、感謝しております」

「いや、私もあれの恩恵に与《あずか》っている身だ。おかげで魔法もいくつか改良に成功することができたし、生徒《でんか》への呪文の伝達も潤滑にいっている。お礼を言うべきはこちらの方だよ」

「閣下の一助になったのであれば、いち魔導師として嬉しく思います」

……そんなやり取りをしたあとは、先方の都合もあってあまり長く話すことはできなかったのだが。

現在、ナルヴァロンドの城にある作戦室で、軍議が行われている。

作戦室には方形の卓が設置され、それぞれ主だった貴族や領主たちが着き。

そこから少し離れた場所に、セイラン・クロセルロードが腰を据えている。

近衛を統括する若き俊英、エウリード・レイン伯爵、国定魔導師は第三席、【水車】の魔導師ローハイム・ラングラーがその両脇を固め。

セイランに次いで位が高い大領主ルイーズ・ラスティネルがすぐ近くに。

戦のときには兵を動かす立場にある者たちが、みなこの場に揃っている。

そしてそこには、なぜかアークスも。

兵を動かす立場ではないため、彼らと同じ席に着くことはできないが、ノアを伴い、立ちながらの見学。同じく見学のため参加したディートには席が用意されているため、いまはその横に立っている。

……ちなみにカズィはといえば、そういうのはめんどくさいと言ってパス。軍議に参加するのは場違いだと思っているようで、さっさと別の仕事を見つけてそちらに行ってしまった。

それはそうとしてだ。

大領主ルイーズの子であるディートはともかくとして、アークスとしてはなぜ自分がここまで特別扱いされているのかというのが大きな疑問だった。

たとえ王太子のナダール領脱出に大きな貢献をしたとはいえ、立場は下級貴族の息子であり、廃嫡もされている。

戦のときに側に控えさせるという話も破格の扱いであり。

普通はこうして軍議を聞いていることさえ許されない立場のはず。

だが、セイランから「聞いていろ」と言われれば、選択の余地はない。

場違いを自覚しつつ、気まずさを味わう中。

一方でそんな命を下したセイランはといえば、軍議の内容を聞きつつ、異議を呈したり、諸侯の提案を採決したりしている。

事細かに口出しはせず、時折目的について確認を促す。

うまく軍議の音頭を取っているといった印象だ。

(あれだっけ？　一番偉い人間は作戦の立案に口出ししてはいけないとかそういうの)

それは、男の世界で最も有名な兵法書に書かれていたものだ。

その書によると、戦に勝つためには、君主が、将軍の立てた作戦に口出ししてはならないという。

軍議に、君主が積極的に参加したとしよう。

当然、最大の権力を持つ君主の発言が一番に優先されるため、いちいち口出ししてくれれば、作戦を立てる将軍との間には不和が生まれるし、君主は軍事作戦を立てる専門家でないことがほとんどであるため、君主が作戦を立てても失敗する可能性が高い。

そのため、嘴を容れるのは厳禁だと書かれていた。

その点、クロセルロード家はもともと軍家であるため、諸侯と同じく立場としては専門家だ。

軍事的な教育が手堅くなされているのであれば、作戦に異を唱えても不和は生まれないし、おかしな策を提示することもない。むしろセイランは軍議には参加しているものの、諸侯の意見をきちんと尊重しているため、軍議は円滑に進んでいるといった印象だ。

ともあれ、その軍議自体はと言えば――

「この機に乗じて帝国が派兵する可能性は？」

「それはないかと。帝国は現在二つの戦線を抱えている状況です。おそらくこれ以上戦線を増やす余裕は、人員的にも物資的にもないでしょう」

「ナダール側の正確な兵数はどうなっている？　いまのところ討伐軍よりも少ないという報告が入っているが？」

「間違いないのか？」

「徴集兵や雇い込んだ傭兵団などの数を考慮しても、それが妥当かと思われます」

現状の確認から始まり、議題はやがて実質的な作戦へ。

――ではどう攻める。

――ここはまず足場を固めてはどうか。

――中央からの援軍を待つのも手ではないか。

そんな風に、貴族たちが軍議を進める中、セイランがひとまずの戦略目標を提示する。

「――まずはナダール領の端、タブ砦を奪取するのが我が討伐軍には肝要だろう。いまは可能なことを、一つずつしっかりと潰していくのが盤石《ばんじゃく》な歩みに繋がるはずだ。それについて、皆に腹案はあるだろうか？」

タブ砦。

そこはラスティネル領からナダール領に入った場合、真っ先に立ちはだかる砦だ。

セイランがひとまずの目標を示すが、それについて、エウリードが補足を入れる。

「それなのですが、ナダール軍の動きが予想以上に速いという報告が入っています」

「ほう」

「ナダール軍がこのままの速度を維持するとすれば、タブ砦の奪取には間に合わないかと思われます」

「先行部隊を送っても、か？」

「守備兵を撃破して奪取できたとしても、一時的なものでしょう。すぐに本隊に奪い返されてしまうと思われます」

「そうか。防衛が整っていないうちに砦を奪っておきたかったが……ではもしこちらが軍を進めた場合、衝突はどの位置になるか？」

「こちらがミルドア平原に差し掛かった辺りで、ナダール軍はタブ砦に陣を敷くものと思われます」

集まった諸侯たちが「速い」「そこまでか……」などの声を上げる中、セイランがエウリードに訊ねる。

「ではエウリード。緒戦は本格的な砦攻めになる、ということだな？」

「その可能性も捨てきれないかと」

砦攻め。その可能性が示唆されると、一部の貴族たちが呻《うめ》き声を漏らす。

守備兵を蹴散らすだけならいざ知らず。

もしナダール軍本隊が布陣した本格的な砦攻めとなれば、攻める側はそれ相応の兵数が必要になるし、兵の損耗も激しい。抱えている手勢が少ない男爵、準男爵などの下級貴族は、こうなるとあまり嬉しくないのかもしれない。

「やはり砦攻めか……」

「ナダールの本城でないだけまだマシと見るべきだろうな……」

……討伐が目的であるため、そもそも城攻め自体予期できていたはずだが、蓋を開ければこの呻吟《しんぎん》ぶりだ。軍家ならば当たり前のように、戦術的、戦略的な知識に明るいものだと思っていたが、この場を見るにどうやらそうでもないらしい。

そこでふと、ラスティネル領へ来る切っ掛けになった日のことを思い出す。

スウと共に店から出て、彼女が戦略的な話をしてくれたときだ。

——え？　なに？　レイセフトにそんな戦略的な指南書なんてあったの？

兵法書の存在を匂わせるような発言をすると、「そんなはずはない」とでもいうような趣旨の発言をしていた。

彼女の認識が正しいのであれば、軍家といえども、そういった知識にはあまり明るくない可能性がある。

そもそもの話、本屋にさえその手の書物は売られていないのだ。

この場合は、秘儀である兵法書が一般的に流通していた男の世界がおかしかったと言うべきなのだろうが——

卓から消極的な呟きが聞こえる中、それを聞いていたボウ伯爵が口を開く。

「なにも怖れることはない。砦攻めがなんだというのだ。こちらは兵の数が揃っているのだぞ。立ちはだかる者は力ずくですべて撃滅してしまえばいい。そうではないか？　方々」

伯爵の勇ましい発言を聞き、それに賛同する者がちらほら現れる。

「確かに、兵数もこちらが上回っているしな」

「正面から攻めても問題はないだろう」

すると、セイランが再び口を開く。

「ここに集った諸侯に問おう。そなたらならば、タブ砦をどう攻めるか」

セイランが一同に問いかけると、上級貴族たちが声を上げる。

「殿下。ここは攻城兵器と魔導師部隊を動かして砦を崩したのち、一気呵成《いっきかせい》に攻め込むのもよろしいかと。緒戦で派手さを演出し、相手に心理的な圧迫感を与えるのも、また戦でございましょう」

「確かにな。ここは解体業に手を出すのも一興か」

「はは。殿下でしたら、大陸一の解体業者にもなれましょう」

「殿下。相手に援軍の望みがないのであれば、時間をかけるのもまた手かと存じます。砦周辺を囲み、ポルク・ナダールを干上がらせるのです」

「それは……またよい干物が出来上がりそうだ」

「豚の干物が出て来るか、カエルの干物が出て来るか……見ものでしょうな」

策を献じた貴族がそう言うと、笑い声が上がる。

ユーモアの種類はブラックに偏った気がしないでもないが、こういうことは、場の空気をほぐす役割を持つのだろう。セイランが積極的に冗談を口にしたことで、他の貴族たちも策を出しやすくなった。

「殿下」

「ボウ伯爵か。そなたも何かあるのか？　申してみよ」

「は。この場合は特別、小細工を弄する必要はないかと存じます。先ほど申した通り、数はこちらの方が上。定石通り砦攻めの準備をして、定石通りに攻めればよろしいかと」

「ふむ」

「先人の残した轍《わだち》は深く、その確度は歴然でありますれば。それに倣って軍を動かすのもまた手」

「堅実な策を用いるのもまた兵道だな。この場にいない諸侯にも、余の堅実ぶりが示せるだろう」

「ははっ！」

……やがて貴族たちから一通り策が提示されたあと、セイランがルイーズの方を向いた。

「ルイーズ。そなたはどう思うか？　そなたも忌憚《きたん》ない意見を述べるがよい」

「――は。では……砦攻めになるのでしたら、できうる限り策を弄し、兵を外に引っ張り出すのが肝要でしょう。兵や指揮官に『砦に居たくない』という感情を抱かせることから始めるのが、我らが第一に取るべき策かと」

「ふむ。先に挙がった攻城兵器や魔導師を使う策はどうだ？」

「攻城兵器を使うとなればその分作業量や費用がかさみますし、魔導師を砦の破壊に使えばここぞというときの攻め手に欠けることになりましょう。絵に描いたような華々しい勝利が欲しいのであれば、計算と再編が必要になるかと存じます」

「では干上がらせる手はどうか？」

「こちらの兵の損耗を考えるならば、良い手かと。ただ、干上がるのを待つ間に軍を維持する費用が嵩《かさ》みますので、子爵以下の領主たちには大きな負担となりましょう。あとはこの戦、時間を掛けた場合の勝利が、殿下の評価にどうつながるかというのも考えておくべきことかと」

「確かにな。様々考えておかなければならないことはあるだろうな」

セイランがルイーズの意見を聞いて、挙がった策を吟味していく。

だが、ルイーズもやり方が上手い。他の貴族の出した策を真っ向から否定するわけでもなく、良い面も取り上げつつ、わかりやすい懸念を呈し、最終判断をセイランに委ねる。

これなら、策を献じた貴族の面子も保たれ、角も立たないだろう。ラスティネル家はこの場に集まった軍家の中でも、最も実績があるため、他家もその当主の意見には耳を傾けざるを得ないだろうが。

「ただ……」

「どうした？」

「それらの意見も、このまま砦攻めになるのなら、という前提の上ですが」

「ふむ？　そなたにはなにか思うところでもあるのか？」

「僭越《せんえつ》ながら。私は果たしてこのまま単純に砦攻めとなるのだろうか……と少し疑問が湧きまして」

砦攻めになるという流れの上で、唐突にそんな意見を呈したルイーズ。そんな彼女に、ボウ伯爵が訊ねた。

「ルイーズ閣下。ナダールが攻め上ってきているのであれば、まず砦を確保し立てこもるのが当然でしょう。閣下はなにゆえそう思われるのか？」

「ああ、勘だよ。勘」

「か、勘とは……」

ボウ伯爵は信憑性に欠けた発言を聞いて、軍議を、ひいては自分が馬鹿にされているとでも思ったのか。顔を怒りともつかない驚きで震わせる。

しかし、一方のルイーズは至って涼しい顔を見せ、

「おや？　戦場の勘は意外と馬鹿にならないんだよ？　ま、勘で大筋を決めるわけにもいかないけどね」

「しかし！　軍議で聞こえよがしに勘などと口にするのは！」

「確かにあんたの言う通りだ。だけど、他にもなんとはなしに違和感を持ってるヤツだっているだろう？　そうじゃないか？」

ルイーズがそう言うと、諸侯の中から「確かに」「砦攻めと考えるのは性急か」など、ルイーズの考えを支持する者が現れ始める。

「ルイーズ」

「は。私には懸念があるとだけ、殿下に覚えておいていただければ」

……そんな風に、ルイーズが懸念を呈するが、議論は砦攻めの方向で進められていく。

議論はスムーズに進んでいるが——しかし、あまりよろしくない傾向な気がしてならない。

その上で、考える。

まずは、ナダール軍の動きについてだ。

先ほど挙がった話が正しければ、ナダール軍はこちらに攻め上ってきているという。

「……向こうは守りやすいナダールの本城に籠もらないで進軍してくるのか」

「そのようですね」

「やっぱおかしいよなぁ……」

ノアの合いの手に対し、胸にわだかまった吐息を返す。

自分がポルク・ナダールの立場だったとして。

討伐軍が攻め込んでくるというのなら、普通はそんな行動は取らないはずだ。

攻め込まれるのがわかっているなら、まずは防備を固めるのが先決。

最も防備の整った本拠点であるナダールの城に籠もれば、討伐軍を迎え撃ちやすい。

そうやって討伐軍の攻めを耐え凌《しの》ぎ、その間に王国と敵対するどこかの国に援軍を求めれば、勝利の芽もあるだろう。

ナダールには帝国との伝手があると思われるため、間違いなくそういう出方をするはず。なんなら、伝手を頼って逃げ込めばいいいだけなのだ。

しかし、現実にはそうなっていないのが、不思議なところ。

——ということは。

「アークスさま。またなにか思い付きましたか？」

「え？　なになに？　おれも聞きたい」

ノアだけでなく、ディートも興味があるというように振り返る。

「いや、思い付くって言うよりは、なんで向こうが積極的に攻めてきてるのかを考えててさ」

そう言って、口にするのは。

「普通はこういった場合、本城に籠もるか、敵の勢力が集まってくる前に各個撃破するのが普通だろ？　ナダールが兵を集めて動き出すまで随分遅いから、そのまま本城で防衛に徹するのかと思えば、いまはまるで攻めかけるみたいに積極的に動いてる。これじゃあ何がしたいのかわからない」

「向こうも時間かければ負けるってわかってるから、攻めてきてるんじゃないか？」

「なら戦う場所は平地が多いミルドア平原付近じゃなくてもっと他の場所にするだろ？　このままタブ砦に陣を張って防衛っていうのは……どうなんだ？」

ディートはそれについて、知識があるらしく。

「あー、うん、いや～……あの砦は防衛には向いてないかな～。一応の拠点としては使えるだろうけど、設備ならもっと後方に良いのがあるし、まず収容できる数に限りがあるから……おれなら選ばないかな。だからカーチャンもああしてモヤモヤしてるんだろうけど」

「なら、やっぱりナダール領の深い場所に立てこもるのが最善だ。それでも敢えてそうしないってことは、ナダール側にそうできない理由があるからだ」

……タブ砦は防衛に適しておらず、それより東は、ほとんど平地しかない。

そして、平地での戦闘は数が物を言う。数が少ないだけで、不利になるのだ。

数を用意できないいまのナダール軍にとっては、平地での戦闘は絶対に避けるべき状況にある。

それでもこうして、無理矢理攻め上ってくるということは――

「ナダール側は討伐軍を早く攻めなきゃいけない。いや、いけなくなった。糧秣《りょうまつ》が足りなくなりそうだから早めに戦争を終わらせようっていうのがよくある話だけど、それは状況から考えにくいし、あとは砦や陣地を押さえておきたいとかだけど、ミルドア平原周辺に要衝はほとんどなくて、あるのは小さな砦だけ……」

領地にある砦の確保。

敵側の重要拠点の奪取。

そう言った主たる戦略目的がないにもかかわらず、焦ったように早く攻めてくる。

これは完全な無理攻めだ。確固とした兵法や戦闘教義《ドクトリン》が広まっていない世界ゆえ、『相手があまりに愚かだから』という理由ではないとは言えないが、果たして辺境を任されるほどの貴族がそんな愚策に出るものか。

ならばこの無理攻めにも、何かしらの意味があるはずなのだ。

もしポルク・ナダールが焦っているのだとすれば、それは時間がないということだ。

この状況で時間の経過が彼にもたらす不利は、各地方からの討伐軍への援軍だろう。

時間をかければかけるだけ、討伐軍が厚みを持つ。

そうなると、ポルク・ナダールの何が制限されてしまうのか。何ができなくなってしまうのか。

討伐軍の撃破か。

――いや違う。元からナダール軍単独での討伐軍の撃破は難しい。よそからの援軍、拠点防衛など他の要因がなければ、討伐軍とは対等に戦うこともできないはずだ。

ならば、重要拠点の接収か。

――それも違う。先ほどのディートの話によると、タブ砦は防衛には適さず、収容できる人数も少ない。タブ砦手前にも堅固な拠点がないため、陣を張る場所を選んでいるということはまずないはずだ。

では、一体なんなのか。

ポルク・ナダール伯爵がいま最も欲しているもの。

討伐軍が増えれば増えるだけ、彼の手に届かなくなるもの。

それが、討伐軍の撃破や、重要拠点の接収でないのなら――

「……殿下の首？」

そんな言葉を呟いたそのみぎり。

ふと、軍議を進めていた諸侯が、こちらを見ていることに気付いた。

注目されていたことに今更気付き、固まっていると、上座に入るセイランまでもが、こちらを向いた。

直後、部屋の中が一気に剣呑な雰囲気に包まれる。

勝手な発言に、諸侯が怒っているのか。

いや、諸侯も、場の雰囲気に呑まれている。

そうでなければ、注意や叱責の声が上がっているはずだ。

この場を制しているのは、セイラン・クロセルロードがその身から放つ威風に他ならない。

「アークス」

かけられたのは、どこまでも平坦で抑揚のない、ともすれば冷ややかささえ感じられるそんな呼びかけ。

その声を聞いて、愚を犯してしまったことを今更悟る。

勝手に話を進め、そのうえ殿下の首などと口にし、あまつさえそれを聞かれてしまった。

間違いなく、不敬と取られる状況だろう。

——やってしまった。

考察を途中で止めておけばよかったと後悔しても、あまりに今更な話だった。


セイランの冷ややかとも思える呼びかけによって、作戦室の温度がさらに下がる。

軍議の場であのような不用意な発言をしてしまったことで、気分を害してしまったのか。

この状況、完全に落ち度を責められる流れだろう。

ふとした呼びかけで一瞬固まってしまったものの、このままにしていては状況の悪化は免れない。

急いでセイランに謝罪するため、前に踏み出そうとしたその折。

先んじてノアが前に歩み出て、膝を突いた。

「殿下。軍議の最中、放埒《ほうらつ》に私的な会話に興じてしまった無礼をお許しいただきたく」

「……ほう」

「先ほどの不敬は私が主に話を促したのが原因にございます。もしそれに関して処罰があるのであれば、主ではなく、どうか私にお願いできないでしょうか」

「ノア……」

咄嗟《とっさ》に口から漏れ出た呼びかけに、しかしノアは振り向かず、ひたすらに背を見せるばかり。ここは自分に任せろ、ということなのだろう。

庇《かば》い立ててくれることに申し訳なさと強い自責の念に駆られる中、セイランが口を開く。

「……そなたは、ノア・イングヴェイン、だったな」

「……！　殿下に名を覚えていただく栄を浴し、光栄の至りと存じます」

「知っているとも。魔法院を首席で卒業した英才にして、【溶鉄】、【対陣】両国定魔導師から薫陶《くんとう》を受け、【氷薄】の通り名まで持った魔導師だ。そなたほど稀有《けう》な才を持った者を知らぬほど、余は愚かではない」

「ははっ」

セイランの言葉を聞いたノアは、深く頭を下げる。

一方、その会話を聞いた諸侯はといえば、驚いた様子。いち従者がセイランに名を知られていることもそうだが、国定魔導師二人と関わり合いがあるということも、そうそうないことだからだろう。

感心と興味の入り交じったさざ波のような声が立つ中、しかしセイランは冷たく一下。

「控えよ。余はアークスに声をかけたのだ」

「ですが」

「己が主を庇おうとするその殊勝な心構えには、余も感心しよう。だが、余に二度も言わせるな」

「……はっ」

ノアも、これには承服せざるを得ない。これ以上食い下がれば、状況がもっとひどくなってしまうからだ。

ノアは下がり際《ぎわ》、申し訳なさそうに目を伏せる。

責任を感じているのだろう。

逆にこちらが申し訳なく感じるが、その直後、今度はディートが焦ったように口を開いた。

「いや、あの、殿下！　いまのはさ、えっと……」

突然のことで、発言をうまくまとめられなかったのだろう。口から飛び出てくるのは、あっと、えっとなどという曖昧な言葉ばかり。

「ディートリア。発言があるのなら、申したいことを整理してからにするがいい」

「え……あう」

結局それも、セイランに封じられる。

そんな彼に小さくお礼を言ってから、前に出て膝を突いた。

危機感と居心地の悪さに身を置く中。

セイランにはっきりと謝罪をしようとした、そのみぎり。

「――どうしたアークス。そなたの話はあれだけで終わりではなかろう？　何をしているのだ？」

「え……？」

告げられたのは、そんな思いもよらない言葉だった。

どういうことなのか。こちらはてっきり迂闊《うかつ》な発言を咎められ、ともすればそれが処罰にまで及ぶのかと思ったが、予想に反してそうはならず。

謝罪をしようとしていることを不思議に思っているような。

むしろこれではもっと話せとでもいうような口ぶりにも聞こえる。

しかして、それは正しかったらしく。

「アークス。余はそなたの話が聞きたい」

「で、ですが」

「ふむ……余は謝罪の言葉など不要に思うが？　それとも、いまし方そなたが口にした考察は、余に許しを請わねばならぬほどに軽挙な妄言だったのか？」

「あ、え……い、いえ！　そのようなことはまったく！」

「そうでないのであれば、話の先を続けよ。ここは一度そなたの話に耳を傾け、状況を整理するのが肝要に思う」

「は、はい！」

セイランの言葉を承服し、立ち上がる。

間違いなく失態だと思っていたのに、まさかだった。

わずかな間、ノアやディートと顔を見合わせ、小さくほっと一息。

そして気を取り直し、口を開く。

「……その、殿下。議論されている話から少しばかり離れたことをお話ししますが、構わないでしょうか？」

「かまわぬ。いま言った通り、これは状況の整理だ。自由に話すがよい」

セイランは了承すると、椅子の足を軽く滑らせて、こちらを正面に構える。

そんなセイランを前に見据えてから一度呼吸を整え、口にするのは、

「――先ほど私が口にした話の焦点は、ポルク・ナダールの目的が何なのか、ということです。軍議の場に列席される皆様方のお話をお伺いする中、ポルク・ナダールが攻め上ってきているのには、なんらかの理由があるのではないかと考えました」

「ふむ。それは余の討伐軍と戦うためではないのか？」

「いえ、討伐軍と戦うためであるなら、ポルク・ナダールが現行の速度で攻め上る必要はありません。黙っていても討伐軍は攻めて来るのですから、迎え撃つ準備を十全に整えるのが最善だと存じます」

「確かにな。ナダール軍は数が少ないゆえ、城に籠もって戦うのが最適な策になろう。だが、城に籠もるのは援軍の望みがあってこそだ。援軍のない籠城は兵を疲弊させるだけ。囲まれてしまえば、あとはじりじりと削られるだけとなろう。今戦争においては下策となる」

「おっしゃる通りでしょう。ですが、ポルク・ナダールが籠城戦の危うさを踏まえて動き出したのだとしても、軍を動かすのが遅すぎます。少なくとも殿下がラスティネル領内へ引き下がった直後に動

き出さなければ、討伐軍の動きを挫《くじ》くことはできませんし、各個撃破をするならばあまりに遅きに失している……」

「そうよな。ナダール軍が漫然とした動きをしていないのであれば、この動きは合理的ではない」

話を聞く限り、ナダールはどっちつかずの行動を取っている。

籠城が最適解であるはずなのに、籠城戦の準備もせず。

かといって、討伐軍が集まり始めた状況で打って出るのは、自殺行為としか言えない。

そんな情報をセイランと共有すると、諸侯の間から声が上がる。

「だがそれはポルク・ナダールがそこまで考えていればの話ではないか？」

「そうだ。ポルク・ナダールが猪のように軍を動かしているのであれば、このような軍の動きにも説明がつこう」

「いくらなんでも深読みのし過ぎだ。ポルク・ナダールが策を持って動いているなどあり得ぬ……」

こぞって上がる声はみな、これまでの話を否定するような意見ばかり。

……確かに考え過ぎなのかもしれない。

ナダール軍に援軍到来の芽が出ず、籠城戦ができなくなったから自棄《やけ》を起こして攻めてきているというのなら、この動きにも一応の説明が付けられる。

しかし、ポルク・ナダールがただ漫然と進軍しているということで話を進め、そうではなかった場合には目を向けないというのは、あまりにこちらに都合が良すぎるように思うのだ。

しかし、大半の諸侯はポルク・ナダールが愚かだということで一致しているらしく。

――子供の言うことだ。

――訊く価値はなかろう。

そんな言葉まで飛び出す始末。

「殿下、考え過ぎは深みにはまる恐れがあります。お話はそのくらいにされた方が――」

諸侯の一人が、そんなことを進言した直後だった。

「――黙れ」

セイランが口にした一言。その一言で、ずん、と肩から上に重しがのしかかったかのような錯覚を受ける。貴族たちの声をうるさく思ったのか、それとも会話の邪魔をしたのが気に食わなかったのか。物理的な重みに限りなく近いそれが部屋中隈なく満ちたことで、議論の熱気で盛っていた作戦室が、一気に悄然と成り果てた。

「……少し取り乱してしまったな」

セイランはそう言うと、何事もなかったかのようにかけた圧力を霧散させる。

次いで、諸侯に対し、

「確かに、皆の意見はもっともだ。ポルク・ナダールは王家に刃向かった愚かな豚であることに変わりはなく、先ほどの話はアークスの考えが行き過ぎたものだということは十分ある。そこでだ。ここは戦について特に明るい者の意見を尊重しようと思う。ルイーズ、そして我が師《シシェ》、ローハイム。そなたたちはこの話を続けるべきか否か、どちらが良いか」

このまま諸侯の意見を無視して話を続ける暴挙に移らず、まずは上席の人間を味方に付けようというのだろう。

片や王国の西の防壁である大領主、片やこれまで多くの戦に参じた国定魔導師。

確かにこの二人の了承があれば、諸侯たちも文句を付けられない。

まず、ルイーズが意見を口にする。

「私は、このままアークス・レイセフトの話を聞くのが肝要かと存じます。敵が愚かだとして軍議を進めるのは、足を掬《すく》われる要因になりかねません。考えられることは、議論の場に出し尽くすべきかと」

「うむ。では、我が師《シシェ》」

「殿下もご存じの通り、私は話を細かく詰めたい性分です。魔法と同じく、不明瞭な部分が残ったままことを進めるということはなるべくしたくない。少なくとも、彼の話は耳を傾ける価値があるものでしょう」

「あいわかった……この二人がこう言っているのなら、このままアークスに話をさせても良いと思うが？」

二人共に、同意見。こうなればさすがに諸侯も口を閉じるしかない。

「さて、どこまで話したか。アークス。確か、ナダール軍の動きに整合性がないというところだったか」

「は。なぜ本城に籠らず、攻め上ってきているのか」

「そこを突き詰めるとなれば、やはり援軍がないからとしか言えぬのではないか？」

「そうかもしれませんが、そうでないのなら話は別です」

「……援軍はないということは、先ほど確認したはずだ。国内の貴族はすべてナダールの敵であり、こちらですでにナダールと連絡を取れぬよう遮断している。背後の帝国も、派兵できる状況ではない」

「ですが、つながりはあります」

「つながり……？」

セイランはそう言って頭を前に傾け、深く考え込む素振りを見せる。

「ポルク・ナダールは帝国に銀の横流しをしているので、帝国との間にパイプを持っているのはまず確実でしょう。そのうえで、ここからは推測になるのですが、すでにポルク・ナダールは帝国との交渉を済ませているものと考えました。そうなれば当然、ポルク・ナダールが帝国に求めるものは、身柄の安全と今後の地位の約束、今戦争における援軍などです」

「もしポルク・ナダールが帝国に寝返るのであるならば、その辺りのことは要求するだろうな。しかし、帝国は戦線の拡大を控えるため、その申し出は撥《は》ね除けよう」

「では、もしそこで帝国側がその申し出を撥ね除けずに、ポルク・ナダールになんらかの条件を出したのなら。具体的には、それが殿下の身柄だったのであれば」

「ポルク・ナダールは余の首を取るために死に物狂いで動く…………なるほど！　そういうことか！」

半ば問答形式になった説明は、セイランの気付きによって終幕する。

しかしてその気付きのおかげか、セイランは少し興奮気味に訊ねてきた。

「アークス。つまりポルク・ナダールは、余の首が欲しいがためにこうして攻め上っているということだな？」

「は。お話を伺う限り、そうではないかと思われます。ナダール軍の動きに整合性がないのは、動き出す直前まで帝国の援軍を期待していたからで、いま急いで攻め上ってきているのは帝国から条件を提示されたからなのではないでしょうか」

「そうよな。そう考えればナダール軍のこの動きにも説明が付くか……」

「もともとポルク・ナダールは殿下を罠にかけようとしていましたから、十分考えられることかと存じます。最悪帝国の反応が芳《かんば》しくなくとも、御身を人質にして状況の打開を狙うという一手にも移れますので、殿下を念頭に動いているのはまず確実かと」

「うむ。帝国の話を差し引いても、ポルク・ナダールには打開の一手となろうな……」

そうだ。現状、ポルク・ナダールが取れるだろう最善手は、これしかない。

帝国との取引は、まだ推測の範疇を抜け出せないが。

緒戦でセイランの首を挙げることで、王国に敵対している国家に対して呼応を促す。

そうなれば折り合いの悪いグランシェルや東部の異民族である汎《ハン》族などは機に乗じて動き出す可能性があるのだ。

セイランがまんざらでもない声を出す中。

諸侯の中にも、得心がいったような者がちらほら。

先ほど、話をやめることを勧めた諸侯や、それに同意した諸侯も感心したように目を瞠《みは》っている。

当然ルイーズやローハイムは、納得している様子。

だが、中にはまだ合点がいかないという者がいるらしく。

その代表格なのか、ボウ伯爵が呆れたように口を出してきた。

「殿下。結局は目的がはっきりしただけです。改めて軍議の場で話すことではないかと」

当たり前だが、上がるのは驚きの声。

「は？　あんた、それ本気で言ってるのかい？」

とは、ルイーズ・ラスティネルの言。

「これから策を立てるには十分な意見でしょう」

とは、殿下付き近衛の統括、エウリード・レインの言。

当然、セイランも同じ意見だ。

「そうだな。むしろおかげで策を立てやすくなったと言える。アークス。やはりそなたをここに呼んだのは正解だったな、余も道が開けた思いだ」

「なっ……⁉」

否定の声が続き、狼狽するボウ伯爵。

当然、先ほどの話に得心した諸侯は、ボウ伯爵の言葉に呆れている。

ふとここで、いままで沈黙を堅く守っていたローハイム・ラングラーが口を開いた。

「ボウ伯は、この手の戦は初めてかな？」

「わ、私とて攻めの戦の一つや二つ経験したことはある！」

ローハイムの侮るような発言に、伯爵は眼光鋭く睨みを利かせる。

それに対し、ローハイムが静かに見返すと、伯爵はしゃくり上げたような声を出して、縮こまった。

先ほど上げた咄嗟の怒声は、勢い任せのものだったのだろう。

伯爵は先頃、ルイーズやその部下の小領主たちに圧倒されていたのだ。

国定魔導師という真の怪物と真っ向から向き合える気概などあるはずもない。

「では、お集まりの方々と認識を共有するため、一度かみ砕いて説明しよう」

ローハイムはそう言うと、ボウ伯爵から視線を外す。

「いまアークス君がした話は、いわば状況の逆算だ。現在、ポルク・ナダールは守りの利を捨てた不自然な行動に出ている。見るからに悪手を選んでいるとしか言えないにもかかわらず、だ。そしてそれはなぜか。それはポルク・ナダールが帝国から、殿下のお命もしくは御身を条件に出されているからなのではないかということだ。それはいいかな？」

諸侯が銘々、了解の返事をする。

「それでなぜ、策が立てやすくなったのか。いままでポルク・ナダールの目的が不明瞭だったため、我らはナダール軍を迎え撃つか攻め立てるという行動しか選べなかったが、これによってポルク・ナダールの目的に応じた作戦行動を取れるようにもなった。選択肢が増えたというわけだ」

「ですがラングラー伯。そのようなことがわかったところで……」

いまだ納得していないボウ伯爵に、ローハイムは失望したような視線を向け、

「わからないか……ポルク・ナダールは殿下のお命を狙っている。つまりは、殿下のいらっしゃる場所に、ナダール軍が向かってくるということが判明した。ではそれによって、討伐軍はどんな有利が取れる？」

「……け、決戦の場はこちらで選ぶことができる」

「それだけではないのだが……ふむ、五十点といったところにしておこうかな」

戦場でもある程度、敵軍の動きを戦術的に制御できるのだが、そこまで思い至らないか。

しかし、ボウ伯爵は周囲から指摘ばかりされているせいか、かなり興奮している様子。

この男、挨拶のときの自信を持った口ぶりに反し、あまり場慣れしていないのかもしれない。

ふと、ローハイムがこちらを向く。

「さてアークス君、君に質問しよう」

「私に、ですか？」

「そこまで状況が見えているのであれば、今後の両軍の動きについても推測が立つはずだ。私の質問にも答えることができるだろう。君の推測が正しかった場合、この先どうなるかな？」

「……は。もしこの推測が正しいのであれば、このままこちらが軍を進めても、タブ砦を攻めるような状況にはならないと思われます。ナダール側が殿下のお命を狙っている以上、こちらの予想を超えて攻め上ってくることはほぼ確実です。早い段階で兵を衝突させてくると考えられますので、こちらももっと早い段階で敵軍と衝突する準備を進めておいた方がよろしいかと思われます」

「そうだね。こちらが予測していない場所で戦闘に持ち込まれたら、堪ったものではないからね」

ローハイムは満足そうに頷く。

彼から質問を受け、それに答えるという状況は、まるでいつかのときのよう。

ともあれ、不意遭遇戦の話。

この手の話で特に危険なのは、移動中や野営中だ。兵士も展開していないバラバラな状況で、準備万端の兵士が攻め込んでくる。兵士たちにとってこれほどの悪夢もないだろう。武器を取ったり、鎧を着込んだりする間もない。こちらが準備を終える間もなく、破られてしまう。そうならないために、どこで軍同士がどこで衝突するか、その見極めが重要なのだ。

（……これもだいたい本に載ってた知識なんだけど）

その辺りは、孫《そん》先生様様である。というか、男の世界の古代の人間の頭は一体どうなっているのか。ほんと天才すぎるという言葉しか見つからない。

「アークス」

「は」

「そなたに訊ねたい。そなたならば、緒戦の場をどこに定める？」

セイランの訊ねに応える形で、卓上に置かれていた地図と駒を差し示す。

「討伐軍の方が数も多いということなので、私はミルドア平原が妥当なのではないかと愚考いたします」

「ふふ、何か敵に一泡吹かせることができる陣取りはないのか？」

「いえそれは……」

「よい。手堅い策を献じるのも兵道ゆえな」

セイランはどことなく嬉しそうにしているように感じられる。

しかし、すぐにその喜色を霧散させて、別の質問を投げてきた。

「では、事前にナダール軍の数を減らしたい。この場合、そなたならどうするか？　答えよ」

「まず離間工作が挙げられます」

「そうだな。だがそちらはすでに折り込んでいるゆえ、いまは考えなくともよい」

「では、それ以外の手段で、ということでしょうか」

「そうだ。何か答えてみよ」

その命令に対し、しばしの黙考を挟み、口にするのは。

「……これから私が口にすることは、殿下に対し大変失礼に当たることと存じます。それでも構わないのであれば、発言をお許しいただきたく」

「よい。余は、いまからそなたが口にする言葉のすべてを許そう」

「では、畏れながら。まず、殿下の偽物を複数用立てた部隊を作り、ナダール領内で散発的に動かします」

「ほう？」

あまりに突飛で妙なことを口走ったことで、周囲から驚きの声が上がる。

セイランの偽首を立てて動かすなど、確かに不敬も甚だしいか。

「貴様！　殿下の偽物を立てるなど、よくもそんな大それたことを口にできたな！」

ボウ伯爵が叱責とも取れる怒声を発して立ち上がり、幾人かの諸侯もそれに続く。

「静まりなさい！　方々は殿下が先ほどお許しになるとおっしゃったのをお忘れになったか！」

「うぐ……」

エウリード・レインが制止の声を上げて、けん制してくれる。

ともあれ、

「殿下の首を狙っている以上、ポルク・ナダールはすぐにでも兵を差し向けるでしょう。そうしてナダール軍の部隊を釣り上げ、各個撃破していけば、決戦前に多くの敵兵を減らせるのではないかと」

言い終えると、ルイーズが声を上げた。

「でも一度それが偽物とわかったら、二度は釣り上げられないんじゃないのかい？」

「は。挑発的な軍事行動に対し、消極的な態度を見せ続ければ兵たちの心はたちまち離れていく……というのは、兵法書でよく目にする記述です。ポルク・ナダールに人心をつなぎ止める人望がなければ、罠だとわかっていても敵の挑発は潰さなければならないのではないしょうか？」

「ははん。放っておけば舐められてるって話になるし、黙ってたら見限るヤツも出てくるか……なるほど考えるもんだね」

現状、ナダール側は劣勢だ。

王国という途方もない敵に立ち向かっているため、いつ兵が脱走するかわからない状況にあるはず。それなら、兵数を維持するため、常に気を配っているものと考えられる。

挑発行為に乗ってくる可能性は確実ではないにしろ、十分にあるのだ。

話を聞いたルイーズは「ほう……」と感嘆の息を吐くのだが。

当然のように、ボウ伯爵が口を挟んでくる。

「バカな話だ。それでポルク・ナダールが兵を多く動かしたらどうするのだ。各個撃破などできなくなるではないか」

「閣下。軍隊は大きくなれば大きくなるほど、動くことは難しいのではないでしょうか。現に両軍とも数が集まるまで、相当な時間を要したはず。倒すために動かすには、小規模な部隊に分割するのが適している」

「は？」

説明のあと、ボウ伯爵がそんな声を上げた。

どうやらこの男、あまり察しがよくないらしい。

というか本当にこれで軍家の人間なのか。まったくもって疑わしいものである。

先ほどのローハイムのように、わかりやすくかみ砕いて話す必要があるようだ。

「部隊の人員が増えれば増えるほど、動かすのにも相当の時間がかかるはずです。閣下がおっしゃったように、各所に出現した小部隊に対して多くの兵を動かすのは難しいことかと存じます……動きが鈍くなりがちなのは、討伐軍を例にとって考えればよいのではないでしょうか？」

「貴様！　殿下が率いる討伐軍を愚鈍な兵団だと申すか！」

（…………はぁ）

ふとした怒鳴り声を聞いて、心の中で、大きな、それはそれは大きなため息を吐く。

こういう連中は建設的な話がやたらしにくい。すぐに、上位者を貶《けな》しているという話にすり替えて自分の流れを作ろうとする。まったく嫌な奴の話の逸らし方だ。

だが、いまは別にこの男と話をしているのではない。

まだセイランの質問に答えている最中であり、その途中で諸侯から上がった質問に対応しているだけなのだ。

セイランとの会話に集中すればいい。

「殿下」

「うむ」

セイランが意を汲んで頷いてくれる。

なので、ボウ伯爵はこのまま無視。

「……ナダール軍がミルドア平原付近に到達するまで、いましばらくの時間があります。その猶予の間に、叶う限りナダール軍を分散させて兵を減らし、決戦に持ち込むのが比較的良いのではないかと愚考いたします」

そう言い切ったあと、周囲から注目されていることに気付いた。

子供がそんな策を思い付くなど、微塵も思っていなかったという瞠目《どうもく》ぶり。

少なくとも、諸侯から一笑に付されるような話ではなかったようで、ひとまずは安心と言ったところ。

一方、セイランはといえば、

「ふむ、面白い。面白いな」

まるで珍しい話でも聞いたかのように、そんな呟きを口にする。

しかし、

「だが、面白いだけだ。敵部隊を確実に釣れるわけではないし、それにその策を採用するとなると、再度部隊の編成を行わねばならぬ。現今、そこまでの時間的余裕は我が軍にはない。面白くはあれど採用はできぬ」

「は。殿下のお耳を私の稚拙な策で汚してしまったこと。まことに申し訳なく存じます」

「よい。余は許すと言った」

「ははっ」

セイランに頭を下げる。

まあ、そうそう簡単に策が用いられるわけもない。

そもそも前例のない机上の空論なのだ。

こちらも軽々に採択されるとは思っていなかった。

……にしても、偉い人間との会話は大変だ。いちいち過剰にへりくだらなければならないし、そのための言葉も並べ立てなければならない。

「ふん、愚か者め」

…………いちいち罵ってくるボウ伯爵には随分と腹が立つが。

逐一口を挟んでくるため、挨拶のときに目を付けられてしまったのかもしれない。

あとでノアとカズィに、気を配ってもらうか。

……その後、下がれという指示を受け、元の位置へと戻る。

すると、エウリードが、

「向こうから攻めて来るのでしたら、ラスティネル領内にまで引き込んで迎え撃つことも視野に入れてはいかがでしょうか？　向こうから砦を攻めさせれば、堅実な戦いも可能でしょう」

ナダール軍に城攻めという下策を採らせようというのだろう。

だが、セイランは首を縦に振らず、

「いや、ここはやはりミルドア平原での決戦がよいだろう。討伐戦と銘打って諸侯には呼びかけ、現状、戦力も十分に集まったと言える。それでこちらが砦に籠もって迎え撃つのでは、示しがつかぬ」

セイランはそう言ったあと、その場に立ち上がり、再度明確に宣言する。

「もう一度言おう。今回の戦は卑劣な裏切り者の討伐だ。勝利のために策を弄するのは当然だが、目的を違《たが》えてはならない。我らが積極的にナダール軍を叩き潰す。それをやって初めてこの作戦は成功となるのだ」

だろう。セイランが、今回の戦いを〈戦〉と銘打った時点で、すでにポルク・ナダールを倒すのは〈手段〉であって、〈目的〉は王家が「国内に裏切り者が存在することを許さない」という意思を国内外に示すことになった。

『討伐のために軍を興した』にもかかわらず、『兵士が同数程度だから城に引きこもる』となっては、たとえそれが『国軍の本隊が来るまでの時間稼ぎ』なのだとしても、相手に攻められてしまったという事実が出来上がった時点で聞こえが悪い。

そうなれば積もり積もって『セイランは弱腰であり、軍を率いる才能がない』という風聞が立つということも危惧される。

兵数が上回っているならばなおのこと。

消極的な作戦は取れないというわけだ。

戦争は政治のいち手段だ。敵を滅ぼすことは手段であり、決して目的であってはならないというのはよく聞く話。

この戦い、もちろん負けてはいけないが、消極的な戦はもっといけない。

攻めて攻めて、苛烈なまでに攻めきらなければ、勝利とは言えないのだろう。

勝ち方を考えなければならないというのは、難しいものだ。

「皆に問おう。決戦の場はどこがよいか。他にふさわしい場所があれば、遠慮せずに挙げよ」

……次々と、ミルドア平原での決戦を推す言葉が上がる。

兵数で上回っている以上は、策を弄することもないだろうとの考えだろう。

やがてセイランや諸侯の間で、今後の方針と決戦時に採用する戦術がまとまった。

最後に、セイランが軍議の終了を告げたのだが、

「此度の軍議は実に有意義なものだった。今後はアークスの席も用意させるべきだな」

（…………うん？）

最後に、よくわからない話で締められた。

――ナダール軍の総数は討伐軍よりも少ない。

――帝国がかなりの割合でかかわっている可能性がある。

――ポルク・ナダールの目的はセイラン・クロセルロードの身柄で間違いない。

――緒戦は籠城戦にならず、ミルドア平原での決戦になるだろう。

軍議ではセイランおよび集まった諸侯の中で、以上のことが共有された。

そしてその場で、決戦における作戦と戦術が採択され、軍議は解散。

最後にセイランからお褒めの言葉らしきものをいただいたのだが……評価したのはセイランだけではなかったらしく、作戦室を出たあとに何人かの諸侯が訪れた。

突然囲まれかけたときは何事かと思ったが、全員が好意的だったゆえひとまずの安心。

「見事な洞察力だった」

「この歳で兵学に聡《さと》いとは素晴らしい」

「殿下が側に控えさせようとする理由がよくわかりました」

名乗りの挨拶を行い、称賛の言葉をもらう。

中にはなぜ無能と言われているのかというところまで踏み込んで訊いてきた諸侯までいるくらいだ。

侮るだけでなく、事情を話せばきちんとわかってくれる者が大半というのは本当にありがたい。

この調子で地道に評価を上げていけば、いつかは無能者という噂もなくなるだろう。

今回のことでそんな希望が少しずつだが、見えてきたように思う。

「調子に乗るなよ」

……中にはわざわざそんなことを言いに来た貴族もいたが、それはともかく。

ときは夕刻。

逗留のためにあてがわれた場所は、ナルヴァロンド内にある領主所有の館の一つだ。

もともとがルイーズの客人として扱われているため、戦のために参じた下級貴族より待遇がいい。

ルイーズから「なんなら城に居てもいいよ」という提案もされたのだが、そこまでされてはさすがにやっかみの対象になる恐れがあるためその申し出は辞退。セイランや高位の者しか逗留できない場所に、たかが下級貴族の子弟がご一緒するのは、いくらなんでも釣り合わないからだ。

……十五畳ほどの広い部屋に、ベッドが四つ、ソファが一つ、机といくつかの椅子が置かれた豪華な仕様。部屋の隅には遮光カーテンが掛けられた〈輝煌《きこう》ガラス〉が置かれており、もうそろそろそのお役目を果たすときが来そうといったところ。

いまは椅子に掛けながら、ようやく訪れたゆったりした時間を味わっている。

「軍議のときは悪かったな。まさか聞かれてるなんて思わなくてさ」

「いえ、私も思慮が足りなかったと反省しきりです。自制よりもあの場でアークスさまのお話を聞きたいという興味心が勝ったのは従者としてまずかったと認識しています」

軍議の場での迂闊な行動を、ノアに改めて謝罪する。

ノアは軍議のあとから、いつもの澄ました態度がなりをひそめていた。彼に落ち度はまったくないのだが、彼はあのときのことは反省点だという風に認識しているのだろう。

一方、その場にいなかったもう一人の従者はといえば、いまはガランガと戦棋《せんき》に興じていた。

「それで？　王太子殿下の前でも大活躍ってわけか？　ほんと話に事欠かねえなうちのご主人サマはよ。キヒヒッ……」

「い、いや大活躍ってほどじゃないって」

「えー、あれは大活躍だろー。途中からアークスの独擅場だったし、しかもあのあとカーチャンがべた褒めしてたんだぜ？　あの辛口のカーチャンが。なー？」

ディートがガランガに訊ねるように顔を向けると、感心したように頷きながら、

「ああ。姐さんが、褒めたってことは十分使えるってことだ――よし、魔導師いただきだ」

「うげ、そう来るかよ……」

カズィは戦棋の駒をガランガに取られ、苦い顔を浮かべている。

「俺は疑問に思ったことを言っただけなんだけどな……」

「それにしては、お話は核心を突いたものばかりでしたね。結果、討伐軍の方針まで変えてしまったのですから」

「おれ軍議を見学しててあれが一番勉強になったよ。殿下も軍議を回してすごいなって思ったけど、やっぱりアークスの話が印象的だったもんなー」

「あれだ、一番いい作戦は敵を撃破するでも、城を攻めるのでもなくて、敵の謀略を読んで、それを無力化するっての。俺はそれに従っただけだって」

敵の目的を事前に察知して、それを達成できないようにしてしまえば、自然相手は軍事行動を起こ

せなくなるというものだ。

今作戦の性質上、セイランがポルク・ナダールを討伐しなければならないため、敵の狙いを事前に挫くといった手段は取れないのだが――やはり相手の目的を正確に捉えるということは重要だろう。

するとディートが眉間にシワを寄せてうーんうーん。

「……うちは場所柄、結構戦しているけど、そんな戦訓聞いたことないぜ？　面倒な戦いや負けそうな戦いは絶対するなとかだし。なー？」

「ええ。坊のおっしゃる通り、戦訓って言ってもそこまで具体的なもんじゃない」

それはそれで、ふわふわしすぎなのではないだろうか。

「あとはあって、紀言書に載ってる事例とか？」

「でさあね」

「あー」

そういえば、紀言書には戦争のことに関する記述があったことを思い出す。

紀言書は第六【世紀末の魔王】内にある列皇紀の部分は、人と人との戦争に関してのことが描かれている。おそらくはそこに戦術、戦略に関することが書かれているのだろう。

ふとそこでノアが、

「先ほどの戦訓、『相手の目的をはっきりさせろ』というよりは、常に相手の目的がなんなのかに気を配れというものでしょうね」

「そうなのかもな」

同意すると、カズィが不思議そうな顔を見せる。

「なあ。そういったのは普通なことなんじゃねえのか？」

「いえ、聞けば単純な話なのですが、戦訓として備えていなければ意外と忘れがちなものです」

「そうだな。聞きゃあ確かにって思うが、あまり意識はしないな。戦ってなると、どいつもこいつも相手の兵を倒すって方に目が行きがちになる。戦ってのは基本的に数が多ければ勝てるものだからな。誰も彼もが気に掛けるのは、数をいかにして揃えるかってことだけなのさ――ぬっ⁉」

「へへ、重騎兵もらったぜ」

カズィは手に入れた駒を手のひらの上で弄びながら、得意げな様子。

ひとしきりガランガにどや顔を見せたあと、こちらを向いた。

「つーかよ、魔法の知識だけじゃなくてそういうのも詳しいとか、お前ほんとにどうなってんだ？」

「そうですね。レイセフトの本邸やクレイブさまのお屋敷にも、そういった類いの書物はありませんし」

「俺も一通り見させてもらったが、そういったモンを見つけた覚えもねえしな」

両者から向けられる懐疑的な視線。

こちらはそれに真っ向から向き合えず、目を逸らしながら誤魔化すので精一杯。

「えーっとな、まあそこは……」

「またあれか？　前に見たことあるっての」

「う、嘘は言ってないぞ？　見たことがなかったらあんな発言できないって」

「そりゃそうだろうが、お前の場合は根元からおかしいんだよ……」

「現物がないのが問題なのです。レイセフトの屋敷にもアーベント邸にもないのですから、他にどこでそういった知識を蓄えられるのか、こちらは不思議でしょうがない」

二人はそう言うが、しかし、それを提示できるわけもない。

あれはすべて男の世界の読み物だ。どうやっても持って来ることなどできないため、証明することなどまず不可能だ。

二人の訊ねに苦慮する中、突然ガランガが威勢のいい声を上げた。

「――いよし、これで俺の勝ちだな！」

「へ……？　ちょ、お、うっそだろ！　おっさんさっきのはわざと取らせやがったな！」

「うははは。これも経験の賜物《たまもの》ってやつよ。魔法院の首席卒殿？」

「うがぁあああああああああ‼」

ガランガがカズィの小遣いを巻き上げた。

カズィはこういったゲームは強いはずなのだが、さすがに戦棋に関しては向こうが一枚上手なのか。

まだまだ余裕といった様子。

「でも、相手の動きがわかったのは大きいよ。もっと時間があれば、決戦場に罠だって仕掛けられるしさ」

「こんな状況じゃなければって話になりますがね」

「なー」

ディートが同意の声を上げる中、ノアがガランガに訊ねる。

「ガランガさま。やはりラスティネル領まで引き込むという手は、よろしくないのでしょうか？」

「確実な勝利を得たいなら、むしろいい手だと思うぜ？　地の利が取れるし、なんなら向こうに城攻めをさせることだってできるからな。だが、今度の戦は、殿下の評判も重視しなきゃならん。戦が終わったあと、王国がまずやることが何だかわかるか？」

「すぐに行う……論功会でしょうか？」

「そうだ。しかも、今回の戦は殿下にとって初陣だ。そりゃあ大々的なものになるだろう。おそらくは諸外国からも貴賓を集めてのものになるはずだ。当然そこで殿下の評価が問われることになる」

「では当然、王太子殿下の行動に焦点が当たることになりますね」

「評価に関してはシンル陛下は特に厳しい方だ。それをお膳立てされた勝利なんかで飾ったときには、外国から舐められることになりかねんからな。殿下のお立場上、そういうわけにはいかんだろう。そうなればやはり、城を攻められるってのは、よかぁないんだろう」

こちら討伐というお題目を掲げて攻め込むのに、逆に攻め込まれるのはある意味間抜けな話だ。相手に攻め込む猶予を与えたということになるし、自国の貴族にも舐められているという風に取られかねない。

討伐軍が先手を取られるなど、皮肉でしかないだろう。

「――今回のことではある意味、アークスの坊主はそんな事態から殿下を守ったとも言える。もしこっちがナダール側の正確な動きを察知できずに奇襲なんて受けてたら……戦に勝利したとしても、殿下の評価には傷が付いただろう。席を用意するってのも、あながち冗談とも言えねぇだろうな」

「ほんとすごいよ。この戦が終わったらおれのとこに来て欲しいくらいだし……なんかダメっぽいけど」

「は？」

「いや、あのあとさー、殿下にアークスが欲しいって言ったら、『アークスは余がすでに目を付けていたのだ』って言われて断られちゃったんだ」

「おま……」

知らないうちに確保に動いていたのか。

しかも、それに関してはガランガも知らなかったようで。

「坊、もう動いたんですかい？」

「だってこういうときは早く動かなきゃだろ？　そうでなくても他の貴族や領主が動いてたんだし」

「そいつは……どいつもこいつも手が早いことで」

「当然おれみたいに殿下に断られてたけどさ」

ディートはそう言って、不満げにぶつくさ。

彼もそうだが、貴族や領主、セイランだ。

まだ成人もしてない子供を、こうして囲いにかかるのは、どうにも妙な気がしないでもないが――

ここは男の世界とは違い、特別な才能というものが確固として存在している世界だ。そのため、こうして年齢にかかわらず確保しにかかるのだろう。

「アークス、殿下の覚えめでたいけど、なんかやったの？」

「えー、まー、いろいろ？」

「ふむ。やっぱりラスティネルに来たことと関係あるのか？」

「が、ガランガさま、そういった深読みはご容赦いただきたく……」

「って言ってもなぁ」

と言いつつも、ガランガはニヤニヤしている。

……ガランガも一地域を治める領主だ。武辺一辺倒ではないだろうし、当然自身のことに考えを巡らせて、なんとはなしに答えを出しているのかもしれない。

しかし、もし魔力計のことが理由なのだとしても、得心がいかない部分もある。

セイランが知っていることと言えば、魔法に関しての活躍だけだろうし、軍事にかかわるものではない。にもかかわらず軍議の場に呼んだうえ、今後の作戦にかかわる案まで出させたのだ。

魔法の活躍だけならば、あんなところには呼ばないはず。

だからどういうことなのか、わからないのだが――

「でもさうらやましいよなー。殿下の近くで戦えるんだもん」

「あー、うん」

ディートに返したのは、そんな曖昧な声。

すると、ディートは不思議そうな顔を見せ、首をこっくりと傾げる。

「あれ？　アークスあんまり嬉しそうじゃない？」

「まあなぁ……ディートはどうしてうらやましいんだ？」

「どうしてって、うらやましいに決まってるだろ？　殿下の前で活躍すれば、王家からの評価も上がるし、上手くいけば王家とつながりもできるだろ？　こんな好機そうそうないって」

「あー」

確かに、ディートの言う通りだ。

今回のことでセイランの覚えがめでたければ、当然出世につながる。

ここは特権階級が支配する国なのだ。周囲の評価もそうだが、基本的には上位者の意志一つで決定されるものだ。セイランの前で活躍できれば、それはほぼ確実だろう。

そう考えると、『成り上がる』という自身の目標にも一致している。

ノアとカズィに、訊ねるように視線を向けると。

「私はついて行くだけですので」

「ノアはそれでいいのか？」

「主にどこまでもついて行く。それが従者としてあるべき姿ですからね」

ノアはそう言って、楽しげに笑っている。その本心にはやはり、面白そうだからとか、楽しそうだからとかいう理由があるのか。

一方で、

「カズィは？」

「侯爵邸に攻め入ったんだ。お前のとこにいれば荒事続きになるってのは最初からわかってるさ。キヒヒッ……」

どうやら、二人共納得しているらしい。

それならば、今更遠慮することもないだろう。二人は自分よりも荒事に慣れているのだ。他人を気にするよりも、自分を気にしろと言われてしまう。

ともあれ、結構前から気になっていることなのだが。

「――それで、ディートはなんでここにいるんだ？」

「え？　え？　なにそれいまさらすぎだろ？」

そう言いながら人のベッドを占拠して、さっきから気ままにゴロゴロしているディートくん。他人のベッドなのに自分のものかの如く我が物顔で、シーツはすでにしわくちゃだった。

「だってカーチャン以外は基本おっさんばっかりだしさー。そりゃ世話係の女中も何人か付いてきてるけど。そっちはそっちで気軽にはできないし」

「というわけで、こうしてお邪魔してるってわけだな」

そのおっさん筆頭は偉い立場なのだから仕事はどうしたとも思わないでもないが、基本ディートを補佐するのが仕事であるため、こうしてここにいるのだろう。主を放置してずっとカズィと戦棋で遊んでいるが。

「なーなー、アークスって歳いくつ？」

「俺？　俺は今年で十二だけど」

「そうなんだ。おれのいっこ上かぁ」

「へーそうなのか」

「そうそう。あっ！　じゃあアークスのこと、今度からアニキって呼んでいいかな？　あ、見た目はアネキっぽいけど」

「それは余計だ余計！」

目を三角にして怒るが、ディートはケラケラと笑っているだけ。

だが、問題はそのアニキとかいう呼び方だ。

「あのな、お互い立場ってものがあるだろ？　話し方は置いておくにしても、さすがにそれはさ」

「えー、いーじゃん。おれより年上なんだしさー」

「…………」

この前から、まったく聞かないディートくん。ベッドに寝そべりながら手足をバタつかせて口を尖《とが》らせる。

聞き分けてくれないことを察してガランガの方を見るが、こちらはこちらで諦めたようにため息を吐くばかり。

「きちっとした場ではちゃんとするからさ」

「……わかったよ」

「よろしくアニキー」

そう言って、どこか嬉しそうにまたベッドの上をゴロゴロ。そろそろ寝床がめちゃくちゃになりそうなのでやめて欲しいところだが。

「でも、滾《たぎ》るよなぁ」

「ディートは戦、乗り気なんだな」

「だってさ、ここで活躍すればおれの代は安定だもん。領地の連中にもちゃんとデカイ顔できるし。なによりいまからしっかりとした手柄があればカーチャンも安心できる」

ディートはそう言って鼻息も荒い。やる気に溢れる素振りを見せる。

彼もただの子供ではないのだ。上に立つ者の教育を受け、きちんと立場に応じたことも考えている。

倉庫街でピロコロたちを拘束したときに、現場の後始末を任されたことからもわかる通り、彼に任せても大丈夫だと大人たちが考えるほど、ディートはそれだけ能力が高いのだろう。

戦闘も、実務もだ。

地方君主は直臣《じきしん》だけでなく、領地内の氏族の戦力もまとめなくてはならない。そのため、中央に縁が太い貴族と違い、教育が徹底的に施されると聞く。

交渉事や政治の実務までこなせるようにならなければ、君主の仕事は務まらないということだ。

だからこそ、

「アニキにはほんと感謝してるよー。おかげで手柄も挙がったし、これからもっとデカイ手柄を挙げられる機会も巡って来るんだからさ」

「敵の首級《くび》を挙げてってて？」

「そうそう」

ほんとこの世界の人間は血の気が多いことこの上ない。

（にしても、戦かぁ……）

いまはディートを眺めているだけだが、自分だって他人事ではないのだ。

これから、実際に体験することになる。

こちらは討伐軍、つまりは官軍だ。よほどのことがない限り、勝利は間違いないだろう。

……ただ、作戦に関して、妙に思うところもある。

討伐軍側が、離間工作を徹底的に行わないということだ。

聞いた話だが、行っていることと言えば、ナダール側の指揮官に叛意《はんい》を促す書状を送るくらいで、あまり他の手は取っていないらしい。

だからこそ、不思議なのだ。

なぜ、積極的に相手の足を引っ張りに行かないのか、ということに。

軍隊は人間が寄り集まったもの。いくつかの集団がさらに結託して、戦闘集団となったものでしかなく、基本それぞれの利益のために動いている。

討伐軍ならば王家の威光によって結束しているが、ナダール軍は徴兵された農民や市民、傭兵などの寄せ集め。それこそ分断工作などし放題のはずである。

――偽の書状を送り込み、兵士たちの動揺を誘う。

――部隊同士が仲違いする情報を流して、相争わせる。

――手柄となる情報を流して部隊を先行させ、事前に各個撃破に持ち込む。

偽の情報を流して揺さぶりを掛ける程度なら、こちらの兵員が揃わなくてもできるはずだ。

ある将兵は野心が強い。ならばそこに付け込み、手柄を匂わせて先行させればいい。欺瞞《ぎまん》工作を行い、釣り出すのだ。

ある将兵と将兵は、仲違いをしている。ならば、片方に懇意《こんい》にしているという密書を送れば、あとは向こうが勝手に深読みして、処罰してくれるだろう。

傭兵はもっと簡単だ。買収すればいい。名声を重視する者たちであれば話は別だが、どの陣営に付くかは金払いが大きく関わるはずだ。財力で殴りかかるのも一つの手。最も正当で綺麗なやり方で、血を流さずに笑顔で終われるだろう。

もっと積極的に動くのなら、相手の陣地に工作員を潜り込ませて火を付けさせてもいい。

指揮官の毒殺などは最たる手だが……それをやってはセイランの名声を落とすことになりかねないため不可。

あとは、兵数を誤認させることも有用だ。こちらの兵数をわざと少なく見せて、いざ戦うというときに実際はもっと多かったとなれば、敵も対応に追われるだろう。

「……ざっと思い付いて、やれることはこれくらいかな」

「ほんとえげつねぇこと考えるぜ……頭ん中に悪魔でも飼ってるんじゃねぇのか？」

「さすがアークスさま。可愛らしいお顔で恐ろしいことを考えます。そういうところはまさに貴族ですね。順調に穢《けが》れていっているかと」

「従者共は相変わらずひでぇ言いようだよ」

「でも、それをやると手柄が減っちゃうからなぁ……おれとしてはそれをやられると困るんだよなー」

「あー、手柄か。確かにそれを考えるとやり過ぎることはできないのか……」

「そうそう。首級が減ったら絶対文句言うやついるぜ？　特にあの伯爵とかさ」

「言うだろうな。さっきも突っかかってきたし」

軍家というものは、戦働きの報酬が大きな収入源だ。それを得る機会は用意して欲しいし、当然それを奪われれば不満も溜まる。

確かに策略を用いれば、戦争前に敵を減らせるだろう。

だがその分、戦争中の手柄も減ってしまうことになる。

なるほど現場を見たことのない自分だからこそ、それに気付かなかったのか。

この世界の軍隊は、男の世界のように、個々を打ち消し、一つの戦果を全体の成果とするような機構ではない。さりげない手柄の分配は必要だし、それが「勝てる戦」ならばなおのことやり過ぎることができないのだろう。

ふと、黙考していたガランガが、薄目を開けて、

「……いま坊主が言った策が全部成功した暁には、まずナダール軍は崩壊して自滅するだろうな。こっちと違って徴集兵や傭兵ばかりだから、旗色が悪くなったら脱走する。そんで、手柄は全部殿下のものだ」

「うわ無理無理無理無理！　おれそれすっごい困るって！　絶対、絶対殿下に言わないでくれよ！」

手柄を立てて、ルイーズの直臣や地方豪族の信任を得たいディートにとっては、そんなことになっ

ては堪らないのだろう。折角の絶好の機会が来たというのに、活躍できる場所がなくなってしまっては残念などという話ではない。

こういった軍隊というのが一筋縄ではいかないものだというのを知れた折のこと。

ふいに、部屋のドアが叩かれる。

しかして部屋を訪れたのは、セイランの近衛だった。

まず近衛は部屋にいるディートとガランガに挨拶をすると――

「アークス・レイセフト。殿下がお召しだ。すぐに面会の準備をせよ」

「え……？」

自身に向かって、そんなことを口にしたのだった。

館の出立前に、ディートから「アニキー、がんばれー」などというエールを送られてからしばらく。

ノア、カズィと三人、迎えに寄越された馬車に揺られながら、セイランの待つ城へと向かった。

夕食前のこんな時間に呼び出しなど、一体どうしたのかと迎えに来た近衛に訊ねるが、近衛は「詳細は知らされていない」と言うのみで、事情はよく聞かされていない様子。

どうやら、単に迎えに行けとだけ言われたらしい。

馬車の窓から差し込む日没前の強い西日に眩しさを感じ、遮光カーテンを閉めると、カーテンの先端に付いた刻印がレール終点の刻印とくっつき、天井のナイトライトが点灯する。

馬車内は明るくなったが、突然の、それも超の付く上位者の呼び出しを受けたという不安のせいで、心の中にはまだ陰りがあるまま。

身を覆うのは、妙な緊張感だ。

軍議の場ではうまく立ち回れたため、この呼び出しはお叱りの類いではないと思われるが――セイランのことをよく知らない以上は、油断出来ないのもまた事実。

結果うまく立ち回ることができたが、不用意だったことを咎められるということも、自身が気付けていない無礼にお叱りを受けるということも考慮しておかねばならないだろう。それでわざわざ呼び出して……ということは考えにくいが、あまりよくない状況というのも念頭に置きつつ、考えを巡らせる。

……ナルヴァロンドの城に到着したときには、すでに日は沈みきっていた。

セイランが逗留しているためか、城の中は厳重な警戒が敷かれ、部屋に通じる廊下は多くの近衛で固められている。

謁見前に荷物検査を受け、当然武器になるようなものは一時預かり。

ノアとカズィは別途用意された部屋で待機して。

呼びに来た近衛と一緒にセイランの部屋へ。

廊下は夜にもかかわらず、随分と明るく、さながら男の世界の蛍光灯が点灯しているかのよう。

おそらくは警備のために光量を増やしているのだろう。

通路に配置された近衛たちはみな例外なく武装しており。

常にぴりぴりとした緊張感を保っているようだった。

やがてセイランの部屋の前に到着。

近衛が到着の報告をすると、中から短く「入れ」という声が返ってくる。

質問等に丁寧に対応してくれた近衛に感謝の礼をして、部屋の中へ。

入室は当然のように一人。ここからは近衛も同行することはなく、不思議なことに室内にも護衛の姿はなかった。

高価そうな調度品が並ぶ豪華な部屋には、セイランがたった一人だけ。

白い装束に身を包み、手や腕は長く広い袖口に隠され見えず。

男の世界の〈中国剣〉を思わせる剣は近くにあるが。

金襴《きんらん》の施された高価な織物の膝掛けを広げてくつろぎ。

しかし黒の面紗は外さぬまま、その面容は杳《よう》として知れず。

天蓋付きのベッドの上に、人形さながらの無反応さで腰掛けていた。

入室後すぐに一礼し、セイランの前に膝を突く。

そして、

「――アークス・レイセフト、殿下がお召しと伺い参上いたしました」

口上を述べた直後、もともとあった緊張がさらに増す。

その原因は、セイランがにわかにまとった威風のせいだ。

それは謁見のときや軍議のときと同じような、冷たい威厳。あまりの身の凍えように、まるでブリザードのただ中にでも放り出されたかのような錯覚にまで陥ってしまう。

吹雪は真正面から。まるで目の前に冬山の魔物でもいるかのよう。

身体がまやかしの冷え込みでこわばり、手足に震えが忍び寄る。

そんな中、セイランがやっと声を発した。

「アークス」

「……はっ！」

「そなたは、余を怖れるか？」

「この国、いえ、この大陸に、殿下を怖れぬ者などございません」

そう言うと、セイランは機嫌を良くしたのか、面紗の奥からかすかな笑声を漏らす。

「では、少し緩めよう――これで震えも収まろう」

「は。お心遣い、ありがたく存じます」

「うむ」

威圧が解かれると、身体の冷えがまるですべて幻だったかのように消えてなくなる。

こういうものを意思一つで切り替えられるなど、まるで漫画や小説の登場人物のようだが、実際この世界にはそれを出来る者が多くいる。

気になるのは、みなこれを一体どうコントロールしているのかだ。

そのあたり今度クレイブに聞いてみた方がいいかもしれないな……と、思いつついると、セイランが口を開いた。

「楽にせよ。そうだな、そこの椅子にでも腰掛けるがよい。余もそちらに移ろう」

セイランはそう言うと、部屋の一角を示す。

そこには鏡面のように磨かれた大理石製のテーブルと、随分と座り心地の良さそうな一人掛けのソファがあった。

「ですが」

「よい。ここには余とそなたの二人だけだ。この場の無礼を咎める者は誰もおらぬし、隠れ見ている不躾な輩もいない」

「しかし、護衛の一人もいないというのは一体どういうことなのでしょうか」

「それは余がそなたと二人で話がしたかったからだ。ならば、他に立ち会う者など不要であろう？それとも、そなたが余に害をなすとでも言うのか？」

「いえ、滅相もございません」

そんなつもりがないのもそうだが、それができない一番の理由は力量差だろう。

もしこの場で、こちらが先に動けたとしても、腰元の剣によって一瞬で首を刈り取られる未来しか思い浮かばなかった。

セイランの言葉を受け、指示された場所へ。

テーブルの上には、お茶のセットが用意されていた。

あるのは、乾燥した茶葉を入れておく容器と湯を入れておく容器、湯を捨てる金壺に、急須、湯飲茶碗、ガラスの水差しなどなど。

趣はやはり中華風を思わせる意匠であり、事前に温められていたらしく、ぬくもりを持っていた。

先に腰掛けたセイランがふいに茶碗を持ち上げて、無造作に振る素振りを見せる。

マナーに則った動きではないのか。動きに気軽さと、かすかな笑声が聞こえた。

つまりは、淹れてくれということなのか。

「これは……」

「鳳《おおとり》だ。佰連邦《バイリャンバン》から取り寄せた一級の品よ」

と言われてもピンとこない。

茶葉から香るほのかな芳香を頼りにして、どんな茶なのか推測する。

鼻腔を満たすのは、男の世界の中国茶のような香り。

「……ウーロン茶？」

「……！　そなたは博識よな。東方の茶にも理解があるのか」

「い、いえ……偶然にございます」

「ふふ、そうか」

茶の種類を言い当てたことで、セイランは気を良くした様子。笑声にはっきりとした喜色が交じる。

まさかこちらにも、烏龍茶があるとは驚きだ。いや、紅茶がある時点であってもおかしくはないの
だが……。

ともあれ、いまは茶か。

セイランの方を見ても、何も応えてはくれないようなので、自分がどんな風に茶を淹れるのかを見
たいのだろうと思われる。

さて、あの男はウーロン茶の入れ方など知っていただろうか。

そう考えながら、テーブルの上をよく観察する。

茶器はすでに温められているし、急須の中身は刻印によって沸かし立てが保たれている。

無用な物は置かないため、おそらくは置いてある物は全部使わなければならないだろう。

（……確か中国茶って洗茶とかいうのをしないといけないやつがあるって読んだ覚えがあるな）

そんな情報を追体験の記憶からどうにかこうにか掬い上げつつ。

急須を熱湯で温めてお湯を捨て。

急須に茶葉と熱湯を入れてお湯をガラスの水差しに入れて捨て。

再度急須にお湯を入れて茶を出すのに数十秒待ち。

ガラスの水差しに茶を移す。

ノアから習った紅茶の淹れ方とはやり方が随分と異なるが、そうした工程を経てやっと湯飲みに茶を注ぎ込んだ。

「どうぞ」

楚々《そそ》と湯飲みを差し出すと、セイランは面紗《ベール》の端を軽く持ち上げて、口を付ける。

「香りは立っているが……まああだな」

「は。申し訳ございません」

「今後茶の淹れ方も精進するがよい」

セイランに返事をして、頭を下げる。

これまたなんとも妙な儀式だなと思いつついると、やっと本題に入るのかセイランが口を開いた。

「アークス。先ほどの軍議での発言、見事であった。討伐軍の方針が斯様《かよう》に定まったのは、そなたの功績と言えよう」

「お褒めに与《あずか》り感激の至り。恐縮しきりにございます」

「うむ。これで余がそなたに助けられたのは二度目だな……いや、もっと多いか？　ふふ」

セイランはそんなことを口にして、冗談めかしたように笑っている。

「それとだが、今日の軍議でそなたが口にした余の偽物を作るという策について、あとで細かなことを書き出して提出せよ。採用するには細部まで詰めねばならぬが、おおむね策としては有用であったと思う。釣れるか否かにかかわらず、やってみる価値はあった」

「そうなのですか？」

「ああ。あの策は悪くなかったとも。もしそなたに地位と実績があれば、余は迷わず採用しただろう。だが、諸侯がいる手前、実績のないそなたの策を採り上げ、諸侯を蔑ろにするわけもいかぬ。それはわかるな？」

確かに、方針転換の契機を作り策も採用したとあれば、あまりに自身に偏重してしまう。

そうなれば、諸侯からセイランが依怙贔屓《えこひいき》する君主という風に取られかねない。

今回は、不満が出ない方を選んだということなのだろう。

「殿下にそう言っていただけるだけで、私には十分でございます」

「うむ。余もまさかそなたが採用するに足る策を口にするとは思わなかったのだ。あの場で使えぬ策と言わざるを得なかったのは、余がそなたを見くびっていたことにほかならぬな」

セイランはそう言って、ほう、と茶の香る息をやや上向きに吐き出す。

今回のこと、つまりはセイランが選択肢を一つ潰してしまったことに等しい。

策を採用できなかっただけでなく、他の諸侯たちも相似する策を採れなくなってしまったのだ。セイランからすれば、ふとした戯れが失敗に繋がったという風に思えるのかもしれない。

謝罪の言葉が含まれない謝罪に対し、頭を垂れる。

この世界で王太子ほどの上位者がここまで言うだけでも、相当なことだ。最大限の謝意を示したようなものだろう。

「それと、ボウ伯爵は煩わしいだろうが、余はあれをそのままにさせておくつもりだ。あれはあれで使い道があるからな」

「は」

「……軍議では愚かなことばかり言っていたが、伯爵と同じように考えが及ばず似たような考えに至る者もいる。あのような者がいると、多くを貶めずに説明がしやすいのだ」

「ボウ伯爵は気の毒に思います」

「詮無きことよ。あれは功名にばかり目を向けているせいで考えが足りぬのだ。おかげでうまく議論をまとめることができたがな」

セイランはそう言うと、

「――話が逸れたな。まずそなたのこれまでの活躍に、改めて称賛を贈ろう。余を窮地から救った知恵。そして先ほど立てた策もそう。特にそなたが作った魔力計は素晴らしいものだ。あれが余のもとに届いた日ほど、心が高ぶったことはなかった」

「微力ながら王国や王太子殿下のお役に立てたこと、嬉しく思います」

「そなたの存在は王国でも稀有なものだ」

「私などいまだ矮小な身。稀有など滅相もございません」

「遜《へりくだ》る必要はないぞ？　そなたはその歳でそれほどの功績を挙げたのだ。余もそなたのような臣民がいることを誇りに思う」

セイランはそんな風に、次々と称賛の言葉を並べ立てる。

上位者からこうして称賛を受けるのは、嬉しいものだが……。

「どうした？　胸を張るがよい。己が諸国に並ぶもののない傑物だと言ってもよいのだぞ？　そなたはそれだけのことをしたのだからな」

くすぐったい。

あまりにくすぐったすぎるのだ。

褒めるにしても、これはあまりに褒めすぎだ。

これではこちらを調子に乗せようとしているようにも思えてしまう。

相手を褒めて気分を良くさせ、取り入ったり、言うことを聞かせやすくしたりするというのは、まある世渡りの手法だ。創作に出てくる場合の豊臣秀吉《とよとみひでよし》という武将が、よくこういった風に描かれていたように思うが、どこかこれに似たようなものを感じてしまう。

どんな表情をしているのかがわかれば、判断材料にはなるのだが、しかしセイランは面紗《ベール》を付けているため顔色を窺《うかが》うことはできない。

だからこそ、

「お戯れを……」

自分にはそう返すので精一杯だった。

セイランが椅子から立ち上がり、近づいてくる。

「アークス。余はそなたをいたく気に入っている。そなたほど才がある者はそうそういない。余はそういった者に活躍して欲しいと思う」

「ありがたきお言葉の数々。王家の臣の一員として、嬉しく思います」

「そう思うか」

「は」

「余は今後ともそなたを引き立てたく思う。今後の出世も望むままだ――」

セイランは横に立つと、肩に手を置く。

そして間を置かずに、

――そなたが余の言うことに従えば、だがな。

そう付け足して、ふいに耳元に顔を近づけてくる。

そして、静かに囁くのは。

「アークス。余の犬となれ。余の忠実な犬に」

「…………!?」

耳朶《じだ》に吹き掛かった甘い言葉に、驚きを隠せない。

まさか、こんなことを言うほどに、自身のことを買ってくれているとは。

だがしかし、だ。それでも「犬」とは随分な言いようではないか。それはつまり、己の自尊心を消して、餌を求めて走るだけの存在になれということに他ならない。

確かにこれに飛びつけば、出世は思うがままだろう。セイランはいずれ王国の最上位者になるだろう人間だ。そんな人間に引き立てられるというならば、己の目的の一部は間違いなく達成される。

だが、頭をよぎるのは疑問だ。

そんな、己を蔑ろにするようなやり方で出世するのは、本当にいいことなのか、と。

「どうだ。悪くない話であろう？　いずれにせよそなたにとって余の命令は絶対なのだ。ただ余の申しつけることを聞くだけで、何もかもがそなたの思いのまま。我が世の春を謳歌できるのだぞ？　迷うことはないはずだ」

「……畏れながら、私には分不相応なことかと」

「そなたが相応しくないとは思わぬ。そなたの才は余が認めるところだ。いずれそれは世にも知れ渡ろう」

「は……」

「ならば、頷くがよい。余の犬になる、とな」

セイランが、選択を迫ってくる。

自分もセイランも、貴族社会に生きているのだ。こういった駆け引きというのも、よくあることなのだろう。

だが、なにか違うような気がしてならない。

いまのセイランは、これまでに抱いた印象から、どうにもかけ離れている気がするのだ。

挨拶の場でも、軍議の場でも、セイランは常に厳しさを心掛けていたように思う。

常にバランスを保ち、公明正大を心掛ける。

そんな人間が、甘い言葉で他者を弄《ろう》して調子に乗らせて、味方に付けようと考えるのか。

自分が最初に抱いた印象が正しければ、だ。

他者を贔屓して、甘い蜜に漬けるよりも、厳しさに徹して働かせようとするのではないか。

この考えが正しければ、作為的な何かが、ここにはあるはず。

ほのかに甘い吐息の余韻が漂う中、意を決して口にするのは——

「殿下、畏れながら、私に発言をお許しいただきたく」

「なんだ？」

「殿下は一体何をお考えなのでしょうか。ご無礼を重々承知のうえで、どうか本意をお聞かせ願いたく存じます」

そう願い出ると、セイランの声のトーンが一段下がる。

「……そなたはなにゆえそう思う？」

「殿下の振る舞いを見た限り、どうしても不自然さを否めません。であれば、殿下は別の考えを持ってこの会話に臨んでいると、そう愚考する所存です」

「…………」

この予想が間違っていれば、己は怒りを受けるだろう。

だがどうしても、これが「セイランの本意」だとは思えないのだ。

部屋に入ったとき以上の緊張が身体を縛り、汗が一筋、首筋を伝い落ちる。

セイランは、まだ訊ねに対して答えない。

ぐるぐるする頭の中、思考が鈍磨していく。

ぐるぐると、ぐるぐると。

「くく……くくく……」

そんな風に、ただひたすら言葉を待つだけの中、ふいにセイランが笑い声を上げた。

その笑声はだんだんと、どこか気分を良くしたように高い響きへと変わっていく。

そして、

「くく、いや、そなたの言う通りだ。余はそなたを試したのだ」

その言葉を聞いて、大きく安堵する。

溜め込んだ息を吐くのを我慢するも、極度の緊張が解けたせいか、身体から力が抜けていく。

要するにセイランは、自分がどんな人間なのか、先ほどの問いで測ったということなのだろう。

だが、人が悪い。

そう思ってセイランの方を見ると、セイランも息を吐き出した。

その様はまるで、セイランの方も緊張していたかのような素振り。

もしかすれば、安堵したのはセイランも同じだったのか。

セイランは背を向けて、椅子の方へと戻る中、

「余も人を試すような真似などしたくはないが、そうせざるを得ない身の上でもある。他者の本心は、目に見えぬものであるゆえな」

そう言うと、

「だが、安心した。やはりそなたは余の思った通りの男だ」

「殿下のご期待に添えたこと、なによりと存じます」

だが、思った通り、とは。

やはりその口ぶりでは、もともと買ってくれていたということになる。

自分とセイランには接点がほとんどないため、その辺が随分と不思議なのだが。

「しかし不思議なものだ。余が声をかけると感極まる者ばかりなのだが、そなたはその素振りすらなかった。それはおろか、褒めれば褒めるほど裏に何かあると考えた」

「殿下の腹の内を探ろうとしたご無礼、お許しいただきたく」

「いや、そうでなくては困る。欲に走り、見も知らぬ者を無条件で信じるのは愚か者のすることだ」

セイランはそう言うと、唐突に問いかけてくる。

「――アークス。そなたは余が、なんであるか知っているか?」

そんな意味ありげな問いかけを。

セイランから掛けられた不思議な問いかけ。

――余がなんであるかを知っているか。

それは、自分がセイランのことを、どう認識しているのかを問うているような言葉だった。

そういった含意があると受け取りつつ、背を向けて立ったままのセイランに口にする答えは。

「……は。私は殿下のことを、ライノール王国の次代を担う東宮《とうぐう》と心得ております」

「そうだな」

こちらの言葉を、セイランが肯定する。

我ながら当たり障りのない答えを口にしたとは思うが、自分が導き出せるのはそれが精一杯だ。もとより話の流れを考えれば、セイランの問いかけはその先に続く解き明かしの呼び水に違いないだろうが。

「そなたの言う通り、余はライノールの嗣子《しし》である。だが、余が父上や父祖《ふそ》と違うのが、余が新たな権威を作るために生み出された存在だということだ」

「新たな権威……」

「そうだ。権威とは、あらゆるものを無条件にひれ伏せさせる実《じつ》のない力だ。武力、権力、財力に依らず、名や血筋、肩書きにのみ宿る、人々の信心に直接働きかけるもの。平たく言えば信用だ。それは理解できていような?」

「は。私もその力の嵩《かさ》にかかる者の端くれでございますれば」

権威の恩恵に与る者を挙げるなら、貴族はその筆頭だろう。当然、先に言った三つを背景にすることもあるだろうが、平民には信用と共に「高貴な者は偉い」「逆らってはいけない」「禁忌」という常識が確固として根付いている。

だが、セイランはすでに王国王太子という名実を持っている。にもかかわらず、それを上回るほどの権威があるとは一体どういうことなのか。王国で王太子を超える権威を持つ者は、それこそ国王しかいない。

だがいまの口ぶりでは、それに並ぶか、それ以上のものということになる。

「私は、殿下のおっしゃる『新たな権威』が何を指すのか存じ上げません。であれば、お教えいただきたく存じます」

「うむ。余の持つ権威……容易には口に出来ぬことだが、そうよな」

セイランはそう言うと、こちらを振り向き。

「そなたならば、この言葉がわかるやもしれぬな。アークス、余は【神子《しんし》】たる存在なのだ」

「……！」

「その様子では知っているということか。さすがだな」

こちらが咄嗟《とっさ》に顔を上げたことで、セイランは察したのか。

【神子】。

そんな風に、セイランがわざわざ、【古代アーツ語】を用いたのは、先ほどの言葉が一般的ではないからだろう。

共通語には、男の世界によくあるような『神』という存在に相当する言葉がない。

そもそも神という概念がこの世界では一般的ではないのだ。

それは、この世のすべての事象が【言理の坩堝《るつぼ》】から生み出されたものという常識が根付いているからに他ならならい。

世界が紀言書にある通りだとすれば、この世は天も地も、山も海も、あらゆるものが言葉で出来ているという。意思ある誰かが意図的に作ったものではなく、言葉の結合と別離によってその原型が生まれ、ときの流れとこの世に生きる者たちの生活の営みによって現在ある形となった。そんな答えが紀言書によって出ているために、男の世界のように「世界を作った意思ある存在」というものを想像する人間がいないのだ。

……だが、だからといって、それに相当する存在がないわけではない。

坩堝をかき回す者、カーナ・アム・ラハイ。

【精霊年代】にごくわずかだが記述され、【大星章《だいせいしょう》】が生み出された時代にほんの一時期だけだが信仰された存在が、おそらくはそれに当たる。

坩堝から生み出され、坩堝を操る者。

つまりはあらゆる事象を動かし、現象を操る力を持つ者というように描かれる。

【古代アーツ語】に記される『神』は、そのカーナ・アム・ラハイを指すものなのだ。

「つまり、殿下はこの世の事象を操る者と同じであらせられるということでしょうか？」

「そうだ。やはりそなたも、坩堝をかき回す者の記述にたどり着いていたか」

セイランはそう言うと、問わず語りに口にしていく。

「歴史を紐解いていけば、血筋のみを重視する君主は時代が下がるにつれ、権力が弱くなる傾向にある。家と家の繋がりを強くするために婚姻を重ね、王家の血筋が分散することもそう。しかし才のみを重視すれば、いずれは財力や武力を背景に主家たる王家を蔑ろにしよう。それらをいま一度過去のものにするために、余と言う存在が作られたのだ」

「つまり、殿下の血には、御尊父であるシンル陛下を超える権威が備わっているということでしょうか？」

セイランは「その通りだ」と言って頷く。

……セイランがこれ以上のことを話さないため、権威の正体が何なのかはわからないが、事実ならば多くの者がひれ伏す権威がその血に備わっているということは間違いない。

「……それゆえ、このような状況に置かれたときは、余は父上の権威を飛び越えて活躍しなければならないのだ。父上によって作られた余の権威を、確固としたものにするためにな」

「それで……」

「そうだ。父上の了解を得ずに軍を興すなど数々の例外があったのがそのためだ。ふふ、だがそれもすべては父上の手のひらの上のことよ。此度は余に試練を与え、一段上に上らせようというのだろう」

「では、国軍の動員が思いのほか多くないのも、そのためなのでしょうか」

「いや、国軍の派遣が鈍いのは汜族とグランシェルの動きを警戒してのものだ。どうもナダールの動きと呼応しているかのような動きを見せているらしい。もし連中が動くとなれば、こちらへの援軍が少なくなるのは当然だ」

それは、規模の問題なのだろう。

クロス山脈に広く領土を持つ氾族や、南のグランシェルは海軍国家とは言えど陸の戦力も侮れない。それら、いち国家やいち国家を形成できるほどの力を持つ氏族と、いち国内の貴族でしかないポルク・ナダールを秤に掛ければ、答えは自ずと見えてくる。

情報が遮断されているはずなのに、呼応しているような動きとは妙な限りだが。

「余は、王国を統べることを宿命付けられている。ゆえに、求めなければならぬ。大きな力を。誰もがひれ伏す名声を。クロセルロードの王統を、万古不滅《ばんこふめつ》のものとするために」

セイランが、どこか熱に浮かされたように語り出す。

それはまるで、遠く空の彼方にある、月や太陽に手を伸ばしているかのよう。

空想と現実の境の区別が付かなくなったドン・キホーテか。

愚かにも太陽に迫ろうとしたイカロスか。

強い思い込みと、身の程を弁《わきま》えぬ語り口。

傍から見れば傲慢なそれも、王国王太子という肩書きを持つ人間ならば、相応しいとさえ言えるだろう。強い力は、これから王国を統べる者には絶対に欠かせないものだからだ。

だが――

「殿下はなぜ、それを私にお話しになったのでしょうか？」

「アークス。余には信のおける味方が必要だ。上位者におだてられても舞い上がらず、見え透いた餌に食いつかず、冷静さを保てる者。余はそう言った者を手元に置きたいと考えているし、そなたは余の期待に確かに応えた」

セイランはそう言うと、こちらに振り返った。

そして、

「――余の大望を実現するために、そなたの力を貸して欲しい」

それは、これまで投げかけられたような命令などではない、願うような言葉だった。

命令を聞けでもなく、力を貸せでもない、力を貸して欲しいという、相手の納得を必要とするそんな意思。王国貴族に係累を持つ者ならば、答えに迷うべくもないのだろう。

こんな言葉を掛けられれば、大抵の貴族は王家の恩威に対し、涙を流して喜ぶはずだ。

絶対的な上位者が、己の力を必要とする。

封建的な社会であれば、これほど名誉なこともない。

だが、自分は違う。男の人生を追体験し、社会のしくみのなんたるかをわずかにでも知っている者ゆえに、権威に対する盲目的な信心が存在しないのだ。

だからこそ。

簡単に頷いていいのか、と。

よく見極めなくてもいいのか、と。

そんな声が、己の裡《うち》より囁くのだ。

（…………）

即座に判断できないのは、セイランに力を貸すことが、どういう結果に繋がるかがわからないからだ。

成功なのか。破滅なのか。それ以前に、これが正しい方向を向いたものなのか。

自身がこの求めに応じ、セイランのために自分の力を使ったその先が、見えてこない。

もとより、自分がどうしたいのかも定まっていないような状態なのだ。

そんな自分が不用意に頷いて、いい結果に繋がるはずもない。

しかし、王族の言葉は、たとえ命令でなくとも従わなければならない。

だが――

「……返事はいますぐにでなくともよい。そなたにも、抱える事情が様々あるだろう。いまは余が口にした話を覚えておくだけでよいのだ」

「は……」

だからいまは、ただ頷くことしかできなかった。

そんな中、セイランが思い出したように口を開く。

「それとだが、戦のときは、そなたは余の側に控えているだけでよい。余の側ならば近衛もそなたを守ってくれよう。余の近くにいるのが戦場では最も安全だ」

「え……？」

「呆けた顔をするな。比較的安全な場所で戦を見ているだけで、戦に出たという実績が付くのだ。そなたにとっては願ってもないことのはずだ」

「確かにそれはそうですが……」

「そなたには魔力計以外にも、抱えているものが様々あるだろう。だがそれらを世に出そうとすれば、邪魔をしようと考える者が出てくる。確実にな。そしてそのときそなたは、大きな足止めを食うことになるだろう。それは、そなただけでなく、王家にとっても損失となる」

足を引っ張る者が出てくる。それはあの男も体験し、その体験を追った自身もよく味わったことだ。可能性があるなどという程度ではなく、これは絶対にあると断言できる。

「武官貴族の中には戦働きしか重視しない者もいる。この戦で箔を付けることができれば、そういった連中を黙らせることができるはずだ」

「殿下のご厚情、ありがたく存じます。ですが、戦の最中に、私の戦いぶりを見ている者もいるのではないでしょうか？」

「くく……戦場でそんな者などいるものか。誰も彼も自分の手柄で手一杯よ。その間にそなたの活躍をこちらででっち上げればよいのだ。無論、本当に活躍しても構わぬぞ。そなたには強力な魔法とやらがあると聞いているし、何より〈死者の妖精〉がもたらしたという不思議な品があるとも聞いた」

「え？」

「ディートリアが報告したときに申していたぞ？　ルイーズの足止めに来た襲撃者たちに、ガウンの猟犬をけしかけたとな」

ディートが話したのか。まあ確かに、報告では包み隠さず話す必要はあるだろうが。

セイランは俯《うつむ》き加減となり、面紗が己の腰元へと向いた。

「品とは、それのことか？」

「はい。ガウンのランタンです」

「うむ……それがそんなものだったとはな。うらやましい」

「え……？」

「いや、なんでもない。にしても、紀言書に語られる存在か……」

セイランはそう言うと、まるで良い案が思い浮かんだかのように手を叩いた。

「うむ！　余はそれを見てみたい。ここではよくないゆえ、ちょっとそこの訓練場でトライブを見せてはくれぬか？　あとはそなたの魔法も見てみたいぞ！」

急に腕を掴んでドアまで引っ張って行こうとするセイラン。本気でこのまま訓練場に連れて行こうというのか。

しかし、こんな時間に訓練場を騒がせば、敵が奇襲を掛けてきたと勘違いさせることにもなりかねない。

「いえいえいえいえ！　いまはもう晩の刻。そんなことをすれば方々に迷惑がかかりましょう！」

「そ、そうか？　うむ……」

懸念を口にすると、セイランはものすごく残念そうにし始める。

表情は窺えないが、肩は顕著に下がった。

一応は頷いたものの、しかしセイランは諦めきれないのか。

「やっぱり少しくらいならどうだ？　ちょっと、ほんのちょっとなら構わぬだろう？　な？　な？　せめて魔法だけでも……」

親指と人差し指で何かを摘まむような形を作り、近づけたり離したり。確かにそれは、「ちょっと」を身体の動きで示す普遍的なジェスチャーだが。

「……で、殿下にやれと言われれば私に否やはございませんが、殿下のご命令で騒ぎが起こったとなっては討伐軍全体に影響が出るのではないでしょうか？」

「う、む……そうだな。確かにそなたの言う通りだ。ここは涙を呑んで諦めるしかないか……」

トライブや魔法が見られないのが、涙を呑むまで残念なのか。

セイランの声には、確かな無念さが滲んでいる。

これまでのやり取りから、かなり厳格な性格なのだと思っていたが、実際はそこまででもないのか。年相応の子供っぽさというものを垣間見た気がしないでもない。

やがて納得して落ち着いたと思ったが、小さな声で、まだ「でもちょっぴりなら……」とか言っている始末。

そんな中、ふと、セイランに確認しておきたいことがあったことを思い出す。

「その……！　殿下、私から一つ殿下にお伝えしないとならないことが」

「どうした？」

「殿下の足取りを追う途上で遭遇した襲撃者についてでございます」

「襲撃者か。確かそなたらの尽力で撃退できたと報告にあったな。して、それが一体どうしたのだ?」

「はい。その襲撃者の頭の名前が、エイドウと」

「エイドウ……」

「殿下の救援に向かった折、その者は二十年前シンル陛下によって王都を追い出され、恨みがあると語っていました。もしや殿下に心当たりがあるかもしれないと、お伺いした次第でございます」

「うむ。ある」

セイランは記憶を探るまでもなく、あっさりとそう口にした。

思いのほかすぐにその言葉が出てきたことで、ついつい目を丸くしてしまう。

「父上は折に触れて、若い頃の王都の惨状を余に話してくださった。その話の中に、【溶鉄】の魔導師の名や【護壁】の魔導師の名の他に、何度もその名が出てきた。王都が荒れ果てていたその頃、エイドウという信義に厚い男がいた、とな」

「そうなのでございますか」

「うむ。当時の王都はいまでは考えられぬくらいに荒れていたという。父上たちは平和な街を作るために尽力し、そのエイドウも父上に協力を惜しまなかったとな」

「エイドウは陛下に裏切られたと言っていましたが、その話は真実なのでしょうか?」

「そなたはそう思うか?」

「一方の言い分を信じて答えを出すのは浅慮だと存じます。ただ、私が見た限り、あの男が嘘を吐くとは考えにくいように思いました。なんらかの事情があるのではないかと考えます」

「うむ、エイドウがそなたにどういった話を聞かせたのかは知らぬが、誤解や行き違いがある」

セイランはそう言うと、セイランが国王シンルから聞かされた話を語り出す。

なぜ当時のシンルが、エイドウを王都から追い出さなければならなかったのかを。

多分に推測が交じった部分もあったが、セイランの話には説得力があり、辻褄《つじつま》も合った。

「そんなことが……」

「父上があえてエイドウに理由を教えなかったのも、エイドウという男の性格を考えれば致し方なかったことだとわかる」

だが、セイランが話したことが真実であるなら、このままエイドウを放っておくわけにはいかない。

「殿下」

「うむ。この話を、エイドウに伝える必要があるだろう。余もこの件をそのままにしておくには忍びない」

「では捜索を?」

「いや、その必要はあるまい。おそらく次は余の前に姿を現すだろう」

「それは殿下を狙って、ということでしょうか?」

「そうだ。だが、余を手にかけるだけ……というのは思惑としてはあまりにつまらん。若い頃の父上たちと渡り合ったほどの男だ。おそらくは余を拘束し、父上を引っ張り出すつもりなのだろう」

確かに、エイドウほどの男が、そんなつまらない嫌がらせをするようには思えない。

いまセイランが言ったように、セイランを捕らえてシンルをおびき出すための、釣り餌にするつもりだろう。

……そんなことをしたところで、彼の復讐が叶うはずはないだろう。国王シンルはライノール最強の魔導師であり、たとえ万に一つ国王シンルを討てたとしても、そのあとの未来はない。

エイドウが胸に抱くそれは、ただ一矢報いたいという、捨て身の所業に他ならないのだ。

「そなたもエイドウの動向は気になるだろうが、いまは目の前の戦に集中するべきだ」

「は！　承知いたしました」

「うむ。余もそなたの忠義を期待する」

………その後はセイランの話も終わり、部屋を辞したのだった。


………アークスが、セイランの部屋から去ったあと。

静まった部屋の中に、ふっと影が現れる。

薄桃色の長い髪と、色素の薄い紫の瞳。銀縁の眼鏡をかけ、いまは近衛と同じ装束にその身を包む男装の女。

その姿は、監察局の長官であるリサ・ラウゼイのものだった。

部屋の隅、調度品の陰からその姿を現すが、しかしセイランは驚くこともない。

まるで彼女がそこに居たのを、もとからわかっていたというように。

「――結果、アークスには嘘を吐くことになってしまったか」

セイランが一人掛けのソファに座り、湯呑茶碗を傾けながら残念そうな息を吐く。

「殿下に偽りを語らせてしまったこと、ご容赦いただきたく存じます」

「よい。余が一人にならぬよう側に控えていろと、父上に命じられたのであろう？」

「は。殿下のご推察の通りにございます」

セイランの問いに、リサは深く頭を垂れる。陰からの護衛は、国王シンルから厳命された事柄だ。

彼女にとって、いや、王国貴族にとって王命とは、それこそ命に代えても守らねばならないものであり、その命令の前にはたとえセイランであろうとも逆らえない。

「エイドウ、か……」

「その男に関してはこちらで捜索しておきます。殿下のお身柄を狙っていると判明した以上、いずれにせよ、どこにいるのか把握しておかなければなりません」

「それに関してはそなたに任せる。だが、捜索は容易ではないだろうな」

「心得ております」

「殺すな。父上が生かした男だ」

「はは」

リサの承服の声が聞こえたあと、セイランはしばしの間天井を見上げていた。

「……うむ。余も感傷に浸ってるわけにはいくまいな」

「心中お察しいたします」

リサは頭《こうべ》を垂れたあと、セイランに訊ねる。

「それと殿下、あれに関してはよろしかったのでしょうか？」

「何がだ？」

「アークス・レイセフトに、殿下のご事情の一端を語られたことについてです。アークス・レイセフトはまだ幼い子供。そのような者に、殿下の秘についてをお話しになられたのは、不用意……とまでは申しませぬが、性急だったのではないでしょうか？」

リサがそう言うと、セイランは薄笑いを浮かべる。

「これは異な事を申すものよ。幼さで言えば、余もアークスと同じだが？」

「王国の次代を担う身である殿下と、いち貴族の、それも下級貴族の子息と比べるなど、畏れ多いことでございます」

「リサ。話の上でそのような繰《く》り言を弄するのは余の好まぬところだ。アークスに普通という言葉がそぐわぬことは……特にそなたは身に沁みていよう」

「は……」

セイランの言葉に、リサは肯定の言葉を口にする。

彼女は以前に、ガストン侯爵の件で煮え湯と言うほどではないが、それに類するものをアークスに飲まされた経験がある。もちろん、対応が遅きに失したというのみで、不利益を被ったというわけではないが、してやられたということは間違いない。

それゆえアークス・レイセフトが尋常でないのは、それなりに知っているつもりだが――

「そなたは先ほどのやり取りを見て、アークスは余が話すに足らぬと思ったのか？」

「は……」

「ふむ」

肯定すると、セイランは先ほどのやり取りのことを思うかのように、大理石のテーブルに視線を向ける。

「あのとき、アークスは迷っていたのだ」

「殿下。迷った、とは？」

「先ほど余が、アークスに力を貸して欲しいと申したときだ。あのときアークスは、余の申し出を受けるかどうか逡巡《しゅんじゅん》していたのだ」

「で、殿下のお言葉に迷いを抱くなど……」

それは、畏れ多いなどという言葉では済まされない。普通ならば強制してしかるべきところを、あそこまで下手《したて》に出たのだ。

貴族は王族の命に対し、すべからく盲目的に頷くべきもの。

どの貴族家でもその教育は徹底しているはずであり、どんな場合においてもそうしなければならないものだ。

にもかかわらず、迷いを抱くなど、不遜などという言葉では片付けられない。

むしろ王国貴族の結束を揺るがすものとして、処罰の対象にもなり得るものだ。

「あやつのことだ。自分がどうなるかということだけでなく、余がこれからなすことがなんなのか、それがどういったものなのかということにも考えを巡らせたはずだ」

「っ、殿下！　それは王家に疑いを抱くことと同義です！　王家は王国において絶対者であれば、臣民にとって王家の意向に従うのがなによりの正道！　それに要らぬ考えを巡らせるなど、思い上がりも甚だしく……！」

リサは声を荒らげるが、セイランは至って平静な態度でに宥《なだ》めに掛かる。

「落ち着け。見苦しいぞ」

「……は。御前で取り乱したこと、申し訳なく」

リサが頭を垂れると、セイランはまた話し始める。

「おそらくアークスは、王家をさほど絶対的なものとしては捉えていないのだろう。力の大小はあれども、それこそ代々その土地の元首や代表を務める責を負った地方君主程度にな」

「……私には理解が及びません。王家を蔑ろにするなど、それこそカーウ・ガストンやポルク・ナダールと同じく叛意《はんい》を抱く可能性があるということではないのでしょうか？」

「王家に対する絶対的な信奉か」

「信奉ではありません。貴族家に連なる者がすべからく弁えるべき事柄でしょう。それがない者は王家を軽視し、いずれは王家に仇なす者に成り変わります」

「王家を絶対者と位置づけなければ、余計なことを考える余地が生まれ、打算が働く。損得で動くようになれば、自然と王家を蔑ろにするようになる、か」

「それはカーウ・ガストンがよい例かと存じます」

「それゆえ、アークスも王家に叛意を持つようになると？　なればいまの王国にはどれほどの反逆の徒がいるのだろうな。余には想像もつかぬことだ」

「それは……」

「リサ。王家がいまも絶対的だとして、誰も彼もがそれに従っているというのならば、それこそ余の存在を否定することだ。今一度そなたに問おう。余はどうしてここにいるか。申してみよ」

「王家の権威に、さらなる盤石さをもたらすためのものと存じます」

「であろう。ならばこうして、カーウ・ガストンやポルク・ナダールのような者が現れるのも道理であろうよ」

「…………」

国王シンルが、セイランという新たな権威を作ったのは、遠くない未来に王家の統治に罅《ひび》が生まれることを危惧したからこそだ。ときが流れるにつれ、周辺各国の圧迫が強くなり、先代国王の代には砦と王国の至宝である〈耀天剣《ようてんけん》〉まで帝国に奪われた。

つまりは、貴族の信奉に揺らぎが生まれるのがわかっていたからこそのものでもある。

それがないと否定すれば、それこそセイランの存在を否定することになりかねないのだ。

「……ですが、アークス・レイセフトの考えがいまだ定まっていないというのは十分考えられます。もしアークス・レイセフトが考えを変え、殿下を仇なす者となれば、手元に置こうと考えるのは時期尚早。であれば、ご再考いただくのが肝要かと愚考いたします」

しかし、リサの抱いた懸念を、セイランは一瞬で切って捨てた。

「アークスが余を裏切るだと？　それはない。あるはずもないことだな」

それは、アークスが背任に走るなど夢にも思っていないような口調だ。

いや、そうであるということを信じて疑わないというような口ぶりではないか。

「で、殿下？」

「どうした？　そうであろう？　アークスはいつも余のために動いてくれる。いつも必ず余を助けてくれる。それはそなたも知っているはずだ。そうであろう？」

「それは、そうですが……」

確かにそうだ。それは、リサも知っている。だが、それは偶然のことではないのか。

そんな言葉がリサの喉までせり上がるが、口に出すことはできなかった。

ここで、その言葉を口にしてはいけないような気がしたから。

……なにも言葉に出来ぬまま、しばらくのときが流れる。

その間に、セイランはあの少年に思いを馳せていたのか。

「……アークス。やはりそなたは素晴らしい。余が思った通りの男だ」

天井に向かって吐き出されたのは、どこか陶酔めいた呟きだ。

それがどこか、リサには陰鬱なものを感じさせた。

第二章
「ミルドア平原会戦」

Chapter2 ∽ The Battle of Mildore

野営のために展開されたナダール軍の陣地にて、ギリス帝国南部方面軍副将、デュッセイア・ルバンカは曇天を見上げていた。

軍議の前にもかかわらず、相応の立場にある彼がこうして外に出ているのは、新鮮な空気を胸の中に取り入れるためだ。

幕僚はレオンを始め、たばこを嗜《たしな》む者が多いため、軍議となるとどうしても天幕内がたばこ臭くなってしまう。そのため、たばこはおろか酒も嗜まないデュッセイアは、時間がある場合のみに限るが、軍議の前はこうして新鮮な空気を補充しに外に出るのだ。

澄み渡った青空であれば、胸の内も清涼感で満たされるのだろうが、いまはあいにくの曇り空。ふと何か良くないものでも兆しているのかと考えてしまいそうになるが、すぐにそれを振り払う。

そんな中、ふいに背後から何者かの気配を感じた。

振り向くとそこには、士官の格好をした女が一人、敬礼姿のまま立っていた。

何があっても微動だにしないその様は、さながら石膏の彫像を思わせる。

前髪を真一文字に切り揃えた長い黒髪。

帝国北部に住む氏族に多い白皙《はくせき》の肌。

装飾品は華美に寄らず、余計な携行物は一切ない。

帝国士官の制服をきっちりと着こなし、革鞄と小ぶりの剣を一振り携帯している。

軍規を一から十まで守ったのなら、きっとこんな女ができあがるのではないかというほどの遵守ぶり。

兵学校で抜群の成績を修めて卒業し、先頃、王国内での任務から帰還した尉官だった。

——王国の怖さというものを、少しでも味わってもらわなければな。

それは、彼女の着任の挨拶が終わった際、レオンが発した言葉だ。

成績優秀者であり、規則に忠実。

軍人ならば、特に士官であるならこれ以上ない人材だろう。しかし、神経質な部分が目立ち、聞き取りの際は現場を考慮しない発言も多く、所作の端々からかなりの自信家であるということが窺えた。

それゆえ一度、現場の空気を味わわせようということになり、王国へと放り出されたのだ。

……その任務を終えて戻ってきたときには、随分と自信を打ち砕かれていたようだが。

いまはその試練を乗り越え、将軍付の副官の一人として働いている。

女尉官に答礼を返すと、彼女はきびきびとした態度で「気をつけ」を行う。

靴のかかとを地面に打ち付けて足を揃え、腰と肘を伸ばし、毅然としたまなざしをこちらに向けてくる。

そして、

「ルバンカ副将、ご家族の方が見えられております」

「家族だと？」

「は。そう伺っておりますが」

とは言うが、にわかには信じがたい。

「……尉官。それは本当に私の家族なのか？」

「は。確認は取れているとのこと。面会についても、グランツ将軍が許可したと」

「将軍が？」

「はっ」

ということは、これはグランツの計らいなのか。

作戦前や作戦中に家族の面会を許可するなど聞いたことがないが——グランツが部下に対して便宜を図ったり、融通を利かせたりすることはこれまでもよくあった。

そういった行動は将軍にあるまじき甘さと陰口を叩かれることもあるが、それゆえ部下からはよく慕われているという側面もある。

……やがて引き合わせられたのは、確かにデュッセイアの実の妹だった。

各所をたらい回しにされたのだろうか、着物はひどくくたびれており、疲労も溜まっているのか、どことなく俯《うつむ》いているようにも見えた。

「大丈夫か？」

「……はい。兄上様」

心配の声を掛けると、妹は気丈にも頷いた。

だが、故郷からこんなところまで来たということは、相当のことがあったはずだ。

「一体どうしたんだ？　何か大事でもあったのか？」

「叔父様がお隠れに」

「……そうか。叔父上が、か」

「はい」

デュッセイアの叔父は、氏族をまとめる長だった。デュッセイアの父が帝国との戦で亡くなったあと、その役目を引き継ぎ、氏族長となって、これまで氏族をまとめ上げてきた。

その叔父が亡くなったということは、氏族にとって大事だ。

妹が無理を押してここまで来たのも頷ける。

しばし叔父に思いを馳せていると、妹が再び口を開く。

「兄上様。すぐにお戻りになってくださいませ。叔父様がお隠れになった以上、我が氏族の柱となれるのは兄上様しかおりません。どうか……」

確かにそうだろう。デュッセイアの氏族の長は、デュッセイアの家系が担ってきた。血筋の正当性に鑑《かんが》みれば、デュッセイアが次の氏族長となるのが筋となる。

急いで戻り、氏族をまとめ、その方針を決めなければならない。

しかし、だ。

「これから戦だ」

「兄上様……」

言外に「無理だと」口にすると、妹は俯いた。

そして嗚咽《おえつ》を漏らすかのように、訴えかけてくる。

「私は、兄上様に無理はして欲しくはありません。氏族の誇りや立場も大事かとは思いますが、故郷でひっそりと過ごすのも道ではありませんか？」

「それはできない」

「なぜですか？」

「我ら氏族はすでに帝国の一部となった。目に見えた結果を出すことができなければ、我ら氏族は帝国に呑まれて消えてしまうだろう。それは避けねばならないのだ」

デュッセイアの氏族は数年前の帝国の侵略に屈し、属州の一つと成り果てた。

すぐに降伏せずに抵抗していたため、帝国内ではいまだ立場は弱く、いつ他氏族に呑み込まれるかわからない状況にある。

それを避けるには、デュッセイア自身が、帝国軍で一定の地位に就く必要があった。

「ですが、それではいずれは、兄上様は皇帝にいいように使い潰されてしまうのでは……」

確かにそうだ。皇帝にとっては、弱小の氏族など、使い捨ての駒と同じだ。

だが――

「いまのは不敬だ」

「兄上様……」

「わかってくれ。これも我ら氏族のためだ」

そう、帝国に属することになった以上、氏族が生き残る道はもうそれしか残されていない。

いまだ不安そうに目を伏せる妹に、元気づけるように声を掛ける。

「何も心配することはないさ。私は負けないし、この戦も勝てる。必ずな」

「勝てる、でございますか」

「そうだ」

妹は不安そうに頷くと、目をつむり。

やがて、意を決したように目を見開いた。

「――兄上様、勝利を確信しているのならば、父上様のお言葉をどうかどうかお忘れなきよう。勝利の目前こそ、生死の境にございます」

妹が、そんな言葉を口にする。

それはいつか聞いた父の言葉だ。まだ故郷が帝国に属していなかったときの、まだ父が存命であったときに、彼がよく口にしていたもの。

いまも戦訓として、デュッセイアの胸中にしかと残っている。

「……わかっているとも」

「兄上様。差し出がましい口を挟んだこと、申し訳ありません」

「いや、それも私の身を案じてのもの。怒りなど抱くものか」

そう言って、妹共々黙り込む。

そんな中、先ほどの女尉官が控えめな様子で近づいてきた。

「副将。お話し中申し訳ありません。そろそろお時間の方が……」

「わかった……ではな。戦が終わったらすぐに戻る」

「はい」

そんな短いやり取りを交わし、やがて妹と別れたあと。

先ほどの尉官に先導され、幕僚たちの集まる天幕へと向かう。

その途上でふと思い立ち、女尉官に訊ねた。

「……尉官、名前はなんといったか？」

「は。小官はリヴェル・コーストと申します」

「コースト尉官。先ほど妹が口にした不敬を聞いていたと思うが、あれは他言しないで欲しい」

「はっ」

口止めを理由に名前を訊き出し、再度天幕へ向けて足を急がせる。

やがて目的の天幕にたどり着き、入り口の覆いを開けると、葉巻やたばこの煙が混ざった臭気が顔にかかった。

堪らず顔を背け、咳を一、二度。

呼吸が落ち着いた折、リヴェル共々敬礼を行った。

……すでに天幕内には、今作戦で重要な位置を占める面々が集まっていた。

黒髪をワックスで固めた痩身の男、ギリス帝国南部方面軍所属、レオン・グランツ。

潰れたガマカエルと豚を足したような容貌を持つ王国伯爵、ポルク・ナダール。

そしてその従士である、バイル・エルン。

不気味な白仮面を貼り付けるローブの女、【銀の明星】の魔導師アリュアス。

天幕の端には、レオンの従者と直属の魔術師たちが幾人か揃っていた。

「……遅れてしまい申し訳ありません」

「いや、こちらもいまし方揃ったところだ。気にしなくていい」

レオンの言葉を聞いて、集った面々に視線を向けるが、遅参に苛立っている者はいないらしい。ポルク・ナダールも余裕そうにしているため、どうやら本当に揃ったところのようだ。

所定の位置に着くと、ふいにリヴェルが口を開いた。

「将軍閣下に一つご報告があります」

「なにがあった？」

「先のエイドウ一味の襲撃に関する報告です」

「聞こう」

「襲撃に向かわせた我が軍とナダール軍の合同部隊は全滅。エイドウに手傷を負わせることには成功したようだが、一味の逃走を許したものと思われる……とのことです」

「ふむ……」

レオンが思考に沈む一方、デュッセイアは戸惑いを口にする。

「我が方は黒豹騎を送ったはず。それが全滅とは……」

「それだけあの男の方が上手《うわて》だったということだろう。それで、奴らの足取りはどうだ？」

「依然、掴めておりません。ことここに至っては完全に雲隠れしてしまったかと」

ここで、リヴェルが改めて発言する。

「いかがいたしましょう。向こうもこちらに関する情報を持っています。野放しにしておくのはいささか危険かと」

「だが、奴はライノールの国王に恨みを持っている。今更討伐軍に寝返るなど考えはすまい。それに、ライノール国内で奴らを探すのは至難だ。ここは捨て置くほかないだろう」

レオンが追捕を諦めて切り替えた折、ポルク・ナダールがひどく苦い物を口にしたかのように顔をゆがめる。

「ことは思うように運ばぬか……」

「なに、それほど心配するようなことではない。それに、こちらの仕掛けも上手く働いた」

「仕掛けだと？　そんなものいつの間に」

「戦の仕掛けとは、わからぬようにするものだ」

デュッセイアはレオンに、その真意を訊ねる。

「閣下、その仕掛けとは一体？」

「こちらのルートを使ってグランシェルと汜族に働きかけた。これで王国は討伐軍に大きく兵を割けないだろう」

「おお！　それは本当か！」

その話を聞いたポルク・ナダールが歓声を上げた。

王国も東側や南側から圧力が掛かれば、そちらに警戒を向けざるを得ない。

王国は他国からの侵略があると、まず地方の貴族たちに防衛を任せ、戦線が膠着《こうちゃく》している間に、中央の精鋭である国軍を増援として派遣するという形式を取っている。そのため、複数の方面で動きがあるときは、国軍を一カ所に集中することができないのだ。

これで、討伐軍にこれ以上の増援があったとしても、大規模なものにはならないということが確定した。

「当面の援軍がないというのは大きいぞ……」

「あとはもう一つ。討伐軍に誤った情報を流させた。おそらく、討伐軍はこちらが自分たちよりも少ない兵数で攻め上っているという認識で出てくるだろう」

「将軍は我らが少ないという情報を流したのか？」

「閣下、そのような情報を……一体なぜ？」

ポルク・ナダールに続いて、デュッセイアが疑問の声を上げる。

見れば他の面々も同じなのか。レオンの打った手に対し不思議そうな表情を浮かべている。

そんな中、ふとレオンがリヴェルに視線を向けた。

「コースト尉官。これがどういうことなのか、貴官ならば答えられるはずだ」

「は……これは将軍閣下が討伐軍の動きを制御したかったからだと思われます」

「見事だ」

「ありがとうございます」

リヴェルがレオンに返答すると、またポルク・ナダールが疑問を呈する。

「将軍、制御とはどういうことだ？」

「伯爵。質問に質問で返してしまうことになるが、討伐軍にこちらの数が少ないという話を流せば、向こうはどうすると思うかね？」

「無論、向こうは数で有利となる戦いを選ぼうとするだろう。数が多くても兵を動かしやすい、広い地形で戦おうとする……こちらが城に籠もればそのまま城攻めになるだろうがな」

「そうだ。こちらが籠城を選ばぬならば、緒戦は平地での決戦を選んでくる。数で上回るなら小細工など必要ないからな」

「……ということは何か。つまり将軍は平地で戦いたいからそのような情報を流したということか？」

ポルク・ナダールの問いにレオンは頷き、

「おそらく討伐軍は今頃、自分たちの意思で戦場を選べるものだと考えているはずだ。数の利を十全に活かすため、討伐軍はミルドア平原で我らを待ち構えるだろう」

確かに、この速度で攻め上れば、討伐軍が決戦場をミルドア平原に定めるのは間違いない。

だが、それにはもう一つ条件が必要だ。

「ですが閣下。それは討伐軍がこちらの軍の目的を正しく把握していた場合に限るのではないでしょうか？　もし我らがセイランを狙っていることに気付かずに、タブ砦にまで迫ってくるとしたら……」

「そんなことにも気付けない無能の集団なのであれば、行軍途中に仕掛けてやれば容易く済む。漫然と砦攻めをしようとする馬鹿共など、我らの敵ではなかろうよ……国定魔導師がいなければの話だがな」

「………………」

レオンが言い放った直後、天幕内が沈黙で満たされる。

国定魔導師。それは王国の力の象徴とも呼べる魔導師たちだ。その力は脅威という言葉だけでは片付けられないものであり、ひとたび戦場に舞い降りれば、劣勢さえ覆す力があるという。

すぐにポルク・ナダールが、口を開く。

「だがたとえミルドア平原での決戦になるのだとしても、こちらに利するわけではなかろう。結局は同数でのぶつかり合いになることに変わりはないぞ？」

「いいや。平原での決戦を選べば、伯爵にとっても都合がいい」

「どういうことだ？」

「決戦となれば大舞台だ。必ずセイランが前に出てくる。防衛戦や、策を弄して散発的に各個撃破していくよりも、討ち取れる可能性は確実に高い。セイランを討つために戦力を大きく投入できる」

「そ、それもそうか……そうだな。それはこちらにとって都合がいいな。うむ……」

確かにそうだ。

籠城戦は言わずもがな、小さな戦場での戦いになると、セイランが出陣しない可能性が出てくる。だが、決戦となれば、レオンの言う通り大舞台だ。今戦争が初陣であり、評価が必要となるだろうセイランは、確実に前に出てくる、いや、出ざるをえないはずだ。

しかも緒戦が決戦ならば、こちらも軍は十全、セイランを討ち取るために全力を注ぐことができる。

レオンがポルク・ナダールに言った通り、意味がないわけでは決してない。

ポルク・ナダールの血色が目に見えてよくなるが、だ。

まだ疑問に思うこともある。

レオンの思惑は、本当にそれだけなのか、と。

いまレオンがした話は、ポルク・ナダールにとって利するものばかりだ。

帝国にとっての旨みがまったくない。

果たしてレオンが、その程度の策のみで満足するのか。

……この男の打つ手に無駄なものは一切ない。

打ち出した策のすべてが、帝国のために捧げられる。

であればこの策にも、帝国にとってそうしなければならないことが含まれているはずなのだ。

思考を巡らせる中、レオンがリヴェルに報告を求める。

「尉官。現在の討伐軍の動きはどうなっている？」

「いまのところ先行している部隊などはないようです。哨戒《しょうかい》、偵察部隊からは報告は上がっておりません」

「離間工作は？」

「それらしい書状がいくつか。ですが届く前にこちらで処分しています」

「勝手に兵を動かそうとしている者は？」

「いまのところいないようです」

「雇い入れた傭兵団の様子は？　不審な動きをしていないか？」

「は。特におかしな動きはありません。討伐軍から買収などの話もきていないようです」

「そうか。ふん……用意した金が無駄になったな」

レオンがため息を吐く。

彼の周りに漂っているのは、どこか残念そうな雰囲気だ。

討伐軍が講じた策は結局、それだけだ。

その程度のやり口など、レオンにとってはまだまだ甘いのだろう。

戦となれば、離間工作の限りを尽くすということを信条としている男だ。

そんな男からすれば、討伐軍の手ぬるい工作などは、手抜きのようにも感じるのかもしれない。

そんな中、ふと気付く。

（そういえば、レオン閣下は離間工作をしていない……？）

レオンにそんな信条があるならば、今作戦でも離間工作を行うはずだ。

にもかかわらず、そういった工作はポルク・ナダールに任せきりで、まったく手を付けていない。

レオンが本気で動けば、討伐軍を分散させることは難しくても、討伐軍を準備不足でラスティネル領に足止めさせることもできるはずだ。

そうなれば、あとは攻め込むだけでいい。

討伐軍が討伐される側に攻められたという事実が付くことで、セイランの信用は地に落ち、それだけでも王国に痛手を負わせられる。

帝国にとってはポルク・ナダールがセイランの首を取ることなど、どうでもいい話なのだ。

帝国の真の目的は、王国の力を削ぐことにある。

しかし、そんな勝利が目の前にあるにもかかわらず、レオンは離間工作を講じない。

ということは、だ。

レオンはどうしてもミルドア平原で戦いたいということになる。

気付いたように視線を向けると、レオンは一瞬だけ不敵な笑みを見せた。

やはり、彼には何か考えがあるのだろう。

すると、レオンは素知らぬ顔でポルク・ナダールに訊ねる。

「伯爵の方はどうだろうか？　討伐軍への工作はうまく進んでいるかな？」

「王家の威光を切り崩すのが難しいのは、将軍の方がよく知っているはずだ」

「そうだな」

「将軍の方はどうだ？」

「こちらもだ。でなければ長年王国貴族の結束に悩まされてきてはいない」

ポルク・ナダールの訊ねに、レオンは澄まし顔で答える。

これはさすがの面の皮の厚さと言ったところ。

一方ポルク・ナダールは、まだ表情に焦りがある様子。

「伯爵。気分が優れないようだが？」

「当然だろう！　いまだ『これだ』という一手に欠けているのだぞ！　なぜ将軍はそれほど余裕に構えていられるのだ！」

「当然、理由があるからだ」

レオンがそう言うと、ポルク・ナダールはぎょっとしたような顔を見せる。

そんな彼にレオンは不敵な笑みを作りながら、

「伯爵。喜びたまえ。こちらも援軍を呼んである」

「これ以上の援軍だと？　一体それは――っっっ⁉」

レオンが、何かしらの合図を出した直後だった。

軍議を行っていた天幕の中に、突然巨大な影が現れる。

「ぶわははは！　それでワシが呼ばれたというわけか‼」

天幕の入り口で、窮屈そうに身を屈めたのは、その背丈の高さゆえか。

現れたのは、二メートルを超えるほどの高さを持つ巨漢だった。

毛髪は豊富で、もみあげも頬下まで伸びており、髭面。ファー付きのコートも相まって、顔が毛むくじゃらに見えてしまうほど。腕も足も丸太のように太く、手などは人間の頭を二、三個まとめて握りつぶせるのではないかというほどに大きい。

鼻息荒く現れたその様は、まるで猛牛《バイソン》とも見まがうほど。

まるまる太ったポルク・ナダール伯爵が、小さく見えて仕方がない。

しかしてその容貌には、みな見覚えがあるのか。

「これは……」

「な、なな！　なぜこの男がっ……」

ポルク・ナダールはおろか、あのアリュアスさえも、猛牛の登場に驚いている。

ともあれ、天幕内に入ってきたのは帝国の人間。

それも、デュッセイアよりも遥かに上位にいる者だ。

相応の対応が必須であるため、すぐさま号令を行う。

「副官以下全員！　バルグ・グルバ将軍閣下に敬礼！」

「うむ！　うむうむうむ！　良い良い！　良い意気よ！　戦の前はやはりこうでなくてはな！」

レオン、ポルク・ナダールとその従士、そしてアリュアス以外の全員が一斉に敬礼を行うと、猛牛のような男は満足そうに頷いた。

そんな男に、改めて礼を執る。

「閣下」

「おお！　お主は確か……デュッセイア・ルバンカだったな⁉　久しいな！」

猛牛が、声を掛けてくる。

ギリス帝国中央軍所属、遊撃将軍バルグ・グルバ。帝国軍ではレオン・グランツと同じ位に就く軍人だ。

ふと彼は嫌みのない笑顔をこちらに向けると、

「確かぁ……以前お主と見《まみ》えたのは、ワシがお主の故郷を滅ぼしたときだったか？　ん？　ぶはっ！」

バルグ・グルバはまるで面白い冗談でも口にしたかのように噴き出した。

ふいに投げかけられたあまりに苦い話に、歯が軋《きし》む音が口の中に響くが——しかし、顔には出すことはできない。

「……いえ、カシアでの戦いのときに、一度ほど」

「んぅ？　そうかぁ？　そうだったか。まあ別になんでもよいわ！」

バルグ・グルバはそう言って、豪快に馬鹿笑いを見せる。

笑い声は轟音さながらで、天幕の布が勝手に震え始めるほど。

正直な話、デュッセイアには複雑だった。

バルグ・グルバが口にした通り、帝国が故郷を征服する際に、このバルグ・グルバが将軍として蹂躙したのだ。苦くないわけがない。

ふとポルク・ナダールの方を見れば、バルグ・グルバを見たまま固まっている様子。

その理由は驚きだろう。当然、ポルク・ナダールも彼のことを知っているはずだ。

帝国にこの者ありと恐れられる猛者《もさ》であり、これまで王国に何度も攻め入った将だ。

帝国との国境に領地を構える人間が、知らないはずがない。

そんなポルク・ナダールに、レオンがしたり顔を見せる。

「伯爵。兵一万の代わりに、万夫不当《ばんぷふとう》と謳われる帝国最強の兵《つわもの》が援軍だ。これほど心強い味方もいないと思うが？」

「あ、ああ……そうだな。うむ、そうだ！　この戦、勝てる！　勝てるぞ！」

ポルク・ナダールの興奮が、一気に過熱する。
強大な戦力が加わったことで、勝利を確信したのか。
先ほどまでの焦りのあった顔は、一体どこへいったのかというほどの変わりよう。
だがこれで、戦は彼の思い通りに進むだろう。
平原まで軍を進め。
討伐軍と戦い。
セイランを脅かす。
すべてがレオン・グランツという男の手のひらの上だということに気付かぬままに――

軍議から数日後。
討伐軍は戦の準備を整えると、即座にナルヴァロンドから進発した。
ナダール軍の東進はやはり止まらず、ともすればラスティネル領まで迫る勢いだ。
悠長にしていれば、予想もしない場所での衝突も危惧される。
そのため討伐軍は予定通り、これをミルドア平原で迎え撃つことになった。
――ミルドア平原。
ここはナダール領の東部にある広大な平地のことだ。

ラスティネル領から続く街道を西進し、森を抜けると現れる、背の低い草で覆われた平原である。

ここはさながら決戦のために誂《あつら》えたといっても過言ではないほど見通しが良く、これといった傾斜なども存在しない。さらに先に進めば小高い丘もあるが、これは丘というにはあまりに小さいため、防衛陣地を構築するには適しておらず、緊要な地形でもない。

数的有利を活かすならば、これ以上の場所はないという土地だった。

「――王太子殿下におかれましては、ご機嫌麗しゅうございます。此度の戦の原因は、もとをただせば王家が我が主であるポルク・ナダールに付けた不名誉な言いがかりが元であり、殿下の側には確固たる大義がございません。であればいますぐ兵をお引きになり、我が主であるポルク・ナダールを相応の待遇で迎え、交渉の席を用意することをお勧めいたします」

「大義だと？　この場においては余の言葉こそが大義よ。戻ってポルク・ナダールに伝えるがよい。余自らそなたの首を取りにゆくとな」

戦の前にポルク・ナダールから使者が遣わされたが、セイランはこれを一蹴。

一方で使者は「……後悔いたしますぞ」と、恨み節のような言葉を吐いて戻っていった。

現在、ミルドア平原には、討伐軍、ナダール軍共に集結済み。

天は快晴、風は北風。

両軍共に、横陣を敷いて向かい合っている。

……兵士を集中的に配置して運用する密集陣形は、古代や中世の戦争など、原始的な戦いを思わせる。だが、男の世界の現代、近代の軍隊と違い、いまだ兵士逃亡の恐れがあり、銃などの火砲がない現状では、これが軍隊にとっての最善なのだろう。

横陣はその攻撃力の高さもそうだが、左右に長い隊列を作ることによって、敵兵が簡単に側面や背後に回り込めないようにするという面も併せ持つ。

何も考えずに軍勢を一個の塊にしていると、すぐに敵軍に包囲されてしまうことになる。

それゆえ、容易に包囲されないよう、こうして隊列を作るのである。

……討伐軍は歩兵で構成された横陣を敷き、その両翼に騎兵を配置して、側面を取ろうとする敵の騎兵に対応。弓兵、魔導師部隊を後方に配置して、前線の援護を行わせるという基本的な陣立てを採っている。

セイラン率いる近衛の部隊は最左翼に。中央にラスティネルの本軍や魔導師部隊を配置し、他の部分に比べ大幅な厚みを持たせてある。

「余が愛するライノールの兵たちよ！　そして余の危機に立ち上がってくれた勇者たちよ！　まずは余の願いに応じここに集ってくれたことに礼を言いたい！　これより余は逆賊であるポルク・ナダールを討つべく、皆と共に戦場に出る！　ライノールの臣民の幸福を掠め取り、醜く肥え太ったあの豚を決して許してはならん！」

馬上にて堂々とした口上を発したのは、王国王太子セイラン・クロセルロードだ。

まだ年端もいかぬ姿にもかかわらず、勇壮な弁舌と巧みな身振りを駆使して兵士たちを鼓舞する様は、さながら熟練の将のよう。

セイランが口上の締め括《くく》りに中華風の剣を高く掲げると、兵士たちから目眩《めまい》を起こしてしまいそうなほどの鬨《とき》の声が返って来る。

それはまさに、地鳴りめいた音声《おんじょう》だった。

局所的な地震でも起きたかと錯覚してしまいそうになるほど、多くの声が巨大な一つの塊となって押し寄せてくる。

……他方、ナダール軍はこれだけの鬨の声を前にしても、崩れる様子はない。

腐っても、辺境に領地を与えられた貴族は伊達ではないということだろう。

軍を構成するほとんどが徴発兵ばかりとはいえ、侮れないものがある。

そして、セイランの仕事は兵士を鼓舞する口上だけでは終わらない。

(本当にこのまま先陣切って戦うのか……)

普通、指揮官など上位者は陣立ての最後列に控えたり、本陣に引きこもって指揮したりするのが当たり前だが……それは男の世界での話。こちらでは君主や諸侯はよほどのことがない限り、自らも将軍の一人となって兵を率い、戦いに参加するのだそうだ。

逆に本陣に引きこもっている方が珍しいとのこと。

しかも今回、こうしてセイランが前に出て戦うのは、確固とした目的あってのものでもある。

玉《ぎょく》を策の中核に据えるとは大胆を通り越して無謀とさえ言えるものだが、近衛にとってはそれだけ余裕がある戦いということなのだろう。

対して、ナダール軍。

前衛は大楯や槍などを揃えているものの、全体的に装備が行き届いていないように見受けられる。

これは、ナダール軍を構成する兵士のほとんどが徴発兵であるからだろう。

彼らは正規の兵士ではないため、戦いの道具を持っていない者が大半だ。

剣や槍など最低限の武器は支給されているものの、防具は簡素な胸当て程度で、見えるのはさらけ出された頭髪ばかり。武装が行き届いた討伐軍と比べると、やはり見劣りしてしまう。

これだけを見ても、討伐軍にかなり有利に働くだろう。

武器や防具を持つ者と、持たない者の戦いがどうなるかは自明の理。

これでは督戦《とくせん》している正規兵を一定数討ち果たすだけでも、軍が瓦解してしまう可能性すらある。

だが予想外だったのは、ナダール軍の兵数だ。事前の情報では、ナダール軍は討伐軍よりも兵数が少ないと見られていたが、実際には討伐軍に匹敵するほどの数を揃えてきている。

兵数の誤認は、ときに敗北に直結するほどの手落ちになり得るものだ。

今回は同数程度であるだけマシだったと言えるが。

向こうも戦に臨むにあたって、様々な策を仕掛けているということだろう。

……ナダール軍の方も、兵を鼓舞する口上が終わったようだ。

やがて、どちらからともなく、軍が動き出す。

歩兵隊の前衛が一定の距離まで進むと、魔導師部隊の射程に入ったらしい。

詠唱を済ませた魔導師たちが魔法を発動。

上空を【火閃槍《フラムルーン》】の魔法が一斉に飛んでいく。

炎の槍が天へと向かって放たれる様は、さながら夕焼けを思わせるほど。

空を赤く染め上げることはおろか、光量の差が激しいせいで、他の場所が暗くなったように錯覚してしまう。

普通に生活していては決して見られない、あまりに豪壮な光景だ。

それにわずか遅れて、ナダール軍側からも魔法が放たれる。

やはりそちらも、使用したのは火を扱う魔法だ。

火が不利をもたらす環境でない限りは、戦場で使用される魔法はほぼ火の魔法一択となる。

しかし、討伐軍の一斉射に比べて、ナダール軍の魔法行使にはムラがあった。

これは魔力計を用いた訓練の有無が理由だろう。ナダール軍は討伐軍に比べ魔法発動の足並みが揃わず、一部では詠唱不全さえ起こしている始末。一方討伐軍は魔力計によって、魔法の訓練だけでなく、同様の魔力量、力量を持ち合わせた者までも揃えているため、それらの憂慮は克服している。

空から真っ赤なカーテンが垂れ下がると、最前線の兵士は刻印の施された盾を一斉に構えて防御。

その合間を狙って、弓兵が刻印の施された矢を雨のように射かけるのが、基本的な激突直後の光景だ。

やがてある程度魔法や弓の打ち合いが終わると、今度は歩兵、騎兵の出番となる。

歩兵隊の前線が衝突し、一方で両横の騎兵部隊が横陣の側面を取るために、互いをすり潰しにかかるのだ。

討伐軍は魔導師部隊がナダール軍よりも多いため、常に援護が入る分優位だが、さすがにナダール軍もすぐさま崩れるといったことはない様子。ナダール軍も統制がよく取れているように見受けられる。

戦端が開かれた、そんな折。

「――エウリード、近衛たちへの細かい指揮はそなたに任せる」

「御心のままに」

セイランの指示に対し、すぐ側に控えた若い貴族が了承の意を示す。

近衛を率いる若き将、エウリード・レインだ。

レイン伯爵家の現当主であり、セイラン付き近衛を統括する近衛の隊長格の一人でもある。類い希な槍の腕前と冷静さ、そして軍を統べるに相応しい指揮能力を持つという、まさにエリートという言葉がふさわしい人間だろう。

見た目はさながら男の世界の少女漫画に出てくるようなイケメンのビジュアル。

近衛の証である赤マントを翻し、白馬に騎乗するその姿と相俟って、物語に登場する貴公子を想起させる。

……片手に携えた大槍《ぶっそうなしろもの》がなければの話だが――それはともかく。

本来であれば、セイランの側近はもう一人、魔導師であるローハイム・ラングラーがいるのだが、こちらは戦が始まる少し前に、セイランの指示で離脱している。

「――我が師《シシエ》。そなたは魔導師の部隊を指揮せよ」

「殿下、よろしいのですか？　私がいなくなれば魔法の守りが薄くなりますが」

「ナダール軍の兵数が揃っているとわかった現状、我らには将を遊ばせておく余裕はない。それに、近衛にも腕のいい魔導師は揃っている」

「では、私にも暴れて来いとおっしゃるので？」

「いや。そなたは魔導師部隊の目付だ。魔導師部隊を掌握し、これまでの訓練の結実を評価せよ」

「承知いたしました」

「必要なら好きに暴れて構わんが、手柄は取り過ぎるな。行け」

そんなやり取りが終わると、ふとローハイムがこちらを向いた。

「ではアークス君、ノア君、カズィ君。殿下をよろしく頼むよ」

「はい」

「承知いたしました」

「は……」

声がけにそれぞれ返事をすると、ローハイムは魔導師部隊のもとへと馬を走らせた。

そのため、現在セイランの側に控えるのは、近衛たちと自分、ノア、カズィということになる。

馬上で緊張していると、エウリードが声を掛けてきた。

向けられるのは、整ったまなじりと、涼やかな声。

「アークス・レイセフト。君も初陣でしたね」

「は、はい」

「事情はすでに殿下から伺っています。あなたは殿下のお側で魔法を使っていればいい。迂闊《うかつ》な動きだけはしないように気をつけなさい」

「しょ、承知いたしました……」

落ち着かない心の内を見透かされたのだろう。

優しげな声に返事をすると、今度はセイランが口を開く。

「アークス。このような場所で死んでくれるなよ」

「……はっ！」

「うむ。よい返事だ」

緊張はいまだあれども、声を掛けてくれたセイランに、はっきりとした声を返す。

一方で黒馬にまたがるセイランは、いつもの黒い面紗《ベール》をつけたまま、静かな様子。

こちらは敵軍を前にして心中穏やかではないというのに、セイランにはそんな素振りさえ見当たらない。本当にこれが初陣であるのかと疑いたくなるほど、落ち着いていた。

……そろそろ動き出す気配を感じ取り、馬の具合を確かめる。

今回の同行に当たって、近衛から軍馬を預けられた。

訓練が行き届いているため、大きな音を聞いても驚くことはない。もちろん、馬は総じて先の尖《とが》ったものを嫌うため、その辺りは気をつけなければならないだろうが——槍衾《やりぶすま》に突入することもそうそうないだろう。

「アークス・レイセフト。馬に乗って呪文を唱える訓練はしていますか？」

「はい。その辺りも伯父からしつこく」

「【溶鉄】の魔導師殿ですね。ならば問題はないでしょう」

エウリードの懸念は、騎乗中の呪文詠唱についてだ。

馬に乗って魔法を使う場合、慣れていないと舌を噛んでしまう恐れがある。

だが、クレイブから乗馬の訓練を受けたときに、その辺りのことを考慮した内容を組まれていたため、舌を噛まないための詠唱のやり方はすでに体得していた。

そんな話をしていた折、ナダール軍右翼騎兵に動き出す機微――

「では近衛全隊！　こちらも動きます！　事前の打ち合わせ通り、正面の騎兵に一撃加えたあとは南進。ポルク・ナダールを釣り上げます！　ナダール兵の追撃で殿下に傷一つ付けてはなりませんよ！」

近衛たちがエウリードの指示に「応！」と応じ、馬を動かす。

やがて敵騎兵部隊も動き出し、こちらに向かってきた。

騎兵部隊だけが。

（……？）

ナダール軍は右翼側にも魔導師部隊を配置しているようなのだが、なぜか魔法を撃ち出してくる気配がない。

セイランの部隊を前に、魔力を温存するというのもおかしな話。普通は騎兵が動く前か、動くのに合わせてけん制の魔法を使用するはず。

そちらに動きがないのが不可解だが、その様子を見て、セイランが先陣を切った。

「近衛全隊！　余に続け！」

セイランが動き出すと、すぐに近衛たちも続く。

やがて、敵騎兵部隊との距離が、ある程度詰まったとき。

黒馬を走らせるセイランが、呪文を唱え始めた。

《――降り落ちる槍。殺意の閃光。眩《まばゆ》き黄金。愚かなる者は地を這いつくばりては塗炭《とたん》にまみれ、金色の槍が前にその身を捧ぐ。律せよ。滅せよ。天より下されし絶叫よ》

黄金の【魔法文字《アーツグリフ》】が生まれると、それは金色の稲妻を帯びて互いに激しくぶつかり合い、セイランの右手に集っていく。稲妻が生み出す発光は甚だしく、ともすれば目を眩《くら》ませるほどの明滅が網膜を突き刺さんとするほど。

刺激に弱い者ならば、重篤な神経症状すら引き起こしてしまうのではないかというほど、現象の度合いは激しくある。

それを見た敵騎兵の部隊長らしき人物が、悲鳴にも似た叫びを上げた。

「気を付けろ！　クロセルロードの魔法が飛んでくるぞ！　対魔法防御用意ぃいいいいい！」

部隊長からの指示が飛んだ直後だった。

騎乗した魔導師が急いで簡易の呪文を唱え、防御障壁を展開。

一方セイランは黄金の右腕を掲げると。

空から閃光が降り落ち。

轟音が耳朶《じだ》を激しく殴打。

衝撃波が生んだ風圧が駆け抜け。

辺りが白光に包まれた。

……やがて、周囲を眩ませた白光が収まる。

セイランの魔法は、間に合わせの障壁で防げるものではなかったのか。

見れば地面を這う白煙の隙間には、巻き込まれたらしき兵士たちが騎乗していた馬ごと黒焦げになって転がっていた。

「これは……」

「おいおいこれが噂に聞くクロセルロードの魔法なのかよ……」

ノアとカズィが、セイランの使った魔法の威力のすさまじさに、恐れるような呻《うめ》きを上げる。王家の直系のみが使えるという特殊な魔法を前にして驚き、そしてどちらも、この魔法がなんの現象を引き起こしたのかを、わかっていない様子。

激しい閃光と轟音を伴うこの現象は果たして——

「……雷か」

これまで謎と言われてきた魔法の正体を、一人静かに看破する。

激しい閃光と音速を超える衝撃波が生む轟音、そしてふと漂ってきたオゾン臭からして、雷で間違いないだろう。

雷に打たれても人間は黒焦げになどならないはずだが、魔法であるため、結果が過剰なのはまあること。

特徴的で特定も簡単だが、その一方でこれが謎と言われていたのも頷ける。

この世界では雷を詳しく観察することなどそうそうできないだろうし、そもそもこの世界では電気の存在もまだ知られていないのだ。

……男の世界でも、雷が電気と認められたのは1700年代だというし、いまだ未知のエネルギーなのだと思われる。

セイランの魔法を受けて、騎兵部隊は混乱するものの、すぐに態勢を立て直す。

馬が大きな音に驚いて暴れ出し、騎兵は手綱《たづな》の制御を失うはずなのだが、しかしてそうはならず。

どうやら敵の騎馬も近衛の騎馬たち同様、馬用の耳栓を付けているらしい。

セイランと戦うための対策はきちんと取っているということだろう。

そのまま、セイランに続いて魔法でも使おうかと考え……すぐに「いや……」と考えを改める。

……そう、無理に何かしようと考えなくてもいいのだ。自分はセイランたちのように戦場で大きな活躍ができるほどの才能はない。この状況、下手に動けば孤立するし、張り切れば魔力だってすぐになくなってしまうだろう。

それに、むやみやたらと色気を出すのはセイランの意にそぐわない。

ならば、エウリードにも言われた通り、援護に徹するべきだろう。

セイランや近衛が戦いやすいように立ち回ることを念頭に、近づこうとする兵は魔法で倒し、魔法や矢玉が飛んでくれば防御の魔法で守ればいい。

それだけでも、働きとしては十分だろう。

「アークスさま」

「……ノアは自由に動いてくれ。ノアはその方が戦いやすいだろ？」

「遊撃ですか。楽はさせていただけないので？」

「楽したいって顔してないように見えるけどな？」

「かしこまりました。ではせいぜい働いてくるとしましょう」

伯父クレイブに付き従って戦場に出たことがあるノアならば、勝手にさせてもうまく立ち回るだろう。むしろ慣れていない自分が下手に指示を出す方が彼の枷になりそうだ。

「カズィさん。アークスさまをよろしく頼みます」

「こいつのお守《も》りは手に余るんだがなぁ。まあいいぜ。キヒヒッ」

そんなやり取りのあと、ノアはカズィに馬の手綱を預けて、自分の戦場へと向かっていく。

そして、

「んで、俺は？」

「カズィは俺と近衛の援護を頼むよ。カズィは一人で動くよりもそっちの方が合ってるだろ？」

「まあな。じゃあ、任されますかね」

カズィは攻性魔法よりも、助性魔法や防性魔法をよく使用する傾向にある。ならば、ノアのように単独行動させるよりも、自分と一緒に近衛の援護をしてもらっていたほうがいい。

二人に動きを伝え終えると、セイランの指示にあった通り、その近くを並走。敵騎兵部隊からある程度距離を置いたところで一旦止まると、セイランが指示を出して、敵騎兵部隊に近衛をぶつける。

やがて先鋒同士が衝突し、槍の打ち合いに。混戦とまではいかないものの、敵味方が入り交じりつつある。

ならば、そこに向かって魔法を使うことはできない。

となれば、だ。

(そこに撃たなければいいだけだな)

そう結論を出して、動き始める。自分が行うのは援護だ。セイランや近衛の攻撃の助けになることをすればいい。

こっそりと馬を動かして近衛や敵騎兵の横に抜け出ると、それを見咎めた敵騎兵が数騎向かってくる。

そちらはカズィに任せておいて。

行うのは呪文詠唱。

《――漆黒の羽は夜にも輝く。汝の蜜は黒鉄で、汝の敵も黒鉄だ。その羽ばたきは音もなく、鉄砂を散らして空へ空へと舞い上がる。菜の葉飽いた。桜はいらぬ。金物寄越せ。鉄を食わせろ。鉄呼ぶ汝は金物喰らいの揚羽蝶》

詠唱する中、生み出されていく【魔法文字《アーツグリフ》】。それらは一つ一つ黒く変色しながら、やがて渦を巻くかのような挙動を見せる。その動きはさながら、砂鉄で目視できるようになった磁力線の如く。小さな黒い蟠《わだかま》りが、差し出した手のひらの周りにいくつも生まれ、ふわりふわりと浮遊する。

「魔法だぞ!」

「チィ、下がれ!」

近づいてきた敵騎兵たちがそんな風に注意を呼びかけ合う中、

――【磁気揚羽《マグネティックフォース》】

呪文を口にし終えた途端だった。

手のひらを差し向けた先へと向かって、黒い蝶の群れが一斉に羽ばたき始める。

向かう場所は敵騎兵部隊の後方上空。黒い蝶たちはそこで一つに蟠ると、青々とした空に黒い孔が穿《うが》たれたように、黒い球状の力場が生み出された。

渦の中心のようにも見える磁力線の動きはあたかも、巨大なクロアゲハが羽ばたいているかのよう。

「こ、攻性魔法ではないだと？　助性魔法か？」

「黒い蝶？　いや、渦？　なんだあれは？」

困惑するのは、【磁気揚羽】の直下にいる敵騎兵たちだ。

魔法の効果が、直接的な攻撃でないためだろう。

自分たちを害することが起こらないため、当然回避にも動けないし、魔導師もそれが何なのかわからないため対処のしようもない。

その場しのぎに、防性魔法を使い始める者も現れるが――

そんな中、彼らが身につけていた武器や防具が、蝶の羽ばたきに合わせてかたかたと落ち着きのない挙動を見せ始めた。

「……なんだ？」

困惑に、視線を下げる敵騎兵。

そんな風に、敵騎兵が武器防具の震えに戸惑うのもつかの間。

劇的な反応が起こったのは、間もなくのことだった。

「か、身体が引っ張られっ……あ、あああああああ！」

「ぶ、武器が！　俺の武器が！」

「くそっ！　なんだこれはぁあああっ！」

騎兵の後方から断続的に、そんな悲鳴が上がり始める。

【磁気揚羽】の周りに、砂鉄がさながら蝶の鱗粉のように漂い始めた直後。

鉄製の武器や鎧が、強力な磁力の力場に勢いよく吸い寄せられる。

剣や槍が磁界の向きに沿って平行に飛んでいき。

小手が腕からすっぽ抜け。

力場の直下にいた者は、鎧ごと宙へと引き上げられる。

敵騎兵は武器を失うだけでなく、バランスを崩して落馬。

後方から将棋倒しのように、兵士の体勢はおろか隊列まで崩れていった。

頃合いを見て、魔法を収束させたすぐあとに行うのは――

《――貪欲なる回収者は物の卑賤を選ばない。落ちているものこそ彼らの宝。選り好みなく蓄えたるその右腕を受けよ――【がらくた武装《スクラップドアーム》】！》

使ったのは、武器となる右腕を作る魔法だ。

人が生み出したゴミやがらくたを集約するのを、この魔法の効果とする。

ならばそれが、敵兵が取り落とした剣や兜、小手などであるならどうなるか。

人が手放したものをゴミというならば、それらは右腕に集まるに相応しいか、もしくは否か。

しかしてその答えを示すように、武器や防具が恐ろしい勢いで飛んでくる。

当然その進路上にいた騎兵は直撃を受けるし、それが当たらずともこちらは武器が出来上がる。

鉄塊の直撃を受けた騎兵がまばらに倒れる中、鉄製の武器や防具が集まって生まれた巨大な右腕に、敵騎兵だけでなく近衛たちまでもが息を呑む。

「カズィ!!」

「うおっ!?　なんだそれ怖ぇ！」

カズィに注意を呼びかけると、彼は即座に馬首を返し、焦ったようにその場から離脱する。

そして、彼が足止めをしてくれてた騎兵に対し、これまでにないほど凶悪な右腕を振るった。

「う、うぁあああああああ!?」

騎兵の武器が、巨大な右腕の間合いに敵《かな》うはずもない。

一騎を横薙ぎで馬ごと吹き飛ばし、もう一騎は拳を振り下ろす要領で、上がった悲鳴ごと叩き潰す。

刃物が交ざった鉄の塊の一撃をまともに受けた騎兵の惨状たるや……言うまでもないことか。すぐに《ぶっ飛べ》と口にして、右腕をあらぬ方向へと吹き飛ばした。

それを見ていたカズィが、眉をひそめる。

「敵に向かってぶっ飛ばしたりはしねぇのか？」

「そうすると近衛《みかた》に当たりそうだからなぁ。近くにばらまくと馬の足の邪魔にもなるし」

「なるほど」

すぐにもとの位置へ戻ると、セイランの護衛をしていた近衛たちに称賛で迎えられる。

同じく、エウリードも、

「アークス・レイセフト。よい援護です」

「ありがとうございます」

「アークス」

「は！」

エウリードの称賛に礼を返した折、セイランからも声を掛けられた。

こちらも称賛をくれるのかと思いきや、だ。

突然、敵騎兵の上空に指を差す。

そして、何を言うのかと思えば。

「アークスアークス、先ほどの魔法はなんだ？　どうして敵兵や武器があの黒い渦に引き寄せられたのだ？」

「え？」

「見れば引き寄せられたのは武器や防具、そしてそれらを身につけた者たちだけだ。馬やそれ以外の物は、なぜああやって限定される？」

「さっきの魔法はあれです。えっと……」

「いや、待て。まだ言うな。引き寄せられたものはすべて金属製なのだ……ではあれは磁石が関係している。そうではないか？　そうであろう？」

答え待ちでわくわくしているセイランに戸惑いつついると、見かねたエウリードが止めに入った。

「殿下、いまはそのようなことを話している場合では……」

「む、そうだな。――よし、敵兵は態勢を崩した！　前衛を一気に蹂躙せよ！」

セイランが剣を空に向かって掲げると、今度はすべての近衛が一斉に動き出す。

敵騎兵は陣形を崩し、馬から落ち、武器を失い、いまだ混乱の渦中にある。

そんな死に体の部隊に、万全の近衛が負けるはずがない。

近衛が難なく蹂躙する様を、セイランの横で眺めながら、思う。

無理をしないことが肝要だろう。こうやって地味に適度にこ狡《ずる》く戦い、セイランたちに活躍してもらうのが、ここでは一番いいはずだ。


左翼セイラン率いる近衛部隊との戦闘によって、ナダール軍右翼騎兵部隊はほぼ壊滅状態に陥った。

直前に受けた【磁気揚羽《マグネティックフォース》】によって敵騎兵部隊後方は武器や防具を奪われ、その影響は騎兵部隊全体にまで波及。後方の混乱のあおりを受けた騎兵部隊前面は、近衛の突撃に為す術なく破られた。

いまは半分が討ち取られ、残りは退却。そのまま逃亡するか、他部隊に吸収されるかは不明だが、騎兵部隊を潰せたことは、近衛にとって大きいだろう。

敵騎兵部隊に再建不可能な損害を与えたあとは、当初の予定通り、前線からゆっくりと戦場の左手側、ミルドア平原の南へと向かった。

……部隊が単独行動を起こし、隊列から離れる。

ともすればそれは孤立を招く悪手になり得るような行動だが、今回ばかりはそうはならない。

この行動こそが、今作戦の要訣《ようけつ》だからだ。

「貴様ら！　死に物狂いでセイランを討ちとれぃ!!」

追撃のため迫ってきた歩兵部隊の中心で叫んでいるのは、ポルク・ナダール伯爵だ。

贅沢にかまけたがゆえの、健康とは無縁そうな身体つき。

自分が偉いと信じて疑わない、横柄さが滲む態度。

豚のような、ガマガエルのような、どちらも思わせる顔と体型をしており、物語に出てくる典型的な腐敗貴族を思わせる。

そう言った人間を見るのはこの伯爵で二人目だが、こちらはガストン侯爵と違って「まさに」と言えるようなそんな見た目だ。

いまは鎧姿であり、一応は戦うための用意はしているらしい。

主張の激しい贅肉を包み込むための鎧を誂《あつら》えた職人の苦労は察するにあまりあるが。

大きめの馬に乗り、周囲を護衛の騎兵で固め、己が率いる歩兵部隊に対し、しきりにこちらを攻め立てるよう命令を出している。

彼の狙いは当然、王国王太子であるセイラン・クロセルロードだ。

歩兵部隊はポルク・ナダールに急かされて、近衛に追い付かんと追撃を敢行。それに釣られて横陣端である右翼歩兵部隊まで引っ張られるといった有様だ。

それがセイランの思惑通りであるということも、わかっていない様子。

一方で近衛の方はといえば、こちらは部隊を二つに分けて、その追撃の対処に当たっている。

片方の部隊が追撃してくる敵部隊に対応している間に、もう片方の部隊が南進。今度は後退した方の部隊が敵の攻撃の対応に当たり、それを繰り返して徐々に下がって行くという行動をとっている。

そんな中にも、セイランがポルク・ナダールに対して、挑発の言葉を叫ぶ。

「ポルク・ナダール！　汚らしい豚よ！　貴様に勇気があるならば、その剣で見事余を討ち取って見せよ！　ああいや、勇気以前に、その醜く肥え太った身体では余に近づくことも難儀であるか！　ハハハハハハッ！」

「小っ僧がぁ……貴様ぁあああああ！」

「怒った顔はさらに醜いな！　醜い豚だと思っていたが、潰れた蛙というのも捨てがたい！」

セイランは、まるで討ち取って見ろと言わんばかりに、ポルク・ナダールをあおり立てる。

目を見張るのは、セイランを守りながら動いている近衛たちだろう。

セイランという玉を抱えつつも、被害らしい被害も受けずにうまく後退している。

その練度のすさまじさたるや、さすがと言うほかない。

「何をしている！　なぜセイランを討ち取れんのだ！　相手が騎馬とはいえ、向こうはこちらよりも少数なのだぞ！」

「それが、近衛の練度があまりに高く……」

「ならば横陣の歩兵部隊をもっとこちらに回せ！　いくら練度が高くとも多数で迫れば近衛とてひとたまりもなかろうが！」

「しっ！　しかしそれでは戦列が……」

「戦列など構うものか！　兵の質が討伐軍よりも低い以上、いずれこちらの戦列は崩壊する！　もはや我らにはすでにセイランを討ち取る以外に道はないのだ！　動員できる兵力すべてを使って打ちかかれ！」

「……はっ！　承知いたしました！」

従士とのやり取りを終えたポルク・ナダールが、ふいに近くの歩兵の方を向いた。

「おい、そこの貴様」

「は、はい！　私になにか？」

「こっちに来い」

ふいに下された呼び付けに従い、兵士が近寄ると。

突然、ポルク・ナダールが剣を抜き放った。

「……へ？」

兵士が困惑の声を口にするのもつかの間、ポルク・ナダールが剣を一閃。胸を斬りつけられた兵士は「ぎゃっ」という悲鳴を上げて倒れ込み、そしてぴくりとも動かなくなった。

まるで見せしめのような行為を行ったポルク・ナダールが、その場で叫ぶ。

「よいか！　敵が強いからなどという泣き言は聞かん！　敵が強く手強いのであれば、自分の命を捨てて攻めかかるのだ！　この命令に反した者はこの男のようになると思えいっ！」

そんな苛烈な命令を周知するために、自軍の兵を殺す。

あまりに残虐な行為だが、その効果は覿面《てきめん》だった。

処刑を恐れた歩兵が恐慌の叫びを上げながら、さながら狼に追い立てられた羊のように、近衛に向かって殺到する。

進むも地獄、退くも地獄とはこのことだろう。

やがて先ほどの命令が伝わったのか、ポルク・ナダールの部隊の後ろからも、歩兵部隊が続いてくる。ポルク・ナダールの部隊が……いや、ナダール軍全体が、どんどんとセイランが作り出す沼へとはまっていっているとも知らずに。

「――第一部隊後退。第二部隊は第一部隊後退の援護を」

エウリードが、近衛に静かに命を出していると。

歩兵の攻めが苛烈になったせいか、対応が遅れ、陣形に穴が空いてしまった。

そこを目敏く見咎めたポルク・ナダールが、周囲を固めていた騎兵に吶喊《とっかん》の命令を下す。

「そこだ！　騎兵！　突っ込めぇえええええ！」

その指示を受けた騎兵が三騎、セイランを狙って突撃してくる。

自軍の歩兵を踏み潰し、足止めをしていた近衛の横をすり抜けて、真っ直ぐにこちらへ。

「セイラン・クロセルロード！　覚悟ぉおおおお!!」

セイランを狙って雄叫びと共に迫る騎兵。

（これは……）

その鬼気迫る圧力を危惧し、呪文を唱えようとしたのだが。

「よい」

「え……？」

「黙って見ているがいい」

セイランの制止に従い、呪文詠唱を取りやめると、吶喊してきた騎兵の前に、エウリードが馬首を回して立ち塞がった。

エウリードは白馬を見事に操りながら、吶喊してきた三騎に対応。

同時に突き出された槍を剛撃によって払い退けると、騎兵を一騎ずつ捌《さば》いていく。

巧みな動きに、三騎いた騎兵はたちまち彼に討ち取られた。

「どうした！　ポルク・ナダール！　貴様の軍は騎兵とてこの程度か！　これでは貴様の将としての器もたかが知れるぞ！」

エウリードの声が響く。

近衛のふとした手落ちを逆手に取って相手を貶《けな》し、その失態を帳消しにする。

装備の整った騎兵がこうも簡単にやられれば、当然歩兵の士気も下がるというもの。

一方で、エウリードからも煽りを受けたポルク・ナダールは、狂ったように喚《わめ》いている。

言葉になっていないため、何を言っているのかは聞き取れないが、エウリードに対して苛立っているに違いない。

「エウリード」

「……殿下はそのまま、ポルク・ナダールへの挑発をお願いします。近衛の指揮はお任せを」

「うむ」

エウリードが、また後退の指示を出す。

それに、自分やカズィも馬を走らせついて行くのだが。

ただついて行くだけだと言えば聞こえがいいが、これがかなり大変だった。

常に周囲を警戒しなければならないし、心安まるときが全くない。

近衛も迫ってくる歩兵部隊の前面を打ち倒してはいるものの、ポルク・ナダールの指示によって敵部隊は減るどころか増えていく一方。横陣を構成する歩兵部隊を切り崩してまでセイランを討ち果たそうとしているため、想像以上の圧力を受けている。

敵の数が増えたせいで、聞こえる足音も大きくなり、金属が当たる音も増えていく。

ドンドン。

ガンガン。

ゴウゴウ。

どんどん。

がんがん。

ごうごう。

「……い」

聞こえてくるのは、そんな音ばかり。頭の中で反響し、離れていく様子もない。

「……おい」

悲鳴は怒号にかき消され、怒号は騒音に呑まれて消える。

そんな音に追い立てられながら、後退のような南進、そしてまた南進。

いつまでこの行動が続くのか——

「おい！　聞こえてるか！　おい！」

自己の内に沈み込む中、ふいに肩を揺らしてきたのはカズィだった。

「え？　あ、ああ……聞こえてる。どうした？」

「……お前、大丈夫か？　さっきから呼んでるってのに、うんともすんとも言わないじゃねえか。一体どうした？」

「いや……そうだな」

確かに彼の言う通り、呼びかけに対しすぐに反応できなかった。

いや、そうではない。まったく聞こえていなかったのだ。

いつの間にか、周囲の声を聞き取る余裕さえもなくなっていた。

「……結構きつい。頭がおかしくなりそうだ」

そんな風に、正直な胸の内をカズィに吐露《とろ》する。

緒戦は最低限の緊張を保てていたものの、怒号や悲鳴などに揉まれていく中で、知らず知らずのうちに精神の摩耗が進んでいた。

こちらが攻めかかっているならまだしも、だ。

部隊は常に後退しており、敵から圧迫されている状態なのだ。

やはり、精神的に来るものがある。

「ま、初陣なんだ。無理もねえわな……」

「カズィは余裕なんだな」

「俺は魔法院で動員があったときに、規模は小さいが何度か経験してるからな。多少は……本当に多少だが耐性はある」

カズィはそう言って、肩をすくめる。

その様は、いつも軽口を叩いている彼とほぼ変わらない。

身近な人間に余裕があるというのが、いまはとても頼もしく感じられた。

だがそれでも、ふと気を抜くと、いまだ逃げ出したくなる気持ちに駆られる。

兵士たちが押し寄せて来る様が、大火や津波でも見ている気分になり、どういうわけか「早くここから避難しなければならない」という気持ちが湧き上がってくるのだ。

これが浮き足立つということなのだろう。

数の暴力の凄みがこうも恐ろしいものだとは、思わなかった。

そんな中、エウリードが声を掛けてくる。

「アークス・レイセフト」

「っ、はい！」

「心が萎えているのでしたら、近衛の声に自分の声に合わせなさい。自分も群体の一つとなれば、恐怖も紛れます。ここは戦場。すべてを利用しないと生き残れません。錯覚までも利用するのです」

「は、はい……」

彼の言う通り、時折上げられる近衛たちの鬨の声に、自分の声を合わせる。

すると、ふとした一体感のおかげか、対抗できるような気分が湧き上がってきた。

すかさずエウリードがさらなる注意を口にする。

「アークス・レイセフト。昂揚に浮かせられてはいけません。それに身を委ねれば、突出という見えない魔の手に引き込まれます。自制しつつ、適度にほどよく利用しなさい」

「わかりました」

逐一声を掛けてくれるため、指導をしてくれる先生が付いているようにも感じられる。

こちらとしては余裕が生まれてありがたい限りだが、自分にばかり構っていていいのかとも思う。

……よく見ると、近衛の指揮は副長らしき人物が代わりに出していたが。

再び後退の指示が入り、馬を動かすと、並走するカズィが声を掛けてくる。

「どうだ？　落ち着いたかよ？」

「さっきよりは幾分」

「怖かったら後ろに隠れてもいいんだぜ？」

「堪えられなくなったら遠慮なくそうさせてもらうよ」

カズィとそんなことを言い合っていると、ナダールの部隊の側面で、氷床が広がった。

「おっと、あっちはあっちで全力か？」

よくは見えないが、ノアが何かしら援護のようなことをしてくれているらしい。

状況を見るに、敵兵士たちが大きく迂回して回り込めないようにしてくれているのだと思われる。

そんな中、前方の敵兵が弓矢を構え始めた。

横陣の歩兵だけでなく、後方にいた弓兵まで、こちらに引っ張ってきたのだろう。

「っと、あっちばかりも見てられねぇな」

「ああ、これは魔法を使った方が良さそうだ――」

周りの近衛が弓を払う準備をする中、防性魔法を使おうとすると、カズィが止めにかかる。

「ちょい待て待て早まるな……それは俺がやる」

「え？　ああ……」

「矢玉は俺に任せな！」

カズィは周囲の近衛たちにそう伝えると、詠唱を始めた。

《――アルゴルの便利布。柴に薪に穂先に鏃《やじり》。包むものはなんでもござれ。尖ったものでも鋭いものでも穴もあかないへいちゃらだ。ひとたび開けばどんなものでもたちまちのうちに包み込む》

呪文からして、以前彼が封印塔で使った【アルゴルの布鎮めの法】の変形だろう。

カズィが懐から取り出した布は、【魔法文字《アーツグリフ》】をまとって大きくなる。その布面積は地面に達するまで余り、厚みも増したのかどことなく重々しい。

しかしカズィはそれを、飛来する矢玉に合わせてなんなく振るった。

飛んできた矢玉の数々を、大きく広がった丈夫な布地が迎え撃つ。

その戦いに勝利したのは――当然のようにカズィの便利布だった。

近衛たちの間から感嘆の声が上がる中、それをやった本人はと言えば、余裕そうに口笛を吹いている。

なんとも頼りになることだ。

「にしてもまた器用な」

「魔法は汎用性だぜ？」

「それはわかるけどさ。これがなんで人攫《さら》いなんてしてたのかほんと謎……」

「終わったことをいちいち蒸し返すなっての！」

カズィとそんな軽口交じりのやり取りを終えると、

「お前はあんまり魔法使い過ぎんなよ？　いま張り切りすぎるとあとで息切れ起こしちまうぜ？」

「いや、別に俺が息切れ起こしても構わなくないか？」

「何寝ぼけた言ってやがる。お前が使うトンデモ魔法は俺たちには使えねぇんだぞ？　そうなったらいざってときに心許《こころもと》ねぇ。だからそれまでは子分をうまく使いな」

「……わかった。頼りにさせてもらうよ」

カズィにそう返答すると、彼は乱杭歯を剥き出しにして、いつもの奇妙な笑い声を上げる。

さっきから周りの世話になりっぱなしだ。

自分も何かしなければとも思うが――いま張り切りすぎてはいけないと言われたばかりなのだから、ここは自制するほかない。

ふと、そんなことを考えていたときだった。

「――魔導師だ！　魔導師部隊を前に出せ！　例の防性魔法とやらで防御しながら、セイランを攻撃させろ！」

前方から、ポルク・ナダールの乱暴な指示が聞こえてくる。

直後、近衛の前に現れたのは、魔導師たちだ。

おそらくは騎兵同士がぶつかったときに、援護などを行わなかったあの部隊だろう。

歩兵の列を割って前に出て、俊敏に、そして迅速に隊列を組む。

緒戦に魔法の撃ち合いに参加した敵魔導師たちに比べ、動きがかなりいい。

動きだけなら、王国の魔導師部隊に匹敵するのではないか。そんな印象を受ける練度。

魔法による遠距離攻撃を防ぐため、すぐさま近衛の部隊が蹴散らしに向かう。

それに対し、敵魔導師部隊は防性魔法を使用。

彼らが呪文を唱えると、灰色に変色した【魔法文字《アーツグリフ》】が生み出され、やがてそれらは正六角形板を形成。魔導師たちの前面に隙間なく敷き詰められると、すべてが合致して一つの構造体を構築した。

向こうの景色を通す半透明な灰色の障壁は、一見してＳＦのバリアーを思わせる。

「おいマジかよ……あれってハニカム構造なんじゃ」

六角形の平面充填によるハニカム構造は、戦車装甲にも採用されるものだ。障壁がそれを用いて構成されるということは、防御力を保ったまま、消費魔力が抑えられているということだろうか。そのうえでこれだけの人数を使っているのだ。使用されている魔力の量から鑑みれば、途轍もない防御力となっていると思われる。

ふとした呟きを漏らす中、近衛の攻撃が敵魔導師たちの防性魔法に届く。

槍や弩《いしゆみ》の先端が、障壁に衝突するが――

「なんだと!?」

「っ、槍が通らない……」

その穂先や鏃は、さながら硬いものに当たったかのように弾かれる。その後、何度も攻撃するが、敵の防性魔法はびくともしない。

それを見たエウリードが、すかさず指示を出す。

「一度下がりなさい！　魔導騎兵は援護を！」

近衛の魔導師が、呪文を唱える。

《――我が意思よ火に変じよ。ならば空を焼き焦がす一槍よ、立ちはだかる者を焼き貫け》

敵魔導師部隊の講じた防性魔法に対し、炎の槍が飛んでいく。

その穂先は防性魔法に過《あやま》たず衝突するが、しかし敵魔導師はおろか障壁まで無傷。

魔導師たちが放つ【火閃槍《フラムルーン》】の魔法を完璧に防いでいた。

それを見ていたセイランが、訝《いぶか》しげに呟く。

「ポルク・ナダールがこのような魔導師を抱えていただと……？」

「それは考えにくいでしょう。ポルク・ナダール麾下《きか》の部隊にしては、練度が目に見えて高い。いえ、高すぎる」

「ではあの者たちは一体どこから」

「傭兵団からとは考えられません。やはりアークス・レイセフトの言った通り、帝国の影があるのでしょう」

「……っ。帝国め。いまいましいことだ」

エウリードの推測を聞いたセイランが、そう吐き捨てる。

そして、すぐに体内の魔力を高め、

「近衛が貫けぬのならば、余の魔法で……」

「殿下、それはいけません」

「なぜだ？」

「万が一、万が一にも殿下の魔法が防がれた場合、今後に影響が出るでしょう。帝国の影があるのであれば、なおのこと相手の思う壺にございます」

「っ……」

そうだ。セイランの使うクロセルロードの魔法は、王国の力の象徴だ。それが防がれたとあっては、クロセルロードの権威に悪影響が出かねない。

……だが、このままではまずい。付かず離れず動いていたため、近衛と敵魔導師部隊の距離が中途半端なのだ。このままでは後退している間に魔法を撃ち込まれかねない。近衛の中にも魔導師がいるため、そちらの防御は期待できるが、いまは向こうの数の方が上。撃ち込まれる魔法の質によっては、大きな被害を受ける可能性もある。

見れば、ポルク・ナダールの護衛に当たっていた騎兵がまた動き始めた。

近衛の前衛に対しさらに圧力を掛けて、魔法行使を完璧なものにしようというのだろう。

もはや一刻の猶予もないか。

ならば――

「殿下。私がひと当てしてきてもよろしいでしょうか？」

「アークス。そなたはあの防御を抜ける魔法を持ち合わせているのか？」

「は。可能性のあるものは」

「なんだと！　余はそんな話聞いていないぞ！」

「え？」

「あ、いや……ごほん。なんでもない。できるかもしれないのだな？」

「あれが戦車装甲を模したものでなければの話ですが」

「戦車の装甲？　いや、戦車にはあれほどの頑丈さはないぞ？」

「い、いえ。そちらの戦車ではなくて」

慌てて訂正する。セイランはどうやら馬で引くタイプの戦車を思い浮かべたのだろう。そういえばこの世界でも、戦車と言えばそれを指す。

「……まあいい。話はあとにしよう。数騎！　アークスの護衛に当たれ！」

セイランが指示を出すと、近衛が付いてくれる。

カズィに目配せすると、そちらも頷いた。

魔力の無駄遣いはできないが、この状況ならばいいということだろう。

「それでお前、どうするつもりだ？」

「たぶん、あの障壁に生半可な魔法は通じない。だから、あの魔法を使う」

「あの魔法？　なんだ？」

「ほら、前に伯父上の山で使ってみせたアレだ。見ただろ？」

「げ……」

カズィはそのときのことを思い出したのか、顔がひきつった。

「俺の前に出るなよ。蜂の巣になるからな」

「あんなの食らったら蜂の巣以前に身体が砕け散るっての」

カズィ、そして護衛に入ってくれた近衛と共に、近衛部隊の前面に突出。

それを見咎めた敵騎兵が二手に分かれ、十時、二時の方向から迫ってくるが。

具合の良い位置に馬を回して、横向きにする。

《――絶えず吐き出す魔。穿ち貫く紋様。黒く瞬く無患子《むくろじ》。驟雨《しゅうう》ののち、後に残るは赤い海。回るは天則、走るも天則。余熱《ほとぼり》は冷めず。狙いの星もいまだ知らず。喊声《かんせい》を遮る音はただひたすらに耳朶を打つ。猖獗《しょうけつ》なるはのべつまくなし》

詠唱後、空中に浮かび上がった魔法陣に右腕を差し込むと、魔法陣が高速で回転し始める。

男の世界の戦法を変えた武器、ガトリングガン。

それを模した魔法が、いまその咆哮を上げる。

火の魔法が主力の魔導師の戦場に、変革の楔《くさび》を打ち込むために。

――【輪転する魔導連弾《スピニングバレル》】

まず呟くのは、向かってきた騎兵に対して。

「この魔法、かわせると思うなよ……」

そんな言葉を口にして、《斉射》の一言を下すのだった。


――レオン・グランツ率いるナダール軍援護の帝国兵は、ミルドア平原西部にある小高い丘に陣を構えていた。

前線に出ず、未だこうして後方にいるのは、作戦のためだ。

ナダール軍としてのではなく、帝国軍将軍としての。

開戦前、ポルク・ナダールには手柄を奪わないためと言い訳しつつ丘に居残り、実際は動き出す機会を窺っているという状況にある。

ここは背の低い丘であるため、すべてを見渡すことは出来ずとも、ある程度戦場の把握は可能。まずは新型の防性魔法を覚え込ませた魔導師部隊をポルク・ナダールに同行させて、その報告を待ちつつ、いまは丘の上から両軍の中央部分を監視している。

特に気にしているのは、王国軍の魔導師部隊だ。

もともとレオンがポルク・ナダールに接触したのは、王国軍の魔導師部隊の練度が急激に上がったという報告が入ったからであり、その戦力を知りたいがためのもの。

そのため、こうして魔導師部隊の動きを注視しているのだ。

デュッセイアが、訊ねるような視線を向けてくる。

「閣下」

「……やはり、いままでよりも魔導師部隊の攻めが機敏だ」

レオンが口にしたのは、そんな所感だ。

魔導師部隊を運用するときに、どうしても付きまとうはずの動きの鈍さが、いまの王国軍の魔導師たちには見受けられなかった。

……魔導師部隊は移動に関してもそうだが、攻撃時、攻撃力を集中させるため、魔法を同時に発動させる傾向にある。そうなると魔法発動の時間を部隊全員で一致させなければならず、そこである程度の時間を要してしまうのだ。

選択された魔法に対する「魔力の調整」。

魔法発動の時間に関わる「詠唱の時機」。

それらを踏まえると、時間の浪費は他の兵科よりもさらに大きくなる。

だがそんな常識に反して、王国軍魔導師部隊の動きは機敏であり、足並みも揃っていた。

それがよくわかるのが、歩兵部隊が衝突する前の、最初の魔法行使のときだろう。

呪文の詠唱はナダール軍とほぼ同時だったはずなのにもかかわらず、発動は討伐軍側の方がわずかに早く、魔法使用時にたびたび起こる詠唱不全など、不備による失敗も少なかった。

確かに中央本隊と地方の私設部隊という差はあるだろう。

だが、それでも同じ王国の魔導師。超えがたい差があったとは思えない。

にもかかわらず、いまこの場で、ここまでの差を目の当たりにさせられたということは。

「魔導師部隊の練度を向上させた何かがあるのは、まず間違いないだろうな」

「やはり、ですか」

「ああ。そう考えると、今回の戦は僥倖《ぎょうこう》だったな。王国軍の中でもこれだけ力量差があることが知れたというのは随分と大きい」

「では、今後も探り続ける必要がありそうですね」

「そうだな――それで、尉官。記録の方はどうかね？」

「は。そちらはご命令通り、事細かに」

リヴェルの返事を聞いたレオンは、今度は別の方を向く。

「ならば、あとはこちらの魔導師部隊の報告だな――アリュアス殿。期待しても？」

「もちろんです。博士《ドク》も此度《こたび》の魔法は力作だとおっしゃっていましたので、閣下のご期待に添えるものと思いますよ？」

こちらは、件《くだん》の防性魔法のことだ。

あの【銀の明星】の使徒、メガスの高弟のお墨付きがあれば、まず間違いないだろう。

そんな中、戦場を見ていたデュッセイアが、

「閣下はポルク・ナダールがセイランの首を取れると思いますか？」

そんな、わかりきったことを訊ねてくる。

「無理だろう。奴はセイランの首に執着するあまり、兵をセイランの方へ偏らせている。一方でセイランは……あの豚の狙いがなんなのかしっかりわかっているのだろうな。自分の守りを固めつつ、囮《おとり》となってナダール兵をうまく誘導している。ふ、あれではまさに目の前に餌をぶら下げられた豚だろう」

ふと笑みと共に口を衝いたのは、そんな皮肉だった。

ポルク・ナダールは、セイランにばかり気を取られ、他のことは皆目眼中になし。

その様はまさに、餌を目の前にした豚さながらだろう。

まだピンと来ていないデュッセイアに、戦場のある部分を、手に持った杖で指し示す。

その先は、戦列中央から右翼側にかけて。

討伐軍歩兵部隊前面を支える、ナダール軍歩兵部隊だ。

「見ろ」

「は！」

「……伯爵はセイランを討ち取らなければならないからな。ああしてセイランを追いかけるしか道はない。だが、討ち取るためには相応の数を用意しなければならないため、前面を支える歩兵を割る必要がある。しかし、横陣の側面を取られるわけにはいかないし、伯爵と横陣の間に敵兵を割り込ませるわけにもいかない。だから、横陣はああやって際限なく横に延びていく」

側面を敵兵に取られれば、戦列はそこから切り崩されるし。

横陣とポルク・ナダールの部隊の間に穴が空けば、そこから敵兵がなだれ込み、ポルク・ナダールが挟み撃ちにされてしまう恐れも出てくる。

だからこそ、セイランを追って南進するポルク・ナダールとの間に間隙が出来ぬよう、前面を支持する歩兵部隊は横陣を無理矢理右翼側に延ばす必要があるのだ。

ポルク・ナダールの意思にかかわらず。

「横陣もある程度兵数が揃っていれば、敵歩兵を支えられるだろうが、ナダール軍は寄せ集めもいいところだ。装備も万全ではなく数も少ないため、それもままならない――中央を見ろ、横陣がいまにも引き千切れそうだ」

右翼側への兵の集中だけでなく、横陣を引き延ばして対応しているため、最初に作った横陣は、どこも縦が薄くなっている。

俯瞰していれば、一目でわかる危うさだろう。

「討伐軍とナダール軍の数に、そこまで大きな差はなかったはず」

「同数だったのは戦端が開いた当初の話だ。討ち取られてしまえば数は減り、向こうはその分の補充も考えて後方に控えた部隊を穴埋めに使っている。しかも、あのラスティネル兵をだ」

戦列が横に延びれば、相手も戦列を延ばさざるを得ない。

しかし、討伐軍は戦列が横に延びて縦深が浅くなることを想定し、横陣中央部分に、精強として知られるラスティネル兵と、中央からの援軍である魔導師部隊を食い込ませた。

あれでは早晩、ナダール軍は戦列を食い破られてしまうことになる。

横陣が薄くなれば、あとは引き裂かれるだけなのだから。

「戦術さえ間違わなければこの戦い、討伐軍が負けることなど決してないのだ。数は揃えても、兵の練度と装備が違う。だが――」

やはり恐るべきは、それを実行できるセイランの才覚だろう。

敵の目的を見抜いたうえで、自らを囮とし、戦場を掌握する。レオンも予想はしていたが、まさかここまでうまくやってのけられるとは思わなかった。

こちらの考える最善を過たず選ぶ将は、まったくもって有能だろう。

紙たばこに火を付けて、その煙をくゆらせる。

「……セイランの歳は十かそこらだったか。その幼さでここまで戦上手とはな。紀言書の記述や演目を見せられているようだ」

「龍の子は龍ということでしょう」

「こちらの期待通りとはいえ、こうも見事にやってのけられるとはな。やはり王国は侮れぬよ」

「ここまでが、閣下の予測通りでも、ですか」

「そうだとも。この策は、討伐軍が最良を選ぶことを想定して講じたものだ。その想定通りにことが運んだのだ。侮れぬというほかあるまい」

策というものには、往々にして多くの手落ちが重なるものだ。

戦争という事象に多くの人間が関わっている以上は、失敗、遅れ、行き違いなどの事柄からは逃れられないし、すべて最善手を選び取れるなどまずあり得ない。

ならばそれらのことを避け続けてここまで至れたということは、脅威足り得ると言えるだろう。

「陛下は、ダンバルード、メイダリア両国の攻略が終わったら、次はライノール王国だと息まいていたが…………厳しくなるやもしれん」

「やはり、育ちきる前に刈ると」

「その方がいい。龍が龍王に育ちきる前に、我らの手で刈り取るのだ」

そこでふと、アリュアスが疑問の声を上げる。

「閣下、私にはそこが不思議に感じられます。相手は王国の王太子なのですから、殺すよりも捕えた方がよいのでは？　虜囚の身とすれば、今後の王国との交渉にも有利に働くでしょう」

「人質か」

「ええ」

確かにアリュアスの言う通り、それも一つの手だ。

だが――

「話題を変えるようで申し訳ないが、アリュアス殿はヤンバクラの王様の話を知っているか？」

「……紀言書は第二、【精霊年代】に登場する王の話ですね。民間では、双精霊の片割れであるチェインを害そうとした愚かな王として伝わっています」

「そうだ。ヤンバクラ王はその権威を揺るぎなきものにするため、双精霊の片割れである『くさりの精霊』チェインを鉄鎖で縛り付け虜囚とするが、逆に王は災禍を被り、その身を滅ぼした。人の身で扱えぬ大きなものに手を出そうとする愚かさと、相手の得手を用いてその身を縛った愚かさ。それらの教訓を語った古史古伝だ」

「確かにおっしゃる通り、身に余る欲は刃となって自身に跳ね返ってくるのが世の常でしょう。しかし、いくら相手が強大な力を持っていても、皇帝陛下はセイランの身柄を欲するのでは？」

「いや、陛下からは討っていいとすでに下知《げち》されている」

そう、セイランの身柄に関しては、すでにレオンが打診していたことだ。

しかし、そのとき皇帝から返ってきた言葉は、

──ライノールを、クロセルロードを決して侮るな。

──危険を冒してまで虜囚とする必要はない。

──できるなら、そのまま殺してしまえ。

──歴代皇帝がライノール相手にわがままを言わなければ、すでにライノールの半分は帝国のものとなっているはずなのだ。

皇帝はそう、レオンに釘を刺したのだ。

欲を出すなと、ヤンバクラ王になるなと、そう。

討ち取れるときに討ち取っておかねば、余計な災禍を被るぞ、と。

「陛下はそのとき、果たして首を斬った程度で死ぬかどうか……と冗談めかして言っていたがな」

「首を斬れば人は死にます」

「であればよかろう。そうでなくば、皇帝陛下と同じく人ではないということだ」

「では、皇帝陛下は首を斬られても死なないと？」

「宮廷雀どもはよくそんな風に囀《さえず》るな」

いくら人知を超える力を持っているとはいえ、まさかそこまでではないだろうが……あの皇帝だ。

あながちあり得ないとも言い切れない。

そんな風に、レオンがアリュアスと話していた、そんな中だった。

「で、伝令！　グランツ閣下に急ぎの一報っ！」

情報を携えた兵士が、こちらに向かって息せき切って駆け込んでくる。

どうしたのか。その随分と激しい取り乱しよう。

「どうした？　何か緊急の事態でも？」

デュッセイアが訊ねると、伝令はまるで予期していない一報を口にする。

「第一魔導部隊が、セイランの麾下の近衛に食われ、か、壊滅っ!!」

「な――!?」

「む……」

「それは……」

その報告で、辺りが緊張に包まれる。

伝令が口にした魔導師の部隊は、ポルク・ナダールに付けていた三部隊の内の一つ。

それが――

「か、壊滅した⁉　あれは伯爵に追随させていた部隊だろう⁉」

「は！　ポルク・ナダール伯爵がセイラン率いる近衛部隊を追う中、近衛の守りを崩すために第一魔導部隊を投入！　しかし、部隊は敵魔導師の魔法を受け壊滅！　現在は第二、第三部隊が合同で対処しておりますが、敵の魔法の威力があまりに苛烈で、防御に苦慮している模様」

「それが、敵魔導師の攻性魔法は新型の防性魔法を容易に貫通する魔法でして……」

「【第一種障壁陣改陣《ウォールアルター》】はどうした！　アリュアス殿からもたらされたあの新呪文なら……」

「バカな……束になった【火閃槍《フラムルーン》】をも凌《しの》ぐことも可能な防性魔法のはずだぞ」

デュッセイアが絶句する中、アリュアスに視線を向ける。

「アリュアス殿」

「……あれはそう簡単に破られる魔法ではないはずですが」

破られたことは、本人も想定外だったのか。一段低くなった声音からは、戸惑いのようなものが感じられた。

「【第一種障壁陣改陣《ウォールアルター》】は【火閃槍《フラムルーン》】をさらに強めた魔法を受けた場合まで想定したものです。よほどの魔法でない限りは、容易に抜けるものではありません」

「しかし、現に覚え込ませた魔導師部隊は障壁を破られ壊滅した」

「…………」

これにはアリュアスも言い返せないか。

しかしレオンとて、【第一種障壁陣改陣《ウォールアルター》】の防御力の高さはすでに知っている身だ。彼女から呪文をもたらされたあと、その効果や性能の高さを確認している。だが、実戦投入された矢先にこうも簡単に破られてしまったことには、やはり失望を禁じ得なかった。

「伝令殿。それはクロセルロードの魔法でしたか？」

「いえ。セイランが魔法を使ったのは最初きり。見たところ使ったのは近衛の人間かと思われます」

「近衛の人間ということは、部隊全体の魔法攻撃ではないのですね？」

「はい。使ったのは一人。身なりからして貴族の子弟。それも、幼い少年のように見受けられました」

「こ、子供だと⁉　子供の使う魔法に破られたのか⁉」

伝令の話を耳にしたデュッセイアが、驚愕の声を上げる。

セイランや国定魔導師相手ならまだしものこと、まったく無名の、しかも子供に【第一種障壁陣改陣《ウォールアルター》】が破られたなど、信じられる話ではない。

アリュアスからも、どことなく驚いているような雰囲気が感じられる。

「その魔法はどんな魔法でしたか？」

「おそらく、黒い飛礫《つぶて》をばらまくように発射する魔法なのかと」

伝令の言葉に疑問の声を上げたのは、デュッセイアだった。

「そんな魔法で？　飛礫を撃ち出すだけの魔法であの防性魔法が破られたというのか？」

「は。それがあまりに苛烈なもので……先んじたポルク・ナダール麾下の騎兵は馬ごとバラバラに吹き飛び、さらにその後ろの防性魔法を貫通して、第一魔導部隊を、げ、撃滅……その惨状たるやすさまじく、その魔法一つで暴走気味だったナダール軍が恐れ慄《おのの》き、足を止めてしまうほどでした」

口にした伝令の兵士は、青くなって震えている。

自分がその魔法に晒された場合と置き換えてしまったのだろう。

レオンはそこでふと、伝令が口にした言葉が気になった。

「しかし、なぜ説明の前におそらくと付けた？　間違いなく見たのならば、そんな言葉が付くはずはない」

「それが……発射された飛礫があまりの速度だったので、何を射出する魔法なのか判然とせず……」

「その速さはどれほどだ？」

「弩から撃ち出された矢玉よりもさらに速かったと思われます。そのため、騎兵の機動力を以てしても回避は間に合いませんでした」

そこで、アリュアスが声を上げる。

「弩より速い魔法？　そんな馬鹿な……」

「アリュアス殿？」

レオンは訊ねるように声を掛けたが、一方のアリュアスは答えない。

呆然とした声を怪訝に思ったのだが、当の彼女はあり得ないことでも耳にしたかのように、伝令の話を聞いて固まったまま。

しばし考え事をするかのように黙ったあと、やがて口を開いた。

「……閣下。我ら【銀の明星】が持つ魔法の知識の中に、【隼《はやぶさ》の急落】という法があります」

「それは？」

「内容はさほど難しくはありません。隼の速さを超える速度の魔法を生み出すことはできない、という魔法的法則です」

アリュアスはそこで一度区切ると、説き明かしに入る。

「隼の速度を超えることができない。主に、射出系統の魔法を生み出す際に、魔導師はその法則に阻まれます。これは、術者自身が隼の急降下以上の速度を想像することができないため起こるものです」

「想像できない？」

「そうです。攻性魔法を思い浮かべてみてください。射出系統の攻性魔法は、大抵が弓矢や投げ槍、投石などを模したものではないでしょうか？　射出系統の魔法がそういったものを模しているのは、人間の想像力に限界があるからなのです」

アリュアスはそう言って、神妙な声音を出す。

「見たことのないものを想像するというのは、実に難しい。たとえ魔法として具象化出来たとしても、想像が曖昧では効果も安定しません。それゆえ魔導師は魔法を想像するために、観測と経験を以て補うのです。物事よく観察し、経験し、その事象をよく理解して初めて、安定した魔法を生み出すことができる」

「ふむ……私は魔導師ではないゆえ、その辺りはわからぬことだが」

レオンはそう言って、直属の魔導師に確認の視線を向けると、その魔導師はアリュアスの話を肯定するように頷いた。

「もちろん、すべてに当てはまるわけではありません。風などそれ自体が速さを持つ魔法は除外されますし、想像しやすい事柄、連想しやすい事柄であれば、想像のみでも構築することは可能です。ただ効果が高くなるにつれ、難しくはなりますが……」

「つまりアリュアス殿は、射出する魔法のほとんどは、先ほどあなたが挙げたものを模していると言いたいのか？」

「はい。そしてそれを踏まえると、現状、我らが見られるもので最も速いものが、隼が地上の獲物を狩るための急落であり、それに準ずるもので広く見ることができる機会のあるものが、弩から発射される矢玉となります」

「そして、それ以上の速さを持つ物を人は見ることができないため、生み出す魔法はそれ以上の速さを出すことができない。だから【隼の急落】という名が付けられた」

「閣下のご推察の通りです」

「なるほど、人の想像力の限界か……」

現に、国定魔導師の一人である【溶鉄】の魔導師クレイブ・アーベントは、彼の異名のもととなった魔法を生み出すために、身体中に火傷を負うことになったのだという。

これは、体感したがゆえに、想像の限界を突破したという例になるのだろう。

「伝令殿のお話では、確かにそれだけの速度が出ていた。その法則を突破したということであり、その魔導師が【隼の急落】を超える速度の何かを知っていることになります。具体的には……」

「現象もしくは、弩よりも射出速度のある飛び道具が存在する……」

「然り」

アリュアスが肯定すると、デュッセイアが愕然とした様子で、

「馬鹿な！　そんな物があるなど、魔法よりも脅威ではないか……」

「ええ。ですから私も、副将殿と同じことを言ったのです」

「閣下」

「……これに関しては、早急に調べる必要がありそうだな」

見過ごせない事実に一同が唸る中、再び伝令が陣内に駆け込んでくる。

「将軍閣下！　ポルク・ナダールより援軍要請が！」

「……予定よりも早いな」

「閣下、いかが致しますか？」

「そうだな……」

いくら作戦のためとは言えど、さすがに伯爵の要請を無視するわけにはいかない。伯爵が我が身可愛さに撤退する可能性も捨てきれないため、ある程度、協力者の体《てい》を保つ必要がある。

だが、もう少し待っていたいのも事実だ。

……時間はある。ことは予定通りに進んでいるし、討伐軍への援軍の影もいまだにない。

盤面に慮外の闖入《ちんにゅう》者が入ってこないのならば、あとは機を待つのみなのだ。

伯爵への援軍は、ギリギリまで待つか、出したとしても遅らせるのが肝要だろう。

(援軍……?)

そこで、ふとしたおかしさを覚える。

それは、伯爵への援軍に対してではなく、討伐軍への援軍のこと。

──いまだ、援軍がない？

そう、討伐軍に援軍有りという報告が、いまだにないのだ。

そんなことなど、あるはずもないのに。

「コースト尉官」

「は！」

「伯爵の援軍要請以外に、報告は入っていないか？」

「は。どのような報告でありましょうか？」

「討伐軍への援軍だ。王都や他の都市から兵が送られた様子はないのか？」

「そちらは音沙汰ありません」

「少しもか？」

「はい。まったく」

「…………」

おかしい。討伐軍への援軍がないように工作を仕掛けたのは自分だが、援軍が最初の魔導師部隊だけで打ち止めということはないはずだ。

氾族やグランシェルが王国に軍事的圧力を掛けたとしても、王国には国軍だけでなく地方貴族の防衛力もあるのだ。援軍をまったく出せないということはまずあり得ない。侵攻への備えとして確保しておくにしても、余裕がないわけはないのだ。

……伯爵に援軍はないとは確かに言った。

だが、ある程度は援軍を捻出するだろうということも想定している。

そう、王国は兵を大規模に動かさずとも、大戦力である国定魔導師を単独で動かすだけでもいいのだ。そもそも国定魔導師を数人動かしただけでも、ナダール軍など些末な軍勢、容易に消し飛ばすことができるはず。

武官貴族に褒賞を分け与えなければならない以上、そんな事態の収め方などできはしないだろうが。

それでも何かあったときのために一人、二人は動かすはずだし、それすらしないというのは状況的にもあり得ない。

ふいに、リヴェルが口を開く。

「閣下にはなにかご懸念がお有りなのでしょうか」

「討伐軍に援軍が送り込まれる気配がないのが気になる」

「討伐軍や王国各所に潜ませた間諜からも、そのような報告は上がってきておりません」

やはり、援軍はない。

だが、相手はあのシンル・クロセルロードだ。状況が動いていないならまだしものこと、ことが及んだ状態でそのような怠惰を見せるものだろうか。

こちらの意図を正しく読み取ることはできないだろうが、帝国がポルク・ナダールの背後に付いている可能性を考慮しないはずがない。

ならば、状況がどう転んでもいいように策謀を巡らせるはず。

考えられるとすれば、討伐軍にも秘密にして兵を動かす、か。

そして、

（……劣勢を覆せるほどの戦力を、相手に悟られぬよう短期間で一気に強行させるだろう。現状は討伐軍有利だが、不利になったときのことを想定しているならば、そうするはずだ。別働隊を動かして、後方に回り込ませることもできるだろうが、そうしてしまうとセイランの手柄が減る可能性がある。ならば、大きな戦力を討伐軍に加えさせて、セイランの指揮下に置くというのが最もいい。）

おそらく現在は、すでに強行進軍の段階に入っているはずだ。

手に持っていた杖を、手のひらに打ち付ける。

「――デュッセイア。予定よりも早いが、お前に動いてもらうことにする。このままでは間に合わなくなる恐れが出てきた」

「将軍……」

「お前は隊を率いて大きく迂回し、討伐軍背後の森へ回り込め。決して気取られるな」

「背後の森ですか？　ですがそれでは……」

おそらくはその間にナダール軍が壊滅してしまうとでも思ったのだろう。

彼に説明をしようと考えた折、背後から豪快な笑声が聞こえてくる。

「ぶわははははっ!!　そこでワシの出番というわけだな？」

……どうしていつもバカの極みであるのに、こういったときだけは嗅覚が鋭いのか。

呆れ交じりにそう思いながら、バルグ・グルバの方を見る。

「バルグ。お前にはナダール軍の敗勢が決してから動いてもらいたかったのだがな……仕方あるまい」

「なんじゃあ。崩れてしまっては終わりではないか？」

「ナダール軍はな。だが、我らはどこの軍だ？」

「そんなもの……ああ、なるほどの。つまりはもとよりナダールなどどうでもいいということか」

「そういうことだ」

「それで、ワシは何をすればいい？」

「お前にはこのまま前線の歩兵を蹴散らしてもらいたい」

「うむ。良き良き。ワシにはそちらの方が性に合っている。あの豚を助け出せなどと眠たいことを言われなくて安心したぞ」

「お前にそんな雑事などさせられるものか」

「ぶわははははっ‼」

バルグ・グルバは自身の得物である二本の戦斧を担ぎ上げて、地響きのような笑い声を上げる。

そして彼に戦場の左側を指し示した。

「バルグ。左翼敵戦列を崩せ。頼むぞ」

「おお！　任せい！」

バルグ・グルバから頼もしい声が返ってくる。

しかし、一方でデュッセイアは落ち着かない様子。そんな彼を近くまで呼び寄せる。

「デュッセイア、少し耳を貸せ」

「は……」

デュッセイアに作戦の肝を伝え、しばし会話。

やがて彼は驚いたように目を見開いた。

「それは……」

「つまり、すべてが私の想定の範囲内というわけだ。よいな？」

念を押すと、デュッセイアは毅然とした素振りで「は！」と了解の意を示す。

すると、予期せぬ人間が声を上げた。

「――では、私も同道させていただきましょう」

「アリュアス殿。なぜあなたが？　積極的に関わる気はなかったのでは？」

「軽く手をお貸しするだけです。もしかすれば、博士《ドク》の作った【第一種障壁陣改陣《ウォールアルター》】を貫いたという魔導師に会えるかもしれませんしね……こちらも、ただ貫かれました、という報告をするだけでは体裁が悪いのですよ」

勝手に動いてもらっては困ると言いたいが、彼女に動いてもらえるのはありがたいというのも、事実ではあった。

「……では、国定魔導師が現れた折はよろしく頼みたい」

「わかりました。国定魔導師が現れた際の対応は私にお任せを」

そんなやり取りをかわしたあと、デュッセイアに向き直る。

「行け。デュッセイア・ルバンカ。貴様の武勇を以て必ずライノールの王太子を仕留めろ。成功すれば、セイランの首はお前のもの。そうなればお前の望みも叶うかもしれん」

「……よろしいのですか？」

「部下の手柄を奪う趣味はない。行け」

「っ、閣下の仰せのままに！　帝国の精鋭たちよ、私に続け！」

デュッセイアの目に、火が灯る。それは、己が氏族を背負っているからこそのもの。

レオンとしても、彼には今後も活躍して欲しいところではあるのだ。ここで手柄を挙げることが出来れば、氏族の置かれた微妙な立場に対する憂慮も、払拭できるかもしれない。

そんな憂いを排除できて初めて、彼は将への道を歩むことができるだろう、と。

そんなことを思いながら、騎馬を駆って出撃したデュッセイアの背を見送った折。

リヴェルが泡を食ったように声を上げた。

「しょ、将軍！　グルバ将軍が！」

「ヤツがどうした？　——む？」

「て、左翼ではなく右翼に！　セイランの近衛部隊の方へ馬を走らせています！」

「っ、あの底抜けの大馬鹿者……右も左もわからんのか。これではデュッセイアが回り込む前に取り逃がしてしまうぞ……」

レオンはバルグ・グルバの行動に頭を抱えながら、部下に止めに向かうよう指示を出した。


——ディートはセイランの部隊からそう遠くない場所で、騎兵部隊を指揮していた。

とは言っても、率いる兵はラスティネルの古強者《ふるつわもの》ばかりであり、補佐であるガランガに大きく頼っているため、まだまだ真っ当に指揮と呼べるようなことをしているわけではないのだが。

場所は戦場左翼側。セイラン付き近衛と横陣歩兵部隊の間を取り持つという、妙な役を任せられている。

主な仕事は、敵歩兵部隊が味方横陣側面や背面に回り込めないよう抑え込むことで。

ガランガ曰く、自分たちは緩衝材のようなものなのだという。

横陣がセイランを追って延びると、セイラン率いる近衛と味方側横陣の間に隙間が出来る。そのため、敵兵にその間隙を突かれないよう、機動力のある自分たちが配置されたのだ。

個人的には、そんな面倒なことなどせず、敵横陣の隙間になだれ込んで切り崩してしまえばいいと思うのだが——それをガランガに話すと「それをやるには戦力がギリギリですんで」と言われてしまった。

確かに、味方は多いが、手勢は心許ない。

兵の大部分はラスティネル本隊に組み込まれているため、ナダール兵の構成によっては抜ききれない恐れがあるのだ。

それに、任務を確実に遂行することも大事なこと。

勝手な行動を取れば、それ以降の戦いに呼ばれなくなる恐れもある。

目に見えた戦果を挙げたいのは山々だが、ラスティネルの未来のためと言われてしまっては仕方がない。

だがそれゆえ、セイランの戦いぶりを、遠目ではあるが見ることもできた。

目を見張るのは、セイランが使った魔法の威力と迫力だろう。

轟音が響き。

光条が迸《ほとばし》り。

眩い閃光が辺りを席巻する。

やがて強い光と白煙が晴れたそのあとには、直撃を受けたらしい敵兵が真っ黒焦げになって地面を転がっていた。

それには、以前にアークスが使った魔法を遥かに超える鮮烈さがあったように思う。

ガランガによると、あれがクロセルロードの魔法なのだという。

ひとたび使えば眩いほどの閃光を発し、周囲の者の目を眩ませる。

それが晴れたあとに残るのは、黒焦げの死体ばかり。

クロセルロードの前に立った敵は、そのすべてが等しく絶命の末路をたどるのだという。

かわすことは不可能。

守ることなどもってのほか。

それゆえいまでも、国内外にはクロセルロードに敵意を向けられた者は死ぬという噂が根強く残っている。

しかもあれでもまだ加減をしているという話なのだから、その破格ぶりが窺えるというもの。

騎兵に指揮を飛ばして動かしながら、ガランガにぽつりとこぼす。

「ガランガぁ……そろそろおれも動きたいんだけどさ」

「坊は指揮を執る立場なんですから、緒戦は俺たちに任せてくだせぇよ」

「でもさぁ、ちょっとくらいなら、な？　な？」

「坊が大暴れするのは、ここぞというときでさぁ。それまで我慢してくだせぇ」

再三の要求にも頑として頷かないガランガ。彼の諫《いさ》めの言葉を聞きながら、ふと視線を横に移動させる。

「でも、お隣さんは自由にやってるだろ？」

「いやいやアレを参考にされても……」

いま見ているのは、アークスの従者の一人であるノア・イングヴェインのことだ。

どうやら開戦直後にアークスから指示を受けたらしく、彼らとは別行動を取っており、いまは自分たちと同じように、敵横陣が討伐軍側に突出しないよう、分離してきた歩兵たちを封じ込めている。

ただ自分たちと違うのは、魔法を使って敵の侵攻を妨害しているということだ。広範囲の地面を凍らせて、さらにその上に水を撒いて滑りやすくしているという徹底ぶり。不用意に氷の上に乗ってしまったら最後、転倒は免れないし、そうやって頭をしたたかに打った兵を何人も見ている。

前が転べば後ろも転ぶ。

後ろが転べば戦棋の駒を崩したように、転倒の影響が全体へと波及する。

たとえ前に出られたとしても、前にいるのは氷塊を絶え間なく撃ち出してくる美貌の剣士だ。彼のもとへとたどり着く前に、氷撃による絶命は避けられないのだから敵兵は堪ったものではない。

凍った地面に冷やされて漂う冷気は、こちらにとっては涼を感じさせるものでしかないが、敵にとっては地面から這い寄る底知れぬ寒気だろう。敵兵の身じろぎが、恐れの震えに見えて仕方がない。

一方その冷気を布《し》く本人はと言えば、氷上を優美に巡回中。折り目正しい執事のあり方そのままに、敵兵に礼を執り、慇懃な態度を見せている。

氷の剣の切っ先をピィィィンと弾きながら。

——どうしました？　こちらにいらしても構わないのですよ？

汗を拭く真似でもするように、上着のポケットからハンカチを取り出して。

——失礼。少々、汗を拭わせていただきます。

まるで痛ましい光景でも目の当たりにしたように、口元に手を当てて。

――ああ、頭をそんなにぶつけて……なんと痛々しいことでしょう。

……そんな風に、アークスを相手にしているときのように、やたらと毒を吐きまくっているのが印象的だった。

常に挑発を欠かさないのは、不用意な突出を誘って敵兵を減らし、戦意を削ごうとしているのだろう。その効果は確かに出ているようで、彼を前にした敵兵は及び腰になっている。

そんな光景を見ていた折、ナダール軍に動きがあった。

セイラン率いる近衛部隊の前に、歩兵とは装備の異なる部隊が展開される。

装備を見るに、どうやら魔導師の部隊らしい。

だが、動きにどことなく違和感を覚える。

「ガランガ、あれ」

「……あの動き、ナダールの兵にしては随分いい」

ガランガの神妙な口ぶり通り、いま近衛たちの前に出てきた魔導師部隊は、妙に動きが良かった。

全体的にきびきびとしており、一挙手一投足が洗練されている。

折り目正しく、規律高い動きは、どことなく帝国の軍人を思わせるほど。

「全員、【第一種障壁陣改陣《ウォールアルター》】用意ぃいいい！」

統括魔導師の号令の下、魔導師たちが防性魔法を行使し、灰色の障壁を展開する。

その防性魔法はこれまで見たことがない型のものだ。しかも、随分と分厚いように見受けられる。

それに対し近衛の騎兵や魔導師が攻撃を仕掛けるも――その防御は貫けない。

【火閃槍《フラムルーン》】で貫けない？」

「っ、これはまずいでさぁ……」

ガランガの呻き声の通り、あまり良くない状況だ。近衛は騎兵で構成されているため離脱には適しているものの、いまは間合いがまずい。魔法によっては射程の長いものもあるため、被害を受ける可能性もあった。

「ガランガ、救援に」

「いえ、坊は任された持ち場を離れては駄目でさぁ。ここは我慢してくだせぇ」

「って言ったって、それで大将がやられちまったら……あ！」

「気付きやしたか？」

「おれじゃなくて、誰かを向かわせればいいってことだな？」

答えを出すと、ガランガは満足そうに頷いた。

そう、自分は部隊の指揮をしているのだ。

いつもお菓子や飲み物を取ってこさせるように、指揮する兵士を向かわせればいい。

それだけのことだ。

難しくない。

そうして、腕の立つ騎兵を数騎見繕い、敵魔導師部隊側面に向かわせようとした折。

突然、近衛の中から、アークスが突出する。

随伴する護衛には、従者であるカズィと近衛が二騎。

王都に住む貴族にしてはなかなかの騎乗技術を見せながら、彼らが馬を走らせつつ向かったのは――例の敵魔導師部隊の正面だった。

魔法を撃たれる前に打破しようと言うのだろう。だが、前面の防御が厚いのにもかかわらず正面に位置を取る動きには、無策という言葉が頭をよぎって仕方がない。

そのうえ、敵騎兵が数騎、彼らを迎え撃とうと前に出た。

最悪それを切り抜ける前に、敵魔導師の魔法が完成する可能性もある。

敵魔導師が魔法行使を同期させるまで、いましばしの猶予はあるが――

アークスが動いた。

馬を横に向け、何事かの呪文を呟くと、生み出された【魔法文字《アーツグリフ》】が寄り集まって円環状の魔法陣を構成する。アークスは魔法陣を右腕に装着するかのようにして輪の間に手を差し込むと、魔法陣はその状態で固定され、やがて互い違いに回り出した。

回転は高速。

キュィィィィインという高音が響き。

回転の隙間から、火花がさながらしだれ柳のように散ると。

兵士たちの怒号が、アークスの魔法によってかき消された。

ドドドドドドドドドドドドドドド!!

……聞こえたのは、おそらくはそんな音だったように思う。

一概になんとは言って表せない音であり、
いくつもの馬蹄の音なのか。

栗の実が弾けた音なのか。

瀑布《ばくふ》の怒濤の音なのか。

耳奥がじんじんとしびれのような熱を帯びた直後、アークスの腕からこぶし大の黒い飛礫が無数発射され、範囲にいた者たちすべてに雨あられとなって襲いかかった。

撃ち出される速度は、弩《いしゆみ》よりも遥かに速い。

あたかもそれは、瞬きの合間に空を落ちる流星か。

騎馬とてかわすのは至難、否、あの速度ならばまず不可能だろう。

あまりに夥《おびただ》しい攻撃に晒された騎兵は、文字通り砕け散ることとなる。

こぶし大の飛礫を雨のように、あの速度でまともに受けることになったのだ。

己の身体はおろか馬体ごと。

解体場の屑肉《くずにく》さながら。

もはや原形すら残らない。

無論その攻撃はそれだけにとどまらない。いや、もともとアークスの狙いはその先にいた魔導師たちだったのだから、当然と言えば当然だったのだろう。

騎兵を撃ち貫いてもなおその速度を緩めない黒い飛礫の数々は、瞬きの間に灰色の防性魔法へと殺到。アークスの魔法に晒された灰色の防性魔法は弾けるように魔力光を散逸させて崩壊。当然、防御を抜かれた魔導師に身を守る術などなく、騎兵たちと同じように無残な末路をたどる羽目になった。

……右腕から白煙を立ち上らせるアークスを前に、鬨の声も、鉄同士がぶつかり合う騒音も、地鳴りのような足音も、怒号も悲鳴も、何もかもが消え失せた。

辺りはすでに、一面血の海だった。【世紀末の魔王】に出てくるという巨大な怪物の魔手にまとめて握り潰されたかのように、真っ赤な海に肉塊が浮かんでいる。

その光景を前にして、敵兵士たちは愕然としているのか。足を止めたにもかかわらず、口から進めの言葉も出てこない。いや、前に出られないのだ。出れば、あの魔法の餌食になるのだから。確実に。

「アニキ、すげー……」

さすがにこれは、感嘆を禁じ得なかった。まさか、近衛が複数人掛かっても貫けなかった守りを、たった一回の魔法で突破してしまうとは。

以前に見せられた魔法も激しかったが、これもそれに勝るとも劣らない強力な魔法だ。

語彙《ごい》の消え失せたような感嘆を漏らすと、隣にいたガランガが声を絞り出すように言う。

「な、なんなんですかいあの魔法は……」

絶句にも近しい驚きに振り向いて、その顔色を窺う。

「ガランガ？」

「……坊、いまの見ましたか？」

「ああ。見たけど？　それがどうしたんだ？」

「いやぁ、まさかまだあんな魔法を持っているとは……」

ガランガは驚き、恐れ、そんなない交ぜになったような声音で呻いている。

「確かにすごいけど、そんなに驚くほどか？　だって国定魔導師の方がすごいんだろ？」

「坊、これはそういう話じゃありやせん。確かに坊のおっしゃるとおり、国定魔導師の使う魔法はもっと規模が大きいですし、効果もあれの比じゃありやせん」

「なら」

「いえ、そうじゃないんでさぁ。国定魔導師の使う魔法は、規模が大きい分、余分があるんです。人を魔法で殺すのに、街を燃やす炎なんていらないでしょう？　それは過剰だ。でもアークスが使ったのは違う。あれはそんな余分がない」

「余分？」

「つまり、あれを使うのに、国定魔導師のような度の外れた力量は要らないってことです。現に、アークスの魔力は市井《しせい》の魔導師とそう変わらないくらいのはずでさぁ」

確かにそうだ。彼らがラスティネルに来たときに聞いたのだが、アークスは一般的な魔導師貴族の子弟にしては魔力が極端に少ないらしい。そのため、よく使う魔法はどれも魔力効率を突き詰めたものであり、魔力消費が少ないものが多いのだという。

すなわちそれが意味するものとは。

「……坊、もしあれが、魔導師なら誰でも使えるようになったとしたら、どうなると思いますか？」

「あれを他の魔導師たちが？」

それは、多数の魔導師があれを同時に、広範囲にわたって使うことであり――

「…………」
もう一度、アークスが作り出した惨状に目を向ける。
先ほどアークスが見せた動きに、狙いなどなかった。
ただ腕を扇状に動かして、その範囲に魔法の飛礫を適当にばら蒔《ま》いただけ。
射程も長く。
速度も高速。
数など数えるのも馬鹿らしいほど。
弓や投石のように狙いに気を遣わなくてもいい。
そんなことを考えているうちに、ガランガの言葉がなんとなく理解できてきた。
確かにこれを魔導師が部隊単位で使ったならば、ほとんどの兵士を一掃できるだろう。
動きの遅い歩兵部隊は当然として。
高い機動力を誇る騎兵部隊も見たとおり。
魔導師部隊が防御を敷いても守りきれず。
重装歩兵などただの的。
あって長弓兵部隊だが、果たして射程の長さはどちらが上か。
当然、魔法であるため、習得の可否という条件が常に付きまとう。
発表されたからといって戦術が即座に覆るということはないだろうが――
再度、敵魔導師部隊が前に出る。

おそらくは先ほどの防性魔法を使おうとしているのだろう。

直前に難なく破られているのにもかかわらず、同じ魔法に固執するのは危険極まりない行為だが、それでも使おうというのは貫通されたのが偶然だったと考えたためか。

そんな淡い期待に縋《すが》りたい気持ちはよくわかるが、万が一にも防御できるはずがない。

敵の防性魔法に対し再びアークスがあの魔法を使うと、やはり魔法は貫通し、敵魔導師を撃滅。生き残った敵魔導師たちは、ポルク・ナダールのわめき声を無視して歩兵たちの後ろへと下がっていった。

一方アークスも魔導師部隊が動かないと判断したのか、近衛の中に戻っていく。

近衛たちが呆然とした様子で迎える中、一人、元気なのはセイランだ。アークスにまとわりつくように、しきりに何かしらを訴えかけている。どこか興奮した様子はこれまで見たことのないものだが、一体どうしたのか。

アークスはそれにどことなく困った様子で対応。エウリードが間に入ってやっともとの調子を取り戻した。

しばらくして、督戦していた騎兵たちは呆然から立ち返ったのか、指示を飛ばし始める。だが、歩兵はすでに恐慌状態に陥っていた。進軍に二の足を踏む者はおろか、中には逃げ出す者も現れ始め、ポルク・ナダールの部下がそれを斬り捨てて抑え込むといった有様だった。

「……そりゃあ、あんなもん見せられればそうなりまさぁ」

兵士は逃げる。戦場では当然の常識だ。誰だって命が惜しいのだから必然というもの。

「ほんと、さすがはアニキ」

「ええ。それには全面的に同意ですよ」

アークスに会ってから、そんな言葉ばかり言っているように思う。

しかし彼のすごさは、魔法の話だけではない。

彼との会話の中で何気なく上った軍略の話もそう。

ナルヴァロンドの館で彼にあてがわれた部屋で聞いた話は、どれも要点を突いていて、説明を聞くと確かにそうなると思わせる論理があった。

戦の前に、それを母ルイーズに聞かせると、

――アークス・レイセフトとは仲良くしておきな。いいね？

とのこと。

言われなくとも、仲良くしているのだが。

ともあれそんなことを考えていると、ガランガがぽつりと呟く。

「……坊、動きましょうか」

「いいのか？　さっきは持ち場を離れちゃいけないって言ってたのに？」

「臨機応変ってヤツですよ。もしあの恐慌の波がナダール軍全隊に伝われば、即撤退でさぁ。またもたしてたら俺たちの手柄がなくなっちまいます。それに――」

「それに？」

「あんなの見せられたんでさぁ、動いてないとやってられませんよ。それに、そろそろ頃合いでしょ

うし」

ガランガの言葉を聞いて、ふと中央方面を窺うと、そちらの喊声が大きくなっているのに気付いた。

ラスティネル本隊が、中央を突破する予兆だろう。

「へへっ、やっと出番がきたよ！　これもアニキのおかげだ！」

そう言って、周りのラスティネル兵たちに叫ぶ。

「おれたちも負けてらんないぞ！　野郎ども！　おれに続けぇ！　獲物を全部取られるなんてヘマしたら、当分晩酌はなしだかんな！」

檄に対して、周囲から頼もしい声が上がる。中には悲鳴のような叫びまで。酒を飲めなくなったら死ぬとまで言い切る荒くれ共だ。飲酒禁止が与える効果は抜群だろう。

直後、乗っていた愛馬を走らせる。

七歳の誕生日に母からもらった馬だ。生まれたときから世話をしているため、気心の知れた間柄。力強い馬で、断頭剣《ギロチン》を持っていても問題なく走ってくれる。

切っ先を地面にこすらせながらの疾走中。呼吸を合わせ、力を合わせ。溜めに溜め込んだ斬意の発散を、いまかいまかと待ち焦がれる。

狙いは督戦している騎兵だ。

「っ、はぁあああああああ!!　らぁっ!!」

敵とのすれ違いざま、断頭剣を大きく斬り上げる。騎兵は騎馬ごと真っ二つ、計四つの肉塊に分かたれて、上空へと飛んでいく。敵兵の上に、血液が真っ赤な雨になって降り注いだ。

生ぬるい鉄の嗅いが、辺りに立ちこめる。

ふと、原形を失った肉塊が、たまたま敵兵の上に落ちた。高く舞い上がった重量物が叩き付けられた敵兵は、それだけで絶命。その様を見ていた他の敵兵が、喉の奥からかすれたような悲鳴を上げる。

「おれの戦いを見て、〈ラスティネルの断頭剣《ギロチン》〉の名の由来を今一度思い出しやがれ！」

そんなことを敵兵に向かって叫ぶと、

「坊、坊。その台詞はきちんと敵の首を斬ってからにしてくだせぇ……」

「うっせ！　細かいことはいいんだって！　ほらいくぞ！」

「へいへい――」

そう言いながら、ガランがたちと共に正面の敵陣に突っ込んだ。


――バーサーカーがいる。

防性魔法を張った敵魔導師を撃ち倒して、セイランのもとへ戻った折のことだ。

ふと遠方の騒がしさに視線を向けると、そんな感想しか思い浮かばないような光景を見る羽目になった。

そのバーサーカーの正体は、ラスティネル家の跡取りであるディートだ。断頭剣《ギロチン》とかいう物騒な名称の化け物兵器を軽々と取り回し、敵兵士のところに突っ込むと、人が空を舞う。

当然その飛行に任意などという自由度はない。完全に強制的なものであり、ディートの心持ち一つ。

しかも敵兵は逆バンジーを決めた時点で絶命しているという、まるで救いのない有様だ。

逆バンジーを演出、介助するインストラクターはと言えば、真っ赤な笑みを浮かべているのだから恐ろしい。降り注ぐ血液を浴びたせいか、すでに彼の赤茶色の髪は、鮮やかな赤色に変化している。

まさに狂戦士《バーサーカー》という呼び名が相応しい。

そしてそれに相対する敵兵たちはと言えば、その暴風じみた攻めにひたすら蹂躙される一方。ディートが馬を駆って突っ込むだけで、さながらボウリングのボールをぶつけられたピンのように波状に倒れていく。

「ひぇっ、あいついま頭握りつぶしたぞ……」

巨大な剣を片手で操っていることも無茶苦茶なのに、すれ違いざま、敵兵の頭を掴んで引きずり、そのまま握力に任せて圧壊させるという荒技まで披露する十一歳。そんなものを見せられると男の世界の読み物にあった、「まるでトマトの様に〜」というグロテスク極まりない表現を思い出して仕方がない。

自分と同じくらい小さな手にもかかわらず、あれはどういう理屈の上で行使されているのか。いくら身体機能を強化する刻印付きの腕輪があるからといって、握力レベルが半端ない。もし殴り合いのケンカなんてしたものなら、敗北なんて生ぬるいだろう。まず即死すること請け合いだ。

そんなディートの戦いぶりに、アークスが一人戦慄していると、同じようにその戦いぶりを見ていたセイランが感心したように頷いた。

「さすがは彼《か》のラスティネル家の者だ。実に頼もしいな」

そんなことを言って、うんうん。

よくまああんな光景を冷静に見ていられるものだと思う。その辺りどういう神経なんだろうか。どいつもこいつも怪力が普通とかいう風潮ほんとやめて欲しかった。

そんな風に、圧倒的な戦いぶりを見せるのは、なにもディート一人だけではない。

セイラン付き近衛統括のエウリード・レインは、刻印が刻まれた大槍で敵を蹴散らしている。その動きに荒々しさはなく、沈着冷静を絵に描いたような落ち着きぶり。向かってくる敵兵を冷めた目で見据えつつ、まるで槍とダンスでも踊っているかのように優美に武器を搦め捕り、いなし、弾き、武器を失った敵兵を倒していく。

それは、敵兵が何人いても変わらない。

騎兵だろうと、同じように捌ききる。

技の冴えは、それこそノア以上はあるだろう。

そして、活躍甚だしいのは身近な人間であるカズィもそうだ。

魔法によって敵兵を拘束し、動きを阻害。その隙を近衛に突いて倒してもらうという、援護に徹している。

やっていることに華々しさはないのだが、上手い。そつがない。周囲をよく見て、動いているといった印象だ。魔導師としての基本に忠実であり、勉強になる戦いぶりと言えるだろう。

《――我が力をその身とし、汝、縄として戒めよ。そしてその尾を我が手元へと伸ばせ。いまは地を

這う古びた蛇《くちなわ》》

拘束系助性魔法【朽ち縄《スネークロープ》】によって相手の動きを封じ。

《――才子スケイル。弁士スケイル。汝のその朗々たる弁舌により、火難を払え、巧言並べて盾とせよ》

火炎防御系防性魔法【スケイルの弁護】によって装備への着火、延焼を防ぎ。

《――アルゴルの遁走菱《とんそうびし》。逃げるときはおまかせあれ。地面に雨あられと降り注ぎ、その雨あられは地面に根付く。熊公だろうが虎公だろうが、踏んだら痛くて動けない。弾けて散らばれ、足をぶっ刺す姑息なギザギザ》

設置系攻性助性魔法【アルゴルの菱撒きの法】によって敵に足の怪我を誘発させる。

まさに器用という言葉しか浮かばない。「キヒヒッ！」という奇妙な笑い声がさらなる小狡《ずる》さを演出するが、やはり使用する呪文からは、魔法に対する深い理解を感じさせる。

その戦いぶりは特にセイランの興味を引いているようで、そちらはしきりに頷いたり、唸ったり。

攻性魔法を用いて攻めまくるセイランと、援護主体、助性魔法を好んで使うカズィとでは、戦い方が完全に違うからなのだろう。見ていて新鮮なのかもしれない。

他方、戦いぶりで言えば、やはり一番目を引くのはノアだ。

使用しているのは、魔法を使って地面を凍らせる、いつもの戦術だ。相対する敵は滑るわ動けぬわで思うように身動きが取れない。そこを屋敷の廊下でも歩いているかのように悠然と進み、【氷結剣】で容赦なく突き殺していくのだ。

立ち合いというよりはただの処理と言った方が正しいか。

ちなみにノアが氷上で滑らないのは、靴に刻印を用意しているからだそうだ。

それを聞いて、自分も戦いに出る前に靴にいろいろと刻印を施したのだが――それはともかく。

さすがクレイブのもとで従者をしていたのは伊達ではない。その強さはまさに圧倒的だ。

そもそもあれくらいできないと、クレイブにはついて行けないのだろう。

いまはディートたちが攻めに転じたためか、状況を考慮し、こちらに戻ってきている。

督戦している騎兵に追い立てられてきた歩兵の対処をする中、複数の騎兵が襲いかかってきた。

それを見たノアは、

「これはあまり使いたくないのですけどね……」

困ったような息を吐いて、焦ることなくそんな前置きをし――

《――私の氷像。綺麗な表情。見分けは付かず、見極め付かず。大怪盗も青ざめる華麗な小細工。この痛みをあなたにあげよう。血の代わりに水を流し、砕ける肉は氷となり、零《こぼ》す命は溶け消える。ならばその脆《もろ》く冷たき身体をもって、私の傷を引き受けよ》

――【乱立する身代わり氷《アイシーダメージトークン》】

ノアが呪文を唱えると、薄青色の【魔法文字《アーツグリフ》】が魔法陣を構築し、彼の足下を起点に大きく展開。

直後、ノアの姿を象《かたど》った氷像がいくつもその場に出現する。

その大きさは等身大で、作りは精緻《せいち》。有名な彫刻師が手がけたと言われても信じるレベルの作品性が感じられる出来だった。

しかし、出現した位置に規則性はなく、バラバラだ。彼の前であったり、後ろであったり、横であったり。それぞれが変わったポーズを取っているのが印象的だが――どうやら障害物を生み出す魔法というわけでもないらしい。

（ん？　あげよう？　引き受けよ？）

ノアが先ほど唱えた呪文に、引っかかりを感じる中、ノアが騎兵の前に出る。

さながらサンダルで散歩に出るかのように無防備極まりないうえ、何故か敵の攻撃をかわそうともしない。しかし、その行動に危機感を覚えないのは、彼に対して盤石の信頼を置くためか。むしろ何がどうなるのかという興味の方が勝っているため、警告の声を上げることすら忘れてしまう。

騎兵の槍の先端が、ノアの頭部に当たる。しかし当のノアは、怪我はおろか弾き飛ばされることもなくケロリとしていて――

代わりに、氷像の同じ部分が砕けた。

バキン。

「は……？」

呆然と上げたのは、そんな困惑の声。

槍の先端をぶち当てられたにもかかわらず、ノアは涼しい顔のまま。さらに斬りかかられたり、突きかかられたりするのだが、まったく意に介していない様子。

「効かないだと⁉」

「馬鹿な⁉」

「一体どうなっている⁉」

騎兵たちは驚きの声を上げながらも、ノアを攻撃する手を止めない。しかし、当然その攻撃はノアには効かず、一方でノアも敵の攻撃を気にせずに、自ら【氷結剣】の切っ先を突き出していく。

「ぐはっ！」

「ごっ！」

攻撃しても効かず、馬で撥ねても吹き飛ばず。そんな無敵状態なのだから、戦いの駆け引きさえない。ノアの一方的な攻撃に、騎兵は打ち倒されていくばかり。

無敵——いや、これはどう見ても、氷像がノアの受けたダメージを肩代わりしているとしか思えない。

つまり、その魔法の正体とは——

「はぁ⁉　なんだそれ！　ずるっ！」

「おいなんだそれは！　ずるいぞ！」

にわかにセイランと台詞内容がハモる。

同期したのは偶然だが、そんな物言いが口から飛び出るのも当然だろう。

まさかダメージを肩代わりしてくれる設置物を生成する魔法など、存在するとは思わなかった。

近衛の騎兵と入れ替わって戻ってきたノアに叫ぶ。

「ちょっとなんだその反則的な魔法はノア！　おかしいだろどう考えても⁉」

「と、おっしゃいましても」

「何がおっしゃいましても、だ！　身代わりだぞ身代わり！」

「いまのは、第五紀言書【魔導師たちの挽歌】にある記述を利用したものです」

ノアがそう言うと、セイランには心当たりがあったらしく。

「――ふむ。『ラ・パンの遁走劇』だな？　その中で、敵から身代わりを立てて逃げ切った話がある」

「は。さすがは王太子殿下。その通りにございます」

「うむ」

なるほど、ではいまの魔法はそれを応用したものなのか。逃走用の身代わりを、転じて自分への災難を引き受ける的《まと》へと恣意的《しいてき》な解釈を行い、呪文を組み上げたのだろう。

ふいに、ノアが顔に憂慮を表す。

「ただこれには一つ、途轍もない欠点がありまして」

「……それは？」

「自分の姿を模した氷像を作り出すせいで、どうしても自惚れ屋のような印象を周囲に与えてしまうところがまた……」

「くっそどうでもいいな！　それな！」

ノアにツッコミを入れる中、ふと手空きになったカズィが顔を出して口を挟む。

「つーかお前、【私の氷像】って言葉が入っている時点でよ、自分の姿の投影は避けられねえんじゃね

えのか？」

「まったくその通りでしょう。ですが、その成語を入れなければ身代わりにならないですし……いえ、ほとほと困ったものです」

とかなんとか宣《のたま》うノア。

一方、口を挟んだカズィも呆れたような表情を浮かべている。

そんな一幕もありながら、また、それぞれが思い思いに戦い出す。

……ここにいる面子に、危なげなどほとんどない。

近衛の数が揃っているからということも要因に挙げられるが、それぞれが強いため、雑兵如きでは寄り集まっても勝てないのだ。

しかも近衛の中からも、首級《くび》を挙げたという声がちらほら上がっている。

「……つーかさ、俺の周りって人外ばっかりだろ」

ふとそんな言葉が、口からため息のように漏れる。

周囲のこういった活躍ぶりを見ると、きっと凡人は自分だけなのだろうなと思ってしまうのだ。みんな基本的に、魔力に恵まれているか、魔力がなくても何かしら規格外の力を持っている。

ついて行くには、まだまだ努力が必要なのだろう。

（リーシャじゃないけど、もっと精進しないとな……）

そんな風に思いを改める中。

ともあれ、戦いは討伐軍の目論見通りに進んでいる。

セイランを囮にして、敵が自らの戦列を引き延ばすよう仕向け、脆弱になった部分から切り崩していく。

おそらくディートたちだけでなく、他の部隊も今頃は攻めに取り掛かっているだろう。

複数の騎兵だ。ノアもカズィもいまは別の敵に取り掛かっているため、任せられない。

ならばと、呪文を唱えた。

《――魔法の家のお遊戯場。回転錯覚無重力。床に立てない壁に立て。天井横向き花瓶は逆さま。びっくりどっきりお楽しみ。さあさ真っ直ぐ立ってみろ》

呪文を唱えると、かなりの範囲の地面に魔法陣が敷かれる。

そこに騎兵が差し掛かると、突然足場が覚束なくなったようにふらふら。馬がバランスを失って転び、上に乗っていた兵士は勢い余って落馬してしまう。

残りの兵士は、近衛が倒してくれた。後ろで魔法を放っている分は、ほぼ安全と言える。

このままいけば、危なげなく終わるだろう。

勝利への確かな手応えを感じる中、ふと正面歩兵群の前に、騎兵が出てくる。

他の騎兵よりも装備がよく、動きもいい。

ポルク・ナダールに近しい武官貴族であることが窺える。

「我が名はバイル・エルン！　ポルク・ナダール伯爵が従士筆頭である。セイラン・クロセルロードよ！　口さがない噂に踊らされ、閣下のご領地に不当に軍を差し向けし貴様に、民を統べる資格はない!!」

にわかに馬を走らせ、声高に張り上げたのは、セイランを貶《おとし》めるような口上だった。

男の世界の知識があるせいか、戦場のど真ん中で突然名乗りを上げて訴えかけるのは、中々にシュールに思えるのだが…………いや、シュールだからこそ効果があるのだろうか。

セイランを悪《あ》し様に言われたことで、近衛があからさまに殺気立つ。自分たちが守る王太子には王たる資格がないと、あんな無防備な状態で宣言されたためだ。確かにセイランの有能ぶりを知っている身としては、なんとなくだがむかっ腹が立つというもの。

「アークス」

「は」

ふいにセイランからかけられた声は、どこまでも冷たかった。

——怒っている。

それが如実にわかる、抑揚の平坦さ。

激発はせずとも、内心でははらわたが煮えくりかえっているのだろう。

静謐《せいひつ》さが、凍えるほどの冷気を放っていた。

そんなセイランは、従士バイル・エルンに、中華風の剣の切っ先を差し向けて、自分に指示——いや、命令を下す。

「行け、アークス。あの愚かな男を討ち取って、その首を余に捧げよ」

「承知いたしました」

立場上、ノータイムでそう返す。

自分を向かわせる指示を出したのは、相手の一騎打ちの目的が、兵の士気回復のためのものだからだろう。それを先ほど兵の士気を下げた張本人が討てば、もはやナダール軍など形を保つのも難しい。

（なら、せいぜい吹いてきますかね……っと）

そんなことを考えながら、馬を向かわせると。

「貴様は先ほどの……」

「魔導師、アークス・レイセフトだ！　殿下は貴様のような節穴になど、見習い程度で十分だと仰せになられた！　死にたくなかったら家に帰って大人しく大好きな豚の腸詰めでも食ってろ！」

なんでもいいから相手を小馬鹿にできるようなことを、適当に言い放った直後だった。

バイル・エルンが沸騰したかのように真っ赤になる。

（あっ……うん。マジでソーセージ食ってるっぽいぞ）

自分は悪くない。名前が男の世界のそれっぽい名前だからいけないのだ。

「舐めた真似を！　魔導師見習いのガキ如きが！」

従士、バイル・エルンが馬を走らせ、正面から突貫してくる。

一方でこちらは馬の手綱を握ったまま。

……バイル・エルンはこちらが魔導師であるにもかかわらず、進路を変えない。

むしろ勝ち誇ったような顔を見せるほど。おそらくは、こちらが【輪転する魔導連弾《スピニングバレル》】を使おうとしないためだろう。

これから使っても、詠唱が間に合わないから。

他の魔法ならば、自分の馬術でかわせるから。

下手な呪文では、着込んだ鎧に対抗できないから。

そんなことを考えているのは確実だろう。

だが、かわせない魔法はまだこちらの手の内にある。

「バカめ！　距離を取らぬ魔導師など相手にもならんぞ！」

バイル・エルンが到達し、手に持った槍を振るう。

こちらは動きをよく見ながら手綱を取って馬を制御し、穂先を回避。

次いで馬から飛び降り、その後ろに隠れる。

バイル・エルンは自身の姿を見失ったうえ、馬が邪魔になって槍の穂先が届かない。

「く、小癪なことを！」

回り込むかどうするか、苦慮している間に呪文の詠唱。

《――途絶えぬ光。輝く標《しるべ》。そして煌めきと死。回り回れ螺旋の如く。ゆらり揺られてゆらぎ揺蕩《たゆた》え。殺意の光よ、天からの滅びよ。混沌なりし円より出でて我が手に満ちよ。天地開闢《かいびゃく》に記されし、言理の呪法よわが手に宿れ！》

――【天威光《ザラッハーオウル》】

金色の【魔法文字《アーツグリフ》】が右手の周りに集い、やがて突き出した手の前方に円環や円陣が構成される。

周囲から光を奪うように、眩い光が満ち。

それは小さな光球となって、手の中へとわだかまった。

前に出て、バイル・エルンに右手を突きつける。

「しまっ――」

バイル・エルンはそれを見て回避機動を取ろうとするが、もう遅い。

光の速度は、瞬きの間があればいいのだ。

バイル・エルンの胸に、一閃の光条が突き立つ。

胸甲など薄紙と同然というように、何の障害もなく貫いた。

……これは以前、スソノカミに対して使った【無限光《アイン・ソフ・オウル》】を、かなり格下げしたものだ。これでス
ソノカミは倒せないが、鎧を着た人間くらいならどうということはない。

バイル・エルンは胸の中心に風穴を開けられ、馬からぐらりと崩れ落ちた。

主を失った馬が、もの悲しげに辺りを彷徨う。

しん、と静まり返った辺りに、轟かせるように声を張り上げる。

「従士、バイル・エルン！　ここに討ち取った！」

そう言い放つと、近衛が大仰な歓声を上げる。

これも、セイランの指示だろう。

討ち取った証拠になる物を持って戻ると、セイランからお褒めの言葉をいただいた。

「アークス。よくやった」

「は。殿下のご期待に添えることができ、恐悦至極に存じます」

「うむ。それはそうと、いまの魔法なのだが……」

またそれか。

「わくわく」

「あの」

「わくわく」

それを口で言うんじゃないと突っ込みを入れられないのが、身分の差のつらいところか。

そこですかさず、お目付役のエウリードが。

「殿下」

「え？　い、いや！　なんでもない！　なんでもないぞ！　余は何も言っていないからな！　そうだなアークス？」

「え？　あ、はい」

「よし。エウリード、聞いたな？　余はアークスを褒めただけだぞ？」

「…………」

「…………」

そんなやり取りをしていたときだ。

「ぶわはははははは！」

敵歩兵部隊後方から、爆裂じみた笑声が上がったのは。

ポルク・ナダールの従士、バイル・エルンを討ち取ったその直後、その場にいた誰しもの耳を騒がせたのは、笑い声だった。

その笑声は、それこそミルドア平原全体を震わせるかのような大音声《だいおんじょう》だ。

こんな屍の積み上がる戦場で笑い声を上げるなど、常軌を逸しているとしか思えないが。

その声音には確かに、愉悦と呼ばれるものが交じっていた。

やがて、その大笑が失せたあと、戦場がいましばらくの静寂に包まれる。

鉄と鉄がぶつかり合う音も。

兵士たちが絶えず上げる喊声も。

ただひたすら喚き散らしていた、ポルク・ナダールの声さえも。

その何もかもが絶えて消え果てていた。

いま再びの静けさに陥る中。

――何かが、来る。

ふと感じたのは、そんな予感だ。

何か不吉なものが訪れるような、凶兆にも似た感覚が、敵兵士たちのその奥から、確実に漂ってきている。

敵兵の向こう側に、真っ黒い何かを幻視していると、やがてその笑い声を上げた者が姿を見せる。

それは、巨馬にまたがった一人の男だった。

正面戦列のど真ん中から、敵兵士の垣根を割り開くようにその身を現し、悠然と馬を歩かせる。

敵兵士がその道を譲り、遅れた者は馬に跳ね飛ばされ、踏み潰される始末。あまりに容赦ない闊歩《かっぽ》に、敵兵士さえ腰が引けていた。

驚くべきは、その身の丈の大きさだろう。人の海の中にあって、その全体が窺えるほど。巨馬に乗っているにしても、あまりに大き過ぎる。巨漢だ。おそらくはその背丈、二メートルを超えるもの。カーウ・ガストン侯爵を思わせる偉丈夫——いや、この遠間でも大きく見えるということは、彼《か》の侯爵よりもさらに大きいことは想像するに難くない。

肥え太ったポルク・ナダールが、ひどく矮小な存在に感じられる。

……目に付くのは、豊富な毛髪だ。頬下まで伸びたもみあげはあご髭と繋がっており、男の世界で言うショートボックスのようなスタイル。腕も足も太く、細身の女の腰くらいという行き過ぎたはずの表現が、まったく言葉通りのものだったということを実感させる。

牛、そう、まるで牛だ。バッファローなどの毛むくじゃらの牛が巨馬に乗って現れたような、頭のおかしい錯覚に、ふとした目眩を覚えそうになる。

その巨漢は、二つの巨大な戦斧を肩に載せ、馬に任せたままの常足《なみあし》。

真っ直ぐ近衛の部隊、セイランを目指して向かってくる。

その巨牛に向かって、近衛が一斉に弓矢を放つ……が。

「ダボがぁああああああ！　そのようなものでこのワシを討ち取ることなどできんわぁああああああああああ！」

巨牛が発したのは、そんな獣声だった。おおよそ人が口にできないような音と声量が、衝撃波となって襲いかかる。直後、その巨漢は巨大な戦斧を豪快に振り回し、飛来する矢のすべてを払い落としてしまった。

そして、

「遠からん者は音に聞けぃ！　近くば寄って目にも見よ！　帝国最強！　バルグ・グルバとはこのワシのことぞぉおおおおお!!」

巨牛は、バルグ・グルバという名乗りを上げ、即座に巨馬を走らせる。馬は重厚な馬鎧を身につけているが、それを感じさせないほど軽快な走り。

――帝国最強。バルグ・グルバと名乗った男は帝国の軍服をその身にまとっている。

ならば本当に、帝国軍人なのか。ポルク・ナダールの背中を後方からせっつくことはあっても、参戦まではないと思っていたのだが、その予想は間違っていたらしい。

一方でセイランは、バルグ・グルバに見覚えやその名前に思い当たる節があるのか。

「馬鹿な、なぜあの男がここに……」

「まずい……近衛全隊！　正面へ！　急ぎなさい！　殿下をお守りするのです！」

極めて冷静沈着だったエウリードが、明確な焦りを声に表す。

その証拠なのか、まだバルグ・グルバとの間には距離があるにもかかわらず、ビリビリとした武威が伝わってくる。

そのしびれは、筋肉の動きを阻害する毒のよう。徐々に身体が固められたように動かなくなってい

く。

（ぐ……）

しびれの強烈さに、心の中で呻く。

そんな風に、恐れを自覚した直後だった。

先ほど克服したと思われた焦燥が戻ってくる。

あれを止めなければ、負けてしまう。

あれを止めなければ、死んでしまう。

もう一人の自分の声が、そんなことをがなりたててくる。

もはや一刻の猶予もない。

内からの声が耳鳴りのように響く中、身体を縛り付けていた緊張の毒が、ふと消えてなくなった。

身体が動く。勝手に。さながらそれは、もう一人の自分に手綱を握られているかのような感覚だ。

その感覚に身を任せたまま、急ぎ馬を走らせる。

周りが何か言っているが、聞こえない。

ふとした突出に、制止の声を上げているのだろうか。

その制止を聞かない自分に、咎めの声を上げているのだろうか。

声の中身は杳《よう》として知れぬが、バルグ・グルバは目の前。百メートルは先の距離。死まで、もうわずかしかない。

だから自分は、その焦りに駆り立てられたまま、現時点で自分が使える最も強力な呪文を唱えた。

《――極微。結合。集束……小さく爆ぜよ!! ――【矮爆《ドウワーフスター》】!!》

呪文を唱えると、バルグ・グルバの周りに【魔法文字《アーツグリフ》】が寄り集まり、彼を捕らえるように魔法陣を構築。輪の中にバルグ・グルバを捕まえるが――しかし、バルグ・グルバは構わずに突っ込んでくる。魔法を掛けられているのにもかかわらずそれを考慮しないなど、一体どういう思考のもと動いているのか。

魔法陣を収縮させるため、右手をぐっと強く握り込むと同時に、魔法陣も圧壊。
即座に爆裂の轟音と衝撃が、眼前に弾けた。
音を吹き飛ばす衝撃が駆け抜け、瞬く間に炎と黒煙に覆われる。
狙いは完璧だ。
バルグ・グルバは、魔法の爆撃をもろに受けた――はずだった。
「っ、かぁあああああああ!!」
そんな大声が、燃えさしの黒煙と、残留した炎を薙ぎ払う。
それは聞き覚えのある獣声であり、聞こえてはいけないはずの獣声だ。
見ればそこには、バルグ・グルバの姿が。
馬と共に、その場に健在。
魔法のせいで足は止まっているものの、ダメージはほぼない。

無傷。いや、顔の一部が、少し赤みを帯びた程度の痛手はある。

「う、うそだろ、直撃のはずだぞ……」

理解できない現象を前に、戦慄を禁じ得ない。目を見開き、呆然と呟く中、戦場に再び獣声が響いた。

「ぶ、ぶはははははは!!　汝《うぬ》はいましがた豚の従者を倒した若武者だな！　よい魔法ぞ！　久しぶりに魔法で痛みというものを感じたわ！　ぶわはははは!!」

振り下ろされた戦斧の先を差し向けられると、目に見えない力が熱波となって身体を襲う。

……いくらこの世に刻印装備という守りがあるとは言え、ノーダメージは絶対にあり得ない。まず間違いなく、衝撃で昏倒するはずだ。真っ先に潰れるはずの鼓膜さえも無事など、一体どういう理屈が働いているのか。

そのうえ巨馬も無事とは、まったく意味がわからない。

バルグ・グルバから、ぎらりと、猟欲の滲んだ視線が差し向けられる。

「う、ぐ……」

「汝《うぬ》もセイラン共々戦場の花となって散れぇい!!　ボゲェエエエエエエ!!」

声から生じた圧力に、再び身体が動かなくなる。

足止めのため先行した近衛数騎が、戦斧の一振りで馬ごと宙を舞った。

後方に控えた近衛魔導師も魔法を撃つが、まるで意に介していない。

《――雪山の魔性。朽ちた庭園。冬ざれの野。足を止めるために地を覆え、凍えの風よ吹きすさべ》

ノアが生み出した凍てつかんばかりの氷風を押しのけて。

《――縛鎖を司る者共は戒めに喘《あえ》ぐ科人《とがびと》を冷たく見下ろす。科人よ、鎖に巻かれよ。科人よ、鎖に抱かれよ。双精霊チェインの足下、幽世《かくりよ》の引手に足を掴まれ、とこしえの微睡《まどろみ》へと落ちよ》

カズィが現界させたチェインの鎖さえも引きちぎって。

バルグ・グルバが、迫ってくる。

――呑まれる。そう思った。彼我の間には、あまりに絶望的な力の差があった。ありすぎた。

遅れて、近衛たちが自分たちのすぐ後ろで人垣を作る。その範疇に、自分たちの存在はない。当然だ。セイランは何に代えても守らなければならないのだ。非常事態において、優先事項が変わるのは当然のこと。

「っ、みな、アークスを！」

セイランが焦ったように叫ぶが、しかしエウリードが、

「そんな暇はありません！　殿下！　いますぐ撤退を！」

「だ、だがっ……だが!!」

「殿下ぁっ!!」

優柔不断な発言を喝破《かっぱ》するように、エウリードが声を上げる。

近衛の布いた防壁に、バルグ・グルバが衝突せんとしたそのみぎり。

ふいに敵兵の中から、馬に乗った兵士が現れる。

その兵士も、バルグ・グルバと同じように、帝国の軍服を身にまとっていた。

「ぐ、グルバ将軍！　いけません！　言い渡されたのは左翼歩兵への攻撃っ！」

「んうぅ？　何を言っておる？　左翼はこちら……」

「こ、こちらは右翼です‼」

「うよ……？　おお！　右と左を間違えておったか！　うははははは！　偶《たま》にはそんなこともあろうよ！　ぶわはははははは‼」

「しょ、将軍閣下……」

バルグ・グルバは兵士に対して呵々《かか》と笑うと、その場ですぐに馬首を返す。

そして、

「さらばだセイラン！　また戦場で見《まみ》えようぞ！」

そんな台詞を吐いて、死をまとった暴風は自分たちの前から去って行った。

「こ、ここで？　ここで退くのか……？」

あとに残されたのは、困惑だ。この場にいた誰も彼もが、呆然としている。

このまま攻め込めば、討ち取れる可能性もあっただろうし、そうでなくてもここでセイランを撤退させることができれば、ナダール軍の命を長らえさせられる可能性もあったはず。

それを、命令と違うからと言うだけで、絶好の機会をドブに捨てるのか。

意味がわからない。

動くことができない。

動悸が止まらない。

「アークスさま！」

「あ、ああ……」

ノアに引きずられるようにして、近衛の中に戻る。

すると、セイランが、

「……あれが〈知者殺し〉バルグ・グルバか」

「殿下、〈知者殺し〉……とは？」

「ギリス帝国中央軍所属、遊撃将軍バルグ・グルバ。またの名を〈知者殺し〉。己の知恵も壊滅している男だが、戦場においては敵の知者もことごとく破壊するという」

知恵が壊滅しているとはあまりの言いようだが、それなら先ほどの意味不明な撤退も頷ける。

それに、確かにあんな常識外れの存在に動かれたら、どんな作戦も壊滅してしまうだろう。

そう、いまもこうして、なにもかにもが壊滅させられそうになったばかりなのだから。

セイランが、エウリードに訊ねる。

「エウリード。そなたならば、あの者、倒せたか？」

「……いえ。ですが殿下を逃がすことならば可能でしょう。殿下だけ、と条件は付きますが」

「そうか……戦場では見えたくないものだ」

「ですが、今後、避けては通れないでしょう」

エウリードとのやり取りのあと。セイランが馬を近づけてくる。

「殿下」

「……アークス。あまり無茶をするな」

「は、申し訳ございません」

そんな風に、不徳を謝罪したあとだった。

ふいに、セイランに腕を掴まれた。

「……殿下？」

戸惑いの視線を向けると、セイランは他の誰にも聞こえないような小さな声で、

「……アークス。収まるまで少しこのままでいてくれ。決して周りに気取られるな」

腕から、セイランの震えが伝わってくる。

ということはセイランも、バルグ・グルバの武威に呑まれかけていたのか。

セイランほどの威を放つ人間が、こうして恐れを抱くのは以外だった。

セイランは他者に畏れを布く者であり、それに相応しい力と威厳を持っていた。

それゆえ、もっとかけ離れた存在のように思っていたが――そういうわけでもないのだろう。

腕を掴んだ手のひらは、ひどく華奢なもののように思えた。


ラスティネル本隊が敵横陣中央に突撃を敢行した頃、別のところでも動きがあった。

そこは中央右翼側。ちょうどラスティネル本隊の右隣に展開していたダウズ・ボウ伯爵がいる場所

である。

……ナダール軍の横陣はセイランの策略により意図せず横に引き延ばされたため、その縦の列――いわゆる縦深が浅くなったことは、すでに知られていることだろう。

これを機と見て突出したルイーズ率いるラスティネル本隊に、ダウズ・ボウ伯爵は目敏く追従。ラスティネル本隊はすでに敵横陣深くまで食い込むことはできたものの、一方でダウズ・ボウ伯爵が指揮する部隊は、歩兵の壁を食い破れずにその動きを止めてしまっていた。

抵抗激しく、突破できない。

膠着《こうちゃく》とまでは言わないものの、状況は攻め手にあと一つ欠けるといったところ。

馬蹄《ばてい》に踏み荒らされて土埃が舞い上がり、景色が黄褐色に霞む中。

馬にまたがったダウズ・ボウ伯爵が、周囲を取り巻く従士や副官たちに、焦りを含んだ怒声を浴びせかける。

「貴様ら、何をやっている！　さっさと正面を崩さぬか！」

「それが、敵の抵抗が思いのほか強く……」

「早くせぬかぁ！　このままではラスティネルの兵に手柄をすべて奪い尽くされてしまうぞ！」

……現状ダウズ・ボウ伯爵は、部隊が敵正面を突破できないことに憤慨し、わめき立てているといった有様だ。その様はまるでどこかの豚のような伯爵を想起させるが、それはともあれ。

ダウズ・ボウ伯爵の頭の中は、すでに手柄のことで一杯だった。

確かに戦で手柄を挙げるのは、武官貴族の使命であり命題だ。手柄を挙げなければ、大きな収入を得られないし、今作戦に消費した戦費の補填もできなくなる。

ならば、こうして焦りが出始めるのも、仕方のないことだと言えるだろう。

だが、彼をこうまで手柄に駆り立てるのには、他にも理由があった。

それが、戦の前に彼が演じたいくつかの失態だ。

王太子セイランの前で不用意な発言をしてしまったこと。

そして軍議のときに、作戦にまるで寄与しない発言をしたことが挙げられる。

それに関しては、セイランはそこまで気にしてはいなかったようだが、それが失態であることには変わりない。それゆえ、ダウズ・ボウ伯爵はここでなんとしても武功を挙げ、挽回しなければならなかった。

だが、部隊が停止している以上、当然それはままならないもので。

「なぜだ！　なぜあのような貧弱な戦列を突破できんのだ！　もう敵横陣はすでに崩れ始めているのだぞ！」

「それが、援軍に現れた魔導師の魔法が強力で、歩兵だけでは対処しきれず」

「ならばありったけの騎兵を向かわせろ！　このままでは我らの取り分がなくなってしまう！　みすみすこの機を逃せば、手柄はなくなる！　そうなれば貴様！　どうなるかわかっていような！」

「ひっ！　しょ、承知しました！　全員、全力を以て打ちかかれ！」

副官が号令を掛けると、部隊の歩兵たちだけでなく、伯爵の周囲を固めていた騎兵までもが、無策極まりない突撃に加わる。しかしてそれが功を奏したのか、伯爵の部隊は敵正面を切り崩すことに成功し、ラスティネル本隊同様横陣に深く食い込むことに成功した。

いくら抵抗が強かろうとも、被害を度外視した攻勢には堪えきれないか。敵正面がみるみる内に伯爵の部隊に呑まれていく。

「は、はははは！　やれば出来るではないかっ！　ぃよし！　このまま進め！　進めぃ！　この勢いで敵の首級を挙げるのだ！」

これで勝ち馬に乗れる。ダウズ・ボウ伯爵がそんなまやかしの勝利に夢を見ていたそのときだった。

「伯爵閣下に伝令！　味方右翼に異変ありとのこと！」

「右翼だと？　なんだ。そんな場所など我らには関係ないだろうが！」

「それが、味方部隊が徐々に崩されているようなのです！」

「崩されているだと？　ナダール兵にか？」

「は！」

「何故だ!?　一体何があったというのだ！」

セイランの策によって、ナダール軍はほぼ死に体だ。勝勢の味方が勝手に崩れることはないし、敗勢のナダール軍に崩される理由もない。

あまりに奇怪な出来事に、ボウ伯爵は混乱する。だがそんな渦中にありながらも、彼の頭の中では打算という思考回路が十全に機能していた。崩れた部分から流れてくるであろう敵兵の対応に移るか、もしくはそんなものを無視してこのまま突撃し、首級を挙げて手柄とするか。

たとえ右翼が崩れたところで、自分たちの部隊に実害はない。その間にも、いくつも部隊やそれを指揮する諸侯がいるのだ。ならば手柄を放棄して守勢に入る必要はなく、むしろここで敵横陣を突破してしまえば、その後に対応に当たることもできる。

ダウズ・ボウ伯爵が「突撃」の号令を掛けようとした直後、再度伝令の兵が黄褐色の景色の中に入ってくる。

「伝令！　右翼総崩れの原因が掴めました！　敵騎兵の一騎掛けによるものです！」

「い、一騎だとぉ!?　そんなバカなことがあるか!?」

「その騎兵は、ぎ、ギリス帝国遊撃将軍、バルグ・グルバ！」

「は――？」

伝令の言葉を聞いて、ダウズ・ボウ伯爵の混乱がさらに極まる。

――バルグ・グルバ。

当然伯爵も、この名前を知っている。

だが、なぜ帝国最強の兵が、こんなところにいるのかと。

そもそも帝国の参陣はなかったはずではないのかと。

そんな考えが、頭の中をさらにかき回す。

「う、右翼の部隊はバルグ・グルバの猛攻によってすでに恐慌状態っ！　いまは、ローネル男爵、シャールマン伯爵が指揮を執って応戦しているようですが、このままではバルグ・グルバに呑まれてしまう可能性も否定できません！」

ダウズ・ボウ伯爵が言葉を発せないでいると、副官が悲鳴にも似た声を上げる。

「閣下！　このままではバルグ・グルバがこちらに向かってくる恐れもあります！」

「な、な、な、それは……それはいかん！」

伯爵は思い出す。バルグ・グルバのあの途方もない偉容を。それがもたらす絶望を。

巨馬を駆り、古《いにしえ》の時代の遺物を思わせる二つの戦斧を以て、あらゆるものを破壊し尽くす猛牛。彼の将の最も恐るべきは、魔法が効かないという各国王侯に匹敵する破格の天稟《てんぴん》の存在だ。尋常ならざる力を持つ国定魔導師でも、手傷を負わせるのでやっとだと言われている。

倒すならばそれこそライノール王国国王、シンル・クロセルロードが出張らなければならないだろうと言われている、それほどの相手。帝国に対する防波堤である西側の諸侯にとっては、まったく恐怖の対象だ。

ボウ伯爵は、すでに浮き足立っていた。

討伐軍が帝国と戦うため、事前に準備していたというのならば話は別だが、帝国の参戦についてはないものと考えていたのだ。

準備もなしに、あんなものと戦うなど、それこそ正気の沙汰ではない。

ならば、独断行動の責任を取らされる方がまだマシだった。

「く、クソッ！　こんなところにいられるか！」

「か、閣下⁉」

「私は退くぞ！　一時後退だ！　ここで死んではどうにもならん！」

「そ、それは、王太子殿下のご指示に背くことに！」

「ええい！　いま私が抜けたところで王国軍の勝利は揺るがないわ！　いますぐ下がるぞ！」

「ボウ閣下！　お待ちを！　閣下ぁあああああ！」

ボウ伯爵は副官の制止も聞かず、後方に向かって馬を急がせる。

……ここで最も不幸だったのは、彼に追従していた歩兵とすぐ後方にいた歩兵だろう。

突然の撤退に方向転換が間に合わず、歩兵たちは踏み潰されてしまうこととなった。


「この王国貴族の恥さらしめ！　〈ラスティネルの断頭剣《ギロチン》〉の錆になりやがれ‼」

「ひぃいいいいいいい！　貴様ら！　あの小僧を寄せ付けるな！　なんなんだあの頭のおかしな怪力は⁉　くっ！　来るな！　来るなぁあああああああ！」

ディートの咆哮に、ポルク・ナダールが泣き言の絶叫を上げる中。

討伐軍左翼側では、ポルク・ナダールがディートの圧力を受けて、部隊を後方に下げているという状況にあった。

バルグ・グルバが去ったすぐあと、ディート率いる部隊が敵横陣を裁断することに成功。

ディートはその余勢を駆ったまま、ポルク・ナダールの背後を脅かしたため、ポルク・ナダールは部隊を西側へと下げざるを得なくなったのだ。

現在、ポルク・ナダールの正面はディート指揮するラスティネル別隊や、横陣端の一部が加わり、これを押し込んでいるという状態にある。

ナダール軍はすでに浮き足立っており、その逃げ腰は全軍に及ぶほど。機会があればすぐにでも脱走で自壊してしまいそうなほど、士気の低下が著しくなっていた。

もはや総崩れは避けられず、いつその報告がセイランのもとに届くかという状況になっている。

すでに討伐軍の勝利は決まったも同然。セイランや近衛の仕事はほぼなくなったものと言えるだろう。

——しかしてセイラン率いる近衛部隊が、バルグ・グルバの襲撃から態勢を立て直し、敵歩兵部隊を最左翼から押し込んでいたその折。

そろそろ、ナダール軍総崩れの報告が飛んでくると期待していた矢先に、とんでもない報告がセイランのもとへ届いた。

「王太子殿下にご注進申し上げます！　味方最右翼一部と、中央右翼側が崩れました！」

「……なんだと？」

思いもよらない報告を受けて、怪訝そうな声を出すセイランに、伝令はさらに説明を続ける。

「味方右翼側に突然バルグ・グルバが出現し、味方歩兵部隊に突撃を敢行。味方歩兵部隊はこれに対応することができず壊滅し、その影響は後方まで伝播《でんぱ》している状態です。現在は、シャールマン伯爵が指揮を執り、絶えず兵を補充することで、どうにか食い止めているとのこと」

そこで、エウリードが口を開く。

「右翼の状況はわかりました。ですが問題はもう一つの方、中央右翼です。なぜそんな場所が崩れたのですか？」

「……エウリード、そこにはどの部隊を配置した？」

「は。ラスティネル本隊の右翼側に付けていたのは、ダウズ・ボウ伯爵の部隊です」

「あの男か……」

ダウズ・ボウ伯爵。セイランに謁見するときや軍議のときなど、ことあるごとに突っかかってきたあの嫌みったらしい上級貴族だ。

彼が指揮する部隊が崩れたと伝令は言うが、しかし中央付近と言えばラスティネル本隊がある。隣がすでに敵横陣を食い破っている以上は、その近くにいる部隊が崩されることはまずないはずだ。

「は、ボウ伯爵はラスティネル本隊に続いて部隊を突出させるも突破できず、そのうえ突然その場で反転し、自らは戦線より離脱！　突然の後退に後方の味方は対応ができず、被害を被ったとのことです」

「……おそらくで構いません。理由はわかりますか？」

「は……バルグ・グルバ出現の恐慌が伝播し、その猛威に恐れをなしたのかと小官は推察いたします」

「っ、ここに来てそのようなことになるとは……」

セイランが苦虫を噛みつぶしたような声を上げる。

確かにそうだろう。すでに戦いは佳境であり、勝利までもう少しと言った状況。そんな中、こんなケチが付いたのだ。いくらもう討伐軍に負けはないとは言え、戦列が崩れたというのは総大将として嬉しいものではない。

「取り残された部隊は混乱甚だしく、現在ルイーズ閣下が部隊の一部を割いて、対応に当たっているとのことです」

「これは……まずいですね」

その報告に、エウリードがわずかに顔をしかめると、セイランが訊ねる。

「エウリード、まずいとはどういうことだ？　趨勢はすでに決しているも同然。ボウ伯爵が退いた程度で、討伐軍の勝利に揺らぎが生じることはないはずだ」

「はい。これが勝敗に直結することはないでしょうが、ルイーズ閣下の手を煩わせているということは、それだけ決着に時間がかかるということになります。それに、私が最も懸念すべきは別にあります」

「それは？」

「これが、帝国の策略だということです」

「……だろうな。バルグ・グルバが動いている以上、帝国がなんらかの策を講じたというのは間違いなかろう」

そう、セイランやエウリードの言う通り、バルグ・グルバが出現したのは、当然帝国の策謀あってのものだ。いまこの戦場では、自分たちの知らない何らかの策が動いているということはまず間違いない。

その点をセイランと確認し合ったエウリードは、しばし考え事をするように思案顔を見せたあと、

「殿下。殿下は近衛を連れ、撤退を。私は残りを連れて開いた穴を塞ぎに向かいます」

そんな風に、セイランに撤退を促した。

その提案を聞いたセイランは、エウリードではなく、まず先ほどの伝令兵に声を掛けた。

「……伝令よ。他の諸侯はどうか？　ダウズ・ボウ伯爵の撤退が諸侯に与えた影響を知りたい」

「は！　伯爵の撤退に各部隊を指揮する諸侯が引き摺られているということはないようですが、突然の離脱に動揺している諸侯は少なくないようです」

「ならばエウリードよ。ここで余まで退いてしまえば、味方が連鎖的に崩れていくのではないか？　そうはならなくとも、士気が大幅に下がる可能性は否めないはずだ」

「いえ、それはないかと」

「なぜだ？」

「殿下。ナダール軍は戦列を裁断され、すでに死に体。先ほども申しました通り、討伐軍の一部が崩れたとしても、負けることはまずありません。この撤退が戦局に直結することはあり得ないのです」

だろう。中央が敵横陣を裁断した時点で、すでに勝敗は決しているも同然だ。そこからナダール軍が巻き返すことは、どれほどの名将がいたとしても不可能と匙を投げるはず。セイランが撤退したからといって、『自分たちも逃げなければ！』ということにはならないはずだ。

「もう一度申し上げます。右翼が崩れたとはいえ、影響はごく一部であり、ナダール軍は劣勢。すでに討伐軍は勝ち戦の空気に包まれており、ナダール側が巻き返す余地はどこにもありません。それよりも怖いのは――」

「バルグ・グルバ。いや、帝国か……」

「殿下。帝国が姿を現した以上、何らかの策を講じているのは必定。御身をお守りする近衛として、このまま殿下を戦場にとどまらせるわけには参りません。何卒お聞き届けいただきたく……」

そう、帝国が講じた策が、セイランを害するものだということは十分に考えられる。ここで帝国軍が参戦してでも得たいものが何かと考えるなら、それはセイランの首なのだ。むしろそれ以外ないと断言できるだろう。

……単にダウズ・ボウ伯爵の部隊が崩れただけならば、セイランを退かせる必要はない。

崩れた穴を埋めればいいだけだし、最悪放置したとしても戦局に影響はないのだ。

だが、その独断行動の遠因に帝国の影があるのなら、話は別だ。

帝国の参戦は予期していないものであり、しかも戦が佳境を迎えるまで、その策謀が蠢《うごめ》いているのに気付くことができないほど秘匿が徹底されたものだった。

予期せぬ事態に対応《せんじゅつ》する手段を用意していない以上、策が成れば帝国の思惑通りになりかねない。

ならばその策が成る前に、セイランだけ安全な後方に下がらせるのが現状の最善と言えるだろう。

玉さえ取られなければ、討伐軍に負けはないのだから。

(姿を見せている時点で、策はすでに成っているってことにならなきゃいいけどな……)

そんな一抹の不安を感じていると、セイランが口を開く。

「……いいだろう。余は離脱する」

「は！　では近衛数名は殿下に随行しなさい。しかとお守りし、後方へ無事送り届けるのです」

エウリードの言葉に、複数の近衛が応じる。

無事もなにも、討伐軍後方に向かうため大事などはないだろうが。

「殿下の衣の替えは持ってきているな？」

「は！」

エウリードの指示のもと、近衛の一人が馬の上に鎧立てのようなものを設置し、セイランが着ている服とまったく同じ衣服を取り出して、それに取り付ける。

近くで見ると、ハリボテだということは丸わかりだが――

「これで遠目からはわかりません」

「なるほど。これならば余が退いたことはすぐには悟られぬな」

セイランとエウリードがそんな話をしている中、

「ノア」

「はい、アークスさま。なんでしょうか？」

「念のため、先に後方へ走ってくれないか？　殿下受け入れのために迎えを呼んできて欲しい」

「それは構いませんが……アークスさま、魔力量は大丈夫なのですか？」

「俺は大丈夫だ。なんたってこれがあるからな」

ノアの心配に不敵な笑みを返して、バッグから水筒を取り出す。

すると、それを見ていたカズィが意外そうに目を丸くさせた。

「おいおい、そんなもの持って来てたのかよ？」

「なんかあったときのために届けてもらったんだ」

「そういやあのおっさんの家から使いが来てたな」

カズィとそんな話をしていると、セイランが訊ねてくる。

「アークス。それはなんだ？」

「え？　ええと、これはその……魔力を回復する飲み物で……」

「なんだと⁉　そんなもの一体どこで手に入れたのだ⁉」

ソーマ酒の存在は、セイランには衝撃的だったのか、詰め寄らんばかりの勢いでまくし立ててくる。

その後も、「何故黙っていた！」「隠すなど卑怯だぞ！」など、こちらが理由を口にする暇もないほど、怒濤の勢い。

それを見かねたエウリードが、口を挟んだ。

「殿下。どうか心お静かになさいますよう」

「う……うむ、だがな」

「アークス・レイセフト。殿下にお伝えしていなかったのには、理由があるのですね？」

「はい、回復すると言っても、本当にわずかなものですので、ご報告するには尚早《しょうそう》かと考えました」

「わずかとは、どの程度魔力を得られるのだ？」

「水筒ひとつで、４００有るかないかです……」

「……そ、そうか。確かにそれでは報告もできぬな……そうよな……」

やはり残念そうだ。セイランもまた、夢の飲み物にいましばし思いを馳せていたのだろう。

その実用性のなさを聞いて、あからさまに落胆する。

だが、自分には、それだけでも随分と大きいのだ。

残りマナ量は４００から５００程度というところ。何かあったときのためには、もう少し確保しておく必要がある。

「……ちょっと飲んでみてもよいか？」

「殿下。毒味もなしにそれは」

「エウリード。余に毒が効かぬのはそなたも知っているであろう」

「それはそうですが」

「…………」

なんなのだろうか、この会話は。

なんかものすごい話を聞いたような気がしないでもないが、ともあれソーマ酒をあおる。

酒精で身体が熱くなると同時に、わずかにだが魔力が増えた。

「よし。カズィは俺と一緒に近衛の援護だ。魔導師はなるべく多い方がいい。支援に回ろう」

「――いや、アークス。そなたも余と共に来るのだ」

「え？」

唐突にセイランに止められる。一体何故なのか。そんな理由を探して、セイランを見ると、

「アークス。そなたに何かあってはならぬ。この意味はわかるな？」

その言葉で、ピンと来る。

そもそも自分がここにいるのは、戦場に立ったという箔を付けることなのだ。

命を賭して戦う場面でもないし、命をかけなければならない理由もない。

まだこなさなければならない役割がある以上、死なれるとマズいのだ。

セイランに「承知いたしました」と返答した折、ふいに、このどさくさの中、味方の部隊をすり抜けてきたのか、敵の兵士が突撃してくるのが見えた。

身体に矢や槍を受けても、馬を止めずに突っ込んでくる。

「む……」

「向こうも死に物狂いということでしょう」

「俺がやるか。キヒヒッ！」

カズィはそう言うと前に出て、呪文を唱える。

「《――アルゴルの大円匙《だいえんぴ》。一掘り二掘り進めれば、たちまち大きな穴があく。女鹿を落とせ。猪豚落とせ。まあるい穴に落っことせ》……っと」

呪文の由来は農夫アルゴルの一週間。罠の木曜。アルゴルが動物を捕まえて、おいしい晩御飯にありつくお話だ。

こういう呪文の構成は、カズィのセンスの特殊なところだ。呪文に口語を上手いこと混ぜて歌のようにしているところが、気が利いていると言うか上手いと言うか。最後の【まあるい穴に落っことせ】は、よくまあそんな言葉を引っ張ってこられるなと感心しきりだ。

騎兵の前方に、落とし穴がぽっかりと口を開ける。

……だいぶ大きな落とし穴だが。

いや、【精霊年代】に出てくる獣は大きなものばかりという風に伝えられているため、この大きさも間違いないのだろうが。

直前に大穴が開いたため、騎兵は避けることもできずに穴へと落ちてしまった。

「うむ。見事な魔法だ」

セイランがカズィに称賛の言葉を掛けると、カズィはぺこりと頭を下げる。

それに続けてセイランが、

「農夫アルゴルの一週間をもとにした魔法だな。うまく組み上げたものだ。魔法の強度も効果も高くなりやすい【精霊年代】からの古史古伝を採用し、呪文は術者視点というよりはその様子を見ているような視点に変え、あたかもアルゴルが魔法の効果を実際にやってみせたようにしている。それにしても、【まあるい穴に落っことせ】の部分は実に面白い。普通は口語遣いというものは避けられる傾向にあるが、こうして少ない呪文の中で違和感なく組み込んだのは実に見事だ。【精霊年代】の趣にもよく合うし――」

セイランの言葉は止まらない。

さながら機関銃が如く、蘊蓄《うんちく》やら考察やらがすらすらと飛び出て来る。

そしてまったく止まる気配がない。

やがて、

「これがどうして人攫いに身を窶《やつ》していたのか、それがわからん……」

「……？　殿下がどうしてそのことを？」

「ん？　む？　い、いや……リサから聞いたのだ、それでいろいろとな、うん」

なるほど。

リサは監察局の長官だ。王家直属とも呼べる機関の人間ゆえ、セイランと話す機会も多いのだろう。

「殿下、穴に近づいてはいけませんよ？」

「いや、別にどんな風になっているか観察しようとかはしていないぞ？　してないからな」

「………………」

セイランはいちいちこうなのだろうか。近衛のエウリードは毎度大変なことだろう。

……やがて、撤退の準備が完了する。

近衛の大部分はエウリードの指揮のもと、最左翼に留まる部隊と中央右翼側に向かう部隊に分かれ。

ノアは一足先に後方に向かい、迎えを呼びに。

カズィは左翼側に留まり近衛の援護。

自分はセイランに随行することとなった。

ふと見上げた空には、灰色の雲がかかり始めていた。


近衛が部隊を分け、アークスやセイランが動き始めた頃。

アークスたちの他にも、戦場の異変に憂慮を抱いている者がいた。

「……崩れたか」

そんな、憂いと諦観《ていかん》がない交ぜになったような一言をこぼしたのは、ローハイム・ラングラー。国定魔導師としては、筆頭ゴッドワルド・ジルヴェスター、第二席ガスタークス・ロンディエルに続く第三席に位置しており、代々、王家に魔法を指導する立場にあるラングラー家の当主でもある。

……痩身を黒い長着に包んだ、一見して年齢のわかりにくい男。表情は常に静謐を保ち、口を開けば穏やかな声音が響き、さながら教師を思わせるその口ぶりが特徴的。

しかし、ふとしたときに佇む姿、孤影には、どことなく影を感じさせる部分がある。

謎めいた部分が他の国定魔導師よりも際立つ、いかにも絵に描いたような魔導師というのが、彼ローハイム・ラングラーに対する周囲の認識だろう。

戦端当初より、セイランから討伐軍魔導師部隊のお目付役の指図を受け、現在も中央後方で魔導師部隊を監督している。

そんな中、バルグ・グルバの襲撃によって味方右翼は痛打を被り、混乱、損壊。

当然、部隊崩壊の情報や、不穏さを帯びた空気が彼に伝わらないはずもなく。

いまは部隊からわずかに離れた場所で、馬と共に孤立。その切れ長の目を細め、戦場の奥にある何かしらを読み取ることに腐心している。

そんな彼のもとに、魔導師長が馬を駆って近づいてくる。

「ラングラー閣下」

「報告を」

「は！　……突如として右翼側に現れたバルグ・グルバは、横陣を構成する歩兵部隊と最右翼の騎兵部隊を蹴散らし、そのまま戦闘を続行中。現在、シャールマン伯爵、ローネル男爵がそれに対応し、現場は膠着しているとのこと」

「シャールマン伯にローネル卿……どちらも西側諸侯の中では武勇を奮う貴族たちだが、さすがにバルグ・グルバは荷が勝ちすぎるか」

「は。右翼側の状況も気になりますが、目下の問題はやはり、ダウズ・ボウ伯爵の脱走だと愚考いたします」

「そうだね。確かにそれは問題だろう。魔導師長、君ならどうするかな？」

ローハイムが尋ねると、魔導師長は緊張を持ったまま答える。

「は……では、恐れながら。今戦場の趨勢《すうせい》はすでに決していますので、右翼は時間稼ぎと割り切り、穴埋めに入ったラスティネル兵たちの援護に入ります。あとはラスティネル兵が迅速に敵部隊を蹴散らしてしまえば、ナダール軍は軍団の体《てい》を保つことはできないかと」

「軍というつながりを壊してしまえば、兵は自然と逃げていく。ナダール軍が撤退すれば、バルグ・グルバ——帝国も退かざるを得ない、と。確かに、それは正しい答えだ」

「では」

「いや、こうして尋ねておいてなんだが、君には兵を率いて、右翼に向かってもらおうと思う」

「我らが右翼へ……でありましょうか？」

「魔法で右翼の味方を援護しつつ、現状を維持に努めて欲しい。それが私から与える指示だ」

「ですが閣下、まだ前方には敵兵が残っています。ここは穴埋めに動いたラスティネル兵たちの援護を行わないといけないのではないのでしょうか？」

「そうだね。君の言う通りそれも大事だ。打つ手としても、それがいいと私も思う」

「では、閣下のお考えは別にあるということでしょうか？」

「君が口に出しにくい策が、私には打てるからね」

「それは？」

「簡単なことだよ。ここを私が一人で受け持てばいい」

ローハイムの言葉を聞いた魔導師長は、驚きの表情を見せる。

「かっ、閣下お一人でですか⁉　それは……」

「ふむ。問題などどこにあると？　そうだろう？　だって――」

――私が本気を出せばいいだけなんだからね。

「ほ……っ‼」

魔導師長は、戦慄にごくりと唾を飲み込んだ。

本気を出す。国家の大戦力である国定魔導師が、そんな言葉を口にしたのだ。その力の絶大さを正確に理解できる存在、魔導師ならば、恐れを抱かないはずがない。

端整な顔に浮かぶのは、獲物をねぶる猟欲か、それとも戦いへの昂揚か。

戦端が開いた当初から常に穏やかだった痩身の男の表情には、一転して薄い笑みが張り付いていた。

魔導師長が畏敬によって絶句する中、ローハイムは伝令兵を呼びつける。

「穴埋めに入ったラスティネル兵たちに、言《こと》づてを一つ」

「はは！」

「国定魔導師、ローハイム・ラングラーが下命する。至急その場から離脱し、本隊に合流せよ。命に背きその場に留まった場合は、命の保証は致しかねる、と」

「は！　閣下のご下命、確かに承りました！」

「よろしい。では、行きなさい」

伝令兵は一度頭を下げて、ダウズ・ボウ伯爵の穴埋めに入ったラスティネル兵たちのもとへと馬を走らせた。

「……では閣下、【水車】をお使いに？」

「ああ。これでナダール軍中央正面に大穴を開ければ、ナダール軍の横陣に憂慮を抱く必要はない」

「承知いたしました」

「ことが終われば私もすぐにそちらへ向かう。バルグ・グルバの対処をしないといけないからね――ああ、あと、バルグ・グルバを右翼に釘付けにしつつ、手は決して出さないように。いささか無茶を言うようだが、これは厳命だ。いいね？」

「はは！」

「魔導師長、そして、王国の魔導師たちに、武運があらんことを」

ローハイムが武運を祈る声を掛けると、魔導師長は礼を執り魔導師部隊を動かすために去って行く。

その後、ローハイムは魔導師部隊が右翼に向かって離れていくことを確認してから動き出した。

馬を急がせると、すでに開いた穴から敵兵士たちが攻め上ってきているのが見えた。

これは先ほどの命令のせいだろう。押さえ込んでいた蓋を外したため、そこから敵兵士が流れ込んできているのだ。

……指図通り、ラスティネル兵《ラスティネルへい》の姿はない。ただの一兵たりとも。

別の指揮系統からの命令でも、状況を察して迅速に行動できることに、自然と称賛が湧いてくる。

一方で目の前の敵兵士たちは、先ほどまで横陣を構成していた部隊に比べ、動き方に自信が感じられる。徴発兵のするような間に合わせの動きではない。おそらくはナダール軍が雇った傭兵団だろうと思われる。

装備に統一性はなく、しかしみな一様に、戦いに身を置く者だけが持ち得る剣呑《けんのん》さをまとっている。

周囲を威嚇しているのか、士気の低下を誤魔化しているのか、野卑《やひ》な叫び声を上げながら、討伐軍横陣を貫かんと攻め上ってきていた。

戦場で喚き散らすなど、まったく荒くれども集まりではないか。その点、いつかの国王シンルやクレイブ・アーベント、ルノー・エインファストを思い出すが、それに比べれば随分と可愛いものではある。

そんな傭兵たちの姿を見て、知らず知らずに鼻で笑ってしまう。

たかだか金に釣られてクロセルロード王家に刃向かうなどと、愚か以外の何物でもない、と、そんな風に。

ローハイムの目前まで迫った先頭の騎馬兵が、ふいに馬の足を止める。

孤立した姿から、策を疑ったのか、罠を感じ取ったのかは定かではないが――

「む――？　たった一人だと？」

「ああ。ここには私一人しかいないね」

「ということは……貴様は兵に逃げられた指揮官かなにかだな？」

傭兵団の団長は、手柄に値する首級と思ったのか。

確かにローハイムの首級も、手柄になり得るものではある。

「我はダムズ傭兵団団長、ガロ・ダムズなり！」

「そうか」

「……貴様、我ら傭兵団を前にしてよくもまあそんな調子でいられるものだ。図太いのか、それとも状況がわからないくらいに鈍いのか？」

「さあ、どちらかな？」

「は――だからこそ、一人でこんな場所に取り残されているのだろうが！　貴様の部下ども同様、ラスティネル兵もいましがた我らの猛攻に逃げ出したばかりよ！　なりふり構わずな！　はははははは！」

「それは恐ろしい」

部下と共に品性下劣な笑い声を上げる団長ガロ。どうやらダウズ・ボウ伯爵の退却やラスティネル兵の撤収を、自分たちの猛威のせいだと勘違いしているらしい。

そんな状況の見えない様は、まったく三流と言っていいだろう。

無知蒙昧《むちもうまい》な男に対し、ローハイムが人差し指を立てて問いを投げ掛ける。

「――さて、ここで一つ。君に問題を出そう」

「なにぃ⁉」

「こんな場所に一人残った私が、一体誰か、ということだよ。どうかな？　君たちはこの問題に答えることができるかい？」

「そのような問答などで時間稼ぎか！　姑息なことを！」

凄みを利かせる団長ガロに、しかしローハイムは顔色一つ変えぬまま。

「答えたくないのなら結構だよ。別に私も答えを必要としていないし、結局のところこれは、私の繰り言に他ならないのだからね」

「胡乱《うろん》な男め！　おい、馬で轢《ひ》き潰してやれ！」

「やれやれ、まったく……」

ローハイムはそう言うや否や、立てた指を戻し、ゆっくりと右腕を持ち上げ、挙手の状態を作った。

その様は、先生の指名を待つ生徒の姿か、それともどこかの国の敬礼姿か。

彼はそんな動きを見せると同時に、体内に溜め込んでいた魔力を一気に解放。一瞬、弾けるような火花がローハイムの周りで閃いたかと思うと、消費されるべき魔力が暴風を伴って噴出する。

彼の魔力に囚われて色づけされ、可視化された空気は流れを持ち、荒れ狂う気流のように彼の周囲を駆け巡る。そのせめぎ合いであぶくが生まれ、魔力を伝って空へ空へと昇っていった。

しかして、その直後だった。ローハイムの発した魔力の圏内にいる者の動きに、総じて支障が出始める。

「な、なにぃ⁉」

突然、その場でもがく傭兵たち。腕を動かし、足を動かすが、遅々としていて思うように動かない。それはさながら、深く仄暗《ほのぐら》い水底に沈められてしまったかのよう。

傭兵たちが丘の上で溺れているそんな中、再びローハイムが口を開く。

《――回れ回れ、水車よ回れ。ヴァーハの大海のいと深き水底より、始原の混沌を掻き混ぜる蒼き螺旋よ舞い降りよ。寄せては集まる者どもには、永久《とわ》の巡りのただ中を。満ちては消えゆく者どもには、久遠に終わらぬ響きの中で。寄せて平らげ圧して帰す。割れて砕けて裂けて散る。天地開闢に記されし、言理の極致をいまここに……》

戦場全体を震撼させる、大地を揺るがす巨大な震動。

海溝型の地震を想起させる震えのただ中、ローハイムの口が紡ぎ出した呪文が、オリオンブルーの【魔法文字《アーツグリフ》】を生み出していく。彩度の高い青色の文字は限度を忘れて増殖し、天へ延び、地へ広がり、さらに戦場を縦に割るかのように延長。やがて横長に延びた膨大な【魔法文字《アーツグリフ》】が、ローハイムの真横でぐるぐると渦を巻き始めた。

それは干満差によって生まれた激しい潮流が作り出すうず潮のように、飛沫《しぶき》のような魔力の飛散を伴いながら回転。徐々にそれは水気をまとい、瞬く間に本物の渦へと転化する。

戦場で横に寝そべる巨大な渦巻き。その直径は、二十メートルを優に超える高さ。常に回転しており、跳ね飛ぶ水飛沫の一つ一つの質量は、それこそ小さなバケツ一杯分にも相当するほどの量がある。

……対峙する傭兵たちは、さながらモーニンググローリーの中心を覗いているかのような錯覚に囚われているだろう。見ようによっては、巨大な蛇を従えているかのようにも見えるかもしれない。

その圧倒的な災害を目にした団長ガロは、ローハイムが生み出したそれを絶望の表情で見上げる。

そして、呆然としながら、まるで油を差し忘れたブリキ人形のようにぎこちなく首を動かして口にする言葉は。

「【水車】の、魔導師……」

「正解だ。だが、その答えを出すには遅きに失したね。もう少し早ければ、万に一つ、私の【水車】から逃げおおせることもできたかもしれない」

ローハイムは団長ガロの絶望に容赦ない追い打ちを掛けたあと、ため息のように言葉を零す。

「彼我の戦力から見ても、少々過剰すぎるとは私も思う。だがね、王家の威光を示すには、これくらいのことはしておかないといけなくてね――さあ喜ぶがいい。クロセルロードの新たなる王統の礎になれることを」

「ひ、ひぃっ！」

あまりに絶望的な状況に、傭兵団は残らずその場から逃げだそうとする。なりふりなど構わずに。

しかし、ローハイムの暗渠《あんきょ》に囚われている以上は、彼らが逃げ出せる可能性など微塵も残されていなかった。

そして、

「……王家に逆らう愚か者どもよ。遥か彼方の言理の螺旋に還るがいい」

――【水車操者《ヴァーハ・レイ・ディーネー》】

ローハイムが、掲げた手のひらをゆっくりと振り下ろす。

鍵となる言葉が放たれると、それに合わせて、巨大な渦が一度だけ大きく震動。螺旋の口がその大《おお》顎《あぎと》を開けたまま、直線上にいたすべてを呑み込みに走り出す。

容赦も仮借もなにもない災害。

わずかな暇もなく到達する渦の端。

戦の激しさを耐え忍んでいた草が根こそぎ引き抜かれ。

踏み固められていた地面さえ軽々しく抉《えぐ》られて巻き上げられる。

当然、ひとところに根を張らぬ傭兵団などに、それを耐え凌ぐ術はない。

傭兵団はおろか、その後方一帯にいた兵士たちまでもが、永劫《えいごう》とも思える巨大な水車の回転に呑み込まれたのだった。

ギリス帝国

ギリスていこく

大陸北西部にある巨大な国家。ライノール王国の数倍の面積の国土を持ち、人口も比較にならないほど多い。魔法技術よりも工業技術に力を入れており、大量生産を重視している。列強の一つであり、現在多数の国に侵攻しているすごく帝国帝国している国家。王国が戦っているのは帝国南部方面軍。国家元首はリヒャルティオ・ギルランディ。

黒豹騎

こくひょうき

ギリス帝国南部方面軍の中でも選りすぐりの騎士たち。作中ではあまり目立たなかったが、一般兵なら十人がかりでも敵わない実力を持つ。黒い鎧を身に付け、騎乗する馬の鎧も黒に統一している。

ラスティネル家

ラスティネルけ

ライノール王国西部の一帯を治める地方の君主家。君主家として独立した裁量を持つものの、クロセルロード王家に臣従しているため、王国の傘下にある。西部に領地を持つ多くの地方領主をまとめている。銀山が主な収入源。現当主は〈首狩りの魔女〉や〈馘首公〉とも呼ばれるルイーズ・ラスティネル。

第三章
「あの願いを守るために」

Chapter3 To Protect the Wish

雲が風脚の速い西風によって運ばれ、晴れ渡っていた空はいつの間にか見る影もない。

灰色の天蓋が日光を遮っているせいで、日が最も高くなる午後の時間帯でも、辺りはどんよりとした陰鬱さに囚われている。

そんな暗澹《あんたん》とした兆しは、これから起こる何かしらを暗示しているのか。

——アークスは、セイランや近衛たちと共に、すでに戦場から離れていた。

場所は、討伐軍後方、平原東側にある森と森を切り裂くように造られた街道だ。

平時は大型の馬車なども通るため、道幅は広く、よく均《なら》され整備されている。しかし、街道両脇には背の高い木々が鬱蒼《うっそう》と茂っており、道以外の部分の開拓は進められていないため、広いはずの道幅がどことなく窮屈に感じてしまうのは……やはり錯覚なのか。

曇天も相俟ってか、木々の間から、すぐにでも陰鬱な闇が漏れ出してきそうなほど、仄暗い道行《みちゆき》。

現状、護衛の数は十騎と、最低限の数しかいない。

その分、多くの近衛を戦場に残しているため、戦の結果に対する憂慮もなく撤退することができている。

戦はもともと討伐軍が勝勢であり、あと必要なものは勝利までにかかる時間だけだ。

ここから覆される可能性は一切ない。

だからこそ、この胸に兆したざわつく不安の正体が、いまもわからないでいるのだが。

隊列の構成は、前に三騎、両脇に二騎、後方に五騎。その中心に、自分とセイランが馬を走らせているといった状況である。

後方に設置した陣に向かう中、ふとセイランが話しかけてくる。

「余の偽物を用立てるとは、いつか聞かされた策を思い出すが……まさかこんな風に使うことになるとはな」

「はい」

「アークス。そなたはあの即席の張り子が、余の代わりを見事果たせると思うか？」

「可能だと存じます。他の誰にも知られなければ、殿下は最後まで戦場にいたということになりますから」

「ふむ……」

「……？　失礼ながら、殿下にはなにか憂慮がお有りなのでしょうか？」

ふと、セイランの声音に陰りがあるのを感じ取り、そんな訊ねを口にする。

面紗《ベール》越しに漂ってくるのは、何かしらに悩むようなそんな気配。

しかし、答えはすぐに返らなかった。いままでは言い淀むことなく、常に明瞭な答えばかりを返していたセイランにしては、随分と答えに時間を掛けているといった印象だ。

やがて、

「アークス」

「なんでしょうか？」

「そなたは本当に、あの判断が正しいものだったと思うか？」

「それは撤退のことについてでしょうか？」

「そうだ。そなたの考えを申してみよ」

セイランは、改めて他人の口から聞きたいのか。

もしやセイランも、自分と同じように茫漠《ぼうばく》とした不安を抱いており、それを払拭したいのかもしれない。

「では、畏れながら……状況的には、殿下の撤退は手堅い策だと思います。ポルク・ナダールの狙いも殿下でしたし、帝国が狙うとすればやはり殿下以外にないでしょう。そのような策謀が戦場のどこかしらで蠢《うごめ》いているのであれば、戦場から殿下を引き離せば、その策を事前に挫《くじ》くことになります」

「帝国の策がナダール軍の敗勢を覆すものだとは考えられぬか？」

「あの状況を一変させるには、それこそ討伐軍と同程度の兵数を補充しなければならないでしょうし、よしんばそうだったとしても、帝国にはそうまでしてポルク・ナダールを勝たせる理由がありません。むしろ関与を疑われぬため、劣勢になった時点で早々に見切りをつけるのが上策だと考えられます」

「そうよな……余もそう考える。そうは考えるのだがな……」

「……？」

セイランは、己に言い聞かせるように言葉を漏らす。

そんな言い回しを怪訝に思っていると、セイランは問わず語りに言葉を口にし始めた。

「……臭《にお》いがな。臭いが取れぬのだ」

「臭い、でありましょうか？」

「そうだ。戦場にも、もともと妙な臭いが漂っていたのだがな、ここに来てその臭いが一際強くなったのだ」

「その臭いというのは、重要なことなのでしょうか？」

「うむ」

何故かセイランは、論理的な説明ではなく、臭いというものに拘泥《こうでい》しているらしい。

だが、臭いはどこにいてもするものだ。屋外ならば土の臭い、草花の香り。屋内ならば建材や調度品の発する臭いなど。戦場ならば当然、血の臭いがまず挙げられる。

しかしセイランの言葉はそういった臭気に触れるものではないし、戦場から離れたいま、そんな臭いがするはずもない。

別種の何かを暗示するような言葉のその核心に触れようと、訊ねを口にする。

「殿下、その臭いとは、一体どんなものなのでしょう？」

「葉巻……いや、紙たばこだ」

「紙たばこ？」

こんな場所で、そんな臭いなどするはずもない。当然、戦いの最中に近衛が紙たばこを吸うことはないし、喫煙の嗜好《しこう》があったとしても戦場に持ってきている者はいないはずだ。

やはり、何かがあるのだろう。

そんな風に考えた、そのときだった。

「――セイラン・クロセルロード！　覚悟ぉおおおおおお！」

「――!!」

「――⁉」

突如として聞こえてきたのは、命を狙うことを目的とするそんな声。それが右横合いから襲いかかってくると同時に、何者かが猛《たけ》りを発して、木々の中から馬と共に飛び出してくる。

数は――一騎ではない。五、六騎がまとめて、槍を前方に突き出しながら突撃してきた。

「帝国のっ……」

「こんなところで奇襲だと！」

「っ、全員！　殿下をお守りしろ――ぐぁ！」

それに対する近衛たちの動きは素早かったが、当然対応が間に合うはずもない。

自身やセイランは咄嗟《とっさ》に馬を急がせて突撃から免れたものの、襲撃者が現れた方の側面を守っていた近衛は、突撃をまともに受けて撥ね飛ばされてしまった。

「殿下！　ご停止を！」

「くっ、前にもか⁉」

セイランがそんな声を上げ、馬に制止を掛けたその直後、右前方の木々の隙間から騎兵が現れ、こちらの進路を塞ぎに掛かる。

当然こちらは止まらざるを得ない。急な制動のせいで馬が嘶《いなな》きの合唱を上げる中、近衛はセイランを守るため、すぐさま馬を寄せて守勢に入る。

……森の中から現れたのは、二十余名にも及ぶ騎兵の部隊だった。

人馬共に重装であり、しかもそのすべてが、黒い鎧を身にまとっている。鎧も黒。馬も黒。武装も黒。すべてが真っ黒に染まった漆黒の騎兵部隊。

そのうえ、胸当てには帝国の兵士であることを示す紋章が据えられている。

――一体なぜ、こんな場所で。

そんな言葉が、頭の中を占拠する。

襲撃者である帝国騎兵は、こちらの隊列の横腹を突くように一当てしたあと、即座に別の部隊が前方の進路を塞ぎ、後方の退路までもが塞がれた。

この動き、こちらが退却することを想定していたとしか思えない。

どういうことなのか全貌は掴めないが、いまはそんなことを悠長に考えている暇はなかった。

「ちぃ――《降り落ちる槍。殺意の閃光。眩《まばゆ》き黄金。愚かなる者は地を這いつくばりては塗炭《とたん》にまみれ、金色の槍が前にその身を捧ぐ。律せよ。滅せよ。天より下されし絶叫よ！》」

帝国兵の襲撃に対し、セイランが即座に魔法を唱えにかかる。すぐに発光と共に稲妻が迸るが、帝国兵はそれを見越していたのか、馬に素早い動作を促して、魔法発動前に散開。それを見事回避してしまう。

動きがいい。良すぎるほどに。これまで見てきたナダール軍の動きなどとは比べものにならないほど、馬の動かし方が卓越している。

これが、帝国の騎兵なのか——

「殿下！　これは帝国の黒豹騎です！　ご油断召され——ぐはっ⁉」

注意を促した近衛の鎧を、矢が貫通する。

見れば、部隊後方の騎兵が一回り大きな弩《いしゆみ》を構えていた。

「っ……皆、余に構うな！　自分の身を守れ！」

セイランは叫ぶと同時に、すぐさま乗っていた馬から下りて、その陰に身を隠す。

弩から矢が放たれた。あたかも横殴りの雨のような射の連続が、セイランを守る近衛たち、そして自分にも襲いかかる。

呪文での防御は——間に合わない。

「くそ、このっ……うわっ！」

放たれた矢を避けるために、馬を動かす。

矢のほとんどはセイランや近衛に集中して向けられていたため、かわすことができたが、それでもいくつかが馬に当たってしまう。

馬の足の均衡が崩れ。

馬の悲壮な嘶きが上がる。

——足が崩れる。そう悟った瞬間、馬がくずおれるその勢いを利用して、馬上から転がるように飛び退いた。ざ、ざ——と地面を靴で擦過する音と、砂煙に巻かれる中、なんとか勢いを殺して着地することはできたものの、今度はセイランとの間に距離ができてしまう。

見れば、守勢に回った近衛の幾人かも、落馬している。

直後、帝国騎兵の中で指示が飛んだ。

「――まずは近衛だ！　近衛を倒しきれ！　矢をすべて使ってもかまわん！」

敵の動きは迅速だった。

残った近衛たちに、ありったけの矢が打ち込まれる。

「っ――！　トライブ！　頼む！」

即座に、腰に提げていたスチールランタンの窓を開ける。

そこから蒼褪《あおざ》めた炎が飛び出すと、青い光跡を引きながら、いびつな狼の姿を形成する。

身体は霞に包まれたように幽玄で、足は八つ。

その瞳が、赤い輝きの残像の尾を引いて飛んでくる矢を迎え撃った。

矢玉はトライブに吸い込まれると、燃えるかのように消え果てる。

「なんだあれは！」

「狼だと……？」

「構わず撃て！　集中しろ！」

だが、いかんせん飛んでくる矢玉の数が多すぎた。

トライブ一体では飛来する矢玉は防ぎきれず、残っていた近衛も次々と落馬。息がある者が多いが、矢による怪我で満足に動けない。

聞こえてくる呻き声と、セイランへの逃走を促す言葉。着地したトライブは帝国兵を見て低く唸っている。

……ほぼ一瞬だ。一瞬のうちに、護衛に付いていたすべての近衛が倒されてしまった。

残ったのは、自分とセイランのみ。

しかもこちらは馬を失ったことはおろか、セイランとの間に距離まである。

状況は、これ以上ないほど最悪だった。

(くそ――)

ぎりり、と奥歯を噛み締めた音が頭蓋に響く。

絶体絶命のそんな中、帝国軍の指揮官らしき男が、前に出て下馬する。

他の騎兵と同じく黒の鎧に身を包んだ、すらりとした美丈夫だ。

年の頃はおそらく、二十代前半から半ばに掛けて。

どこにでもいるような地味な姿であり、集団にいると埋もれてしまいそうな見掛けだが。

薄青い瞳には力強さが宿っており、誠実な性格を思わせる。

指揮官の男は兜を脱ぎ、その場で、略式ではあるが帝国式の礼を執った。

「セイラン・クロセルロード王太子殿下に、初めて御意を得ます。私はギリス帝国南部面軍所属、デュッセイア・ルバンカ。南部方面軍では、副将の位をいただく者です」

セイランには、その名前に覚えがあったのか。

「……知っている。〈剛騎〉デュッセイア。もとは、帝国と敵対していた氏族の出だが、その勇猛ぶりを皇帝に評価され、軍内で高い地位を与えられた男……そうだな」

「名高き王太子殿下に名を知られているのは光栄と存じます」

セイランの口ぶりを聞くに、どうやら有名な将らしい。

しかし、そんな将がこんな場所に、狙い澄ましたように待ち構えていたということはつまり、帝国は初めからセイランにのみ狙いを絞っていたということになる。

問題は、何故帝国がセイランの撤退を読み切ることができたかだが——しかし、帝国兵はその答えを出す猶予を与えてはくれなかった。

「余の首を狙うか」

「ええ。畏れながらその首、頂戴いたします——皆、決して油断するな！　騎馬で取り囲み一斉に打ちかかれ！」

「…………」

「っ、殿下っ！」

叫びを上げる中、セイランが騎兵たちに取り囲まれる。

トライブに指示を出そうと試み、黒い槍が一斉に突き出されんとしたそのみぎり、周囲の空気が一気に色めき立った。

「——はっ、このような攻撃で、余を害せるなどとは思い上がったな下郎ども！」

響き渡るセイランの怒号。

セイランが中華風の剣を振り払ったその直後だった。辺りに剛風が駆け抜け、いままさにセイランを害そうとしていた帝国騎兵が馬ごと大きく吹き飛ばされる。

「なんだと――⁉」

「な――⁉」

自分の驚きとデュッセイアの驚きが重なる中、セイランが黒衣の裾を払うように翻し、剣を地面に突き刺す。

稲妻さながらの轟音が響くと共に、地面に地割れのような罅《ひび》が入り、小規模な地揺るぎが辺りに巻き起こった。

セイランが堂々と正面に構える姿を見せて、声高らかに吼える。

「余をなんと心得るか！　クロセルロード王家が神子《しんし》、セイランなるぞ！　このような些末な攻めでは余に毛筋の傷一つ付けられぬことと知るがいい！」

威厳を持った声が、四周《ししゅう》にさながら衝撃波の如く走り抜ける。

この絶体絶命の状況の中、敵兵を堂々と喝破《かっぱ》するその姿には、まさしく王者の風格があった。

「この場で剣を放すか――」

セイランが地面に剣を刺したことを好機と見たのか。吹き飛ばされた帝国兵の一人が、セイランに対する敵意を剥き出しにする。

そのまま、すぐにでも攻めかかろうというのだろう。

「待て！　油断するな！」

デュッセイアが慌てて叫ぶが、しかしその制止の声は遅すぎた。

《――鈞天《きんてん》より招き至る、七つの剣《つるぎ》よ降り落ちよ。剣は輝き、光ひらめきを以てあまねく敵を打ち砕く。打ち鳴らしの鼓《つづみ》の前に、夜光の雲は切り裂かれよ。天震わせる絶叫の嚆矢《こうし》が前に、霞も靄《もや》も消え失せよ。混淆《こんこう》し汚濁し交叉し、雷鳴を讃える者の呼び声を彼方にして、万雷の剣よこの手に宿れ！》

デュッセイアの声が届くよりも、帝国兵が攻めかかるよりもさらに早く、セイランの呪文が完成する。

詠唱によって生まれた【魔法文字《アーツグリフ》】が、セイランの手のひらの上で青ざめた色を伴って回転すると、やがてそれは閃電《せんでん》を断続的に弾けさせながら輝く球体に変じていく。セイランが手鞠大になった光球を、さながら弓を引き絞るかのように引き延ばすと、光球はバチリバチリと弾けるような音を伴いながら、剣の形に固定。そんな中も、青白い稲妻に触発された塵埃《じんあい》が浮き上がり、やがて青みがかった霞が空気に雑ざり始める。

辺り一帯に立ちこめる青臭い刺激臭。

オゾンの毒性で喉の奥にピリピリとした痛みが現れ始める中、聞こえてきたのは。

――【雷公剣】

魔法の完成と共に、セイランがその手から雷鳴の剣《つるぎ》を放つ。

直後、摂氏三万度にも達した高温の空気が衝撃波を作り出し、あらゆるものを吹き飛ばす。空気の壁を突き破った稲妻の先鋭は白霞のような衝撃を四周にまき散らして、セイランが狙い定めた場所へと貫通。先ほどの雷撃を遥かに超える威力が地面に突き刺さると、稲妻は周囲に大きく拡散した。

敵意を剥き出しにした帝国兵を含む幾人かが、その放電のただ中に巻き込まれる。

死の間際に人が上げる断末魔の絶叫はおろか。

感電が引き起こす断続的な震えもない。

帝国兵はただ一度の震えのみを最後に、地に伏した。

その様を眺めながら、地面に突き刺した剣を鷹揚《おうよう》に引き抜くセイラン。剣によって発した衝撃に続き、圧倒的な力の発露だが、しかし帝国兵の戦意は衰えず。

再度セイランを取り囲もうと動き出す。

セイランも、それを迎え撃とうと動くが。

(いや、見とれてる場合じゃ――)

気付のような自戒が心の中に生まれた直後、援護に入るために走り出す。

地面を蹴って、急いでセイランのもとへと向かおうとするが……そこに帝国兵が立ちはだかった。

「ガキが！　邪魔をするな！」

「くっ……！」

振るわれる黒い槍。

正面から襲い来るそれを、剣を寝かせて受け止めるが、膂力《りょりょく》に物を言わせた打ち込みのせいで大きく吹き飛ばされてしまった。

転がり、膝を突く中、自分を排除しようと帝国兵が槍を構えて襲いかかってくる。

動きが速い。いつかの傭兵頭など比較にならないほどの俊敏ぶり。

一番短い呪文でも、間に合わない。
剣は取り落としてしまった。
回避ができる体勢でもない。
「お前もこれで終わりだ!!」
終幕を告げるそんな言葉が、上から覆い被さってくる。
終わり。
帝国兵は確かにそう言った。
終わりだと。
これでこの人生も、幕引きなのだと。
(…………これで終わり?)
死に際に、ふいに湧き上がったのはそんな疑問だ。
こんなところで死んでしまっていいのか、と。
こんなところで終わりにしていいのか、と。
魔法を覚え。
魔力計を作り。
それを国定魔導師たちの前で発表し。
今度は王太子セイランに謁見するまでに至った。
まだまだ、自分アークスの人生は始まったばかりではないか。

これから不遇な生まれを打開するため、さらに踏み出して、より良い生を掴むはずなのに。

ここで終わったら、これまで頑張ってきたものが、応援してくれた人たちの期待が、すべてすべて水の泡になるではないか。

クレイブが、リーシャが、ノアが、カズィが、シャーロットが、そして、スウがいる。

支えてくれたみんなの思いを裏切りたくはない。

助けてくれたみんなの思いを無にしたくはない。

もちろん自分の思いだってそうだ。

これで終わりになど、できはしない。

だから――

「まだだ……こんなところで、こんなところで終わってたまるかよっ……」

腹の底から、絞り出すようにそう叫ぶ。

終わらせるわけにはいかないと。

ここで死するわけにはいかないと。

そう心の中で吼え声を上げたとき、己の身体が、燃えるような熱を帯び始めたのだった。

――幕切れが差し迫る中、唐突に身体を襲った熱は、そんな理不尽に対する怒りだったのかもしれない。

身体が熱い。熱すぎるほどに。

風邪を引いたときなど、比較にもならないほどの熱量だ。

いつかレイセフトの家で熱を出して、寝込んでいたときのよう。

こんな鉄火場に置かれたせいで、身体が悲鳴を上げているのか。

それとも、死ぬという事実に心が堪えきれず、壊れ始めているのか。

まるで全身が燃えているかのように、体温が信じられない速度で上昇していく。

このまま動けば、二度と身体が動かなくなってしまうかのような、そんな危惧さえ抱いてしまうほど、この身は熱に囚われていた。

——身体が焼けついてしまうかもしれない。

——身体が燃え尽きてしまうかもしれない。

そんな怯《おび》えが、囁きとなって己の心を引き締めていく。

取り返しのつかないことになるのではないのかと。

死んでしまうのではないのかと。

だがそれでも、ここで負けてはならないのだ。

そう、ここで負けては、これまで積み重ねてきた努力のすべてが、泡のように消えてなくなってしまうのだから。

侯爵邸で戦ったあのときに、諦めないと言ったのだ。足掻《あが》いてみせると言ったのだ。

ならば、この両腕が灼け落ちる最後の瞬間《とき》まで、己は抗《あらが》わなければならないのだ——

そうして己の心に活を入れ直した瞬間、身体に帯びた熱が、さらにその温度を高めていく。

しかし、なんとなくではあるが、自分はそれが悪いほてりでないように感じ始めていた。

その証拠に、身体の熱に反比例するように、思考が徐々にクリアになっていく。

それはまるで、いまここにある自分の身体を、別の場所で操っているような、自分を俯瞰するかの如き不思議な感覚。有名なアスリートたちが経験したという、ゾーンと呼ばれる極限の集中のただ中にでも置かれたようでもあった。

ぼんやりとした空気の中で与えられた、ほんのわずかな猶予。目の前に見える帝国兵の動きは、水中に放り込まれたかのようにゆっくりと停滞している。

その間に、いまの自分に残されている手段を模索して――意外とすぐに見つかった。

体内に秘していた【錬魔力】を即座に右拳に移動させて、右腕を振りかぶる。

相手は槍持ち。間合いの関係上普通ならば当たるはずもないが、しかしこの拳が空振ることは決してない。

――遠当て。それがこの攻撃の正体だ。以前にラスティネル領都の倉庫で魔導師に使い、その身体をくの字に折ったのも、この技である。

叩き込む場所に狙いを定める中、ふいに帝国兵の口元がゆがんだのが見えた。

どうやら苦し紛れの抵抗と嘲笑《わら》ったらしいが、しかしその想像は空想だ。

右拳を振り抜いたその直後、帝国兵は顔面に【錬魔力】の強烈な衝撃をもろに受ける。防御する術はない。そんな想像さえ働かない。だからこそ、帝国兵はその場でぐらりとよろめいた。

直後、その帝国兵にトライブが飛び掛かった。

「ＧＵＲＲＲＲＲＲＲ!!」

トライブが、首筋にがぶりと噛み付く。

帝国兵は絶叫を響かせて、それでもなんとか倒れず踏みとどまった。

だが、そこから生まれてくる隙までは殺しきれなかった。千載一遇の機会を利用し、一瞬取り落とした剣を再び持ち直して跳躍、帝国兵の首を袈裟《けさ》斬りの要領ですれ違いざまに斬りつけた。

「ぐぎゃっ」

重い水袋を斬ったような手応えと音が伝わり、悲鳴ともつかない声が聞こえてくる。

ぱっくりと割れた首筋から一気に噴き出す鮮血を後ろにして、剣に付いた血を払う。

背後から聞こえてくる、絶命を示すどさりと倒れ込んだ音。

これで、一人減った。しかし帝国兵はセイランが倒した分も合わせても、まだ三十人以上はこの場に存在している。林の奥にも、どれだけの数を伏せさせているかわからない。

まだまだ、この窮地を切り抜けるには道のりは遠くあった。

一方で、仲間が倒れたのを見咎めたのだろう、後方にいたらしい魔導師の一人がこちらを向いて呪文を唱え始めた。途切れ途切れに聞こえてくる【古代アーツ語】の単語と成語。【風よ】【ガウンの嘆き】【狂える叫びに招かれて】。それらから考えるに、これは風の魔法だ。呪文の流れからしておそらく、エピックは【精霊年代】から抽出、文言は七節以上のものとなる。

距離があるからと不用意な判断を下したのか、呪文が無駄に長いのは、この場では致命的とも言える手落ちだろう。

そんな魔法に対し、こちらが重ねる魔法は、

《――風。陣。連。衝。砕。空。破。風よ鉄輪を成せ》

――旋風発生型攻性魔法【太刀風一輪《ハイブレイド》】

これはラスティネルの領都にある倉庫内にて、敵魔導師が使った魔法だ。つながりのない単語を重ねすぎたせいで呪文強度はひどく甘いが、魔導師が魔法を行使する前のこの状況ならば、使用に耐えうる範囲だろう。

天に指さして、輪を回すように空気を撹拌《かくはん》。

風圧に影響されて周囲に舞い上がった土煙を横目に、いまもって【古代アーツ語】を紡ぎ出すその口めがけ、風の戦輪を撃ち出した。

「はや――」

幾条もの風塵の尾を糸のように後ろに引いて、風の戦輪が回転する。地面を引っ掻き、空を跳ね飛び、不規則な動きをもって差し迫るは魔導師が佇立《ちょりつ》する場所。

魔導師の驚愕に染まった言葉は口から紡ぎ出されるその前に、その身体と共に戦輪に切り裂かれてバラバラになって吹き飛んだ。

――残り、約700マナ。

次いでこちらに敵意を向ける帝国兵がいないことを確認して、セイランを倒すために動いた帝国兵

の横合いを突く方針に目的を転換する。

ふいに、一人の帝国兵の武器が目に入った。黒い槍の穂先に刻印。武器に火の力を与える【怒り】と【火者】の刻印が施されている。

これは、ちょうどいい。

《――川場の粉ひき。小麦の粉ひき。手際は悪く、要領悪く。そのうえ横着だから手に負えない。結局麦粉は煙となって舞い散った》

――煙幕撒布型助性魔法、【水車小屋での失態《エクスポージャーダスト》】

これは、ただ粉を撒いて、煙幕を生み出すだけの魔法だ。

これ自体に攻撃力はないし、小麦粉の煙であるため容易に払うことが出来る。

そのうえ呪文はネガティブな単語でまとめられており、果ては失態の名が入るという粗悪なもの。

だが、この場においては、その手際の悪さや粗悪さは喜ばしいことこの上ない。

魔法が発動すると、セイランに襲いかかろうとしていた帝国兵を包み込むように、小麦の粉がもうもうと立ち昇る。

それらは風向きに影響されて、控えていた帝国兵のところにまで及んでいき、この場の帝国兵の大半を抱え込んでしまった。

「煙幕だ！」

「ひるむな！　吹き飛ばせ！」

帝国兵は煙幕を嫌がり、払いのけようとする。

粉の量が多いため、吸い込むことを恐れて魔法は使えず。

不用意に煙幕から逃げればセイランに倒されるため、ままならない。

そのため、どうしても手や武器で払うしか手段はない。

当然、先ほどの刻印武器を持ったあの兵士もそうだ。

反射的にかは知らないが、火の刻印を刻んだ武器を振るう。振るってしまう。

そう、あまりに不用意に。

瞬間、黒い槍が発した火の粉が小麦粉に引火し、白い煙幕が鮮やかに染まる。爆発音と共に、耳から音が飛んでいき、駆け抜けてくる衝撃波。炎は可燃性のある粉末に連鎖するように引火し、やがてそれは巨大な火柱へと変じていった。

発生した上昇気流が渦を巻き、小規模な炎の渦を作り出す。

煙幕の爆発的な燃焼のただ中に閉じ込められた帝国兵に、そこから逃げ出す術はない。

鎧も、悲鳴も、肉体も何もかもが燃やされて、炎が燻《くすぶ》る臭いと肉の焦げた臭いが漂ってくる。炎の中に見えるのは、やはり黒い人影ばかり。

帝国兵たちは、まったく阿鼻叫喚《あびきょうかん》のただ中だ。

……粉塵爆発が起こるのには複数条件があり、これを人為的に起こすのは意外と難しいことで知られる。当然、粉末と火種があれば簡単にできるようなものではないのだが、この魔法は水車小屋での事故を再現したもの。

それゆえ水車小屋で起こる可能性のある事故は、どうあっても起こしやすい傾向にあるという『欠陥』を備えているのだ。

……多くを巻き込んだかと思ったが、デュッセイア他、ほとんどの部下は、炎上の難を逃れたらしい。やはり自然現象を利用するため、【矮爆《ドゥワーフスター》】の魔法とは違って確実性に欠けてしまうのがこの戦法のままならないところか。

やはり魔力が少ないというのが残念で仕方がない。

——残り、670マナ。

生き残った帝国兵が何かしらを喚《わめ》いているようだが、いまは爆発の影響で聞こえないし、聞く必要もない。どうせ「殺せ」だの「倒せ」だの物騒な言葉しか出てこないのだから、つぶさに聞いたところで意味がない。

そんな混乱の中、ぼそりと指示を呟いて、林の方にトライブを先行させる。

幽霊犬の疾走に、木立の陰に隠れていた帝国兵たちが恐慌の叫び声を上げた。

「なんだこいつは！」

「とっ、トライブだ！〈死者の妖精〉の猟犬っ!!」

「く、来るな！来るなぁ！」

「う、うわぁあああ!!」

帝国兵に爪が襲いかかるが、傷口は生まれず。

まるで魂だけ刈り取られたかのように、力なくくずおれる。

トライブは実体、非実体の切り替えを可能とする。そのため防御もままならない。

トライブがすり抜けて去ったあとは、倒れるのみだ。

これで、弓矢を気にせずにすむだろう。

待ちに入っていると、帝国兵がこちらに向かって突進してくる。

それに対してこちらは――そのままその場に立ち止まったまま。

できるだけ脱力して、疲れ果ててしまったように立ち尽くす。

よろめき、バランスを崩して見せることも忘れない。

不動にして、ただひたすらに黙ったまま。

だからこそ兵士は、勝利を疑いもしなかっただろう。

なんの憂慮もなく、間合いに踏み込むことができるのだから。

「これで終わりだ――」

「アークス!!」

セイランの叫びと共に、耳に音が戻ってくる。

しかし、なんら危惧するようなことはない。

無防備にしていれば、敵の攻撃は大振りになる。確実な殺害を期するために、けん制などもしなくなるのだ。

だから兵士は、自身が頭に思い描いた通り、その場で槍を大きく振りかぶってくれた。

そんな隙だらけの兵士の口元に向かって、鷹揚に手をかざす。

そこから、大事な何かを奪うように。

《――奪え。奪い去れ。奴の致命となるように。あらゆる吐息はこの手の前に絶え果てよ。酸の源を攫《さら》う手のひらよ、お前は吸気の収奪者》

――酸素収奪系攻性魔法【絶息の魔手《リバーサル・エアリア》】

呪文を唱えたその直後、息を奪われた兵士が昏倒する。

突撃の勢い余って地面を転がり、そのままピクリとも動かなくなった。

【魔法文字《アーツグリフ》】の動きも少ないせいで、他の者は手をかざしただけで倒れたように見えただろう。

この昏倒の正体は酸欠だ。

酸欠は息が出来なくなるから起こるのではなく、空気中の酸素濃度が薄まることで起こる現象だ。

吸い込む空気の状態が変化するだけで、人間は一瞬で倒れてしまう。

……人間にこれを防ぐ手立てはない。人体の酸素供給は肺胞と血液のガス交換によって行われるものであり、それが『交換』であるがゆえに、交換が行われると空気中の酸素と血中酸素が瞬時に入れ替わってしまうためだ。生命活動に必要な濃度が、空気を吸い込む量のいかんにかかわらず、変化してしまうのだからすでにどうすることもできないのだ。

息を止めれば大丈夫など、これはそんな考えを持つ以前の問題。

人体の穴を突いた攻撃である。

また一人兵士が倒されたことで、小さな戦場が一瞬、しん、と静まり返る。

いつの間にかデュッセイアを含む残ったすべての帝国兵たちが、こちらに敵意を向けていた。いまだけ、いまだけセイランのことを眼中から外して、ありったけの殺意をぶつけてくる。

――残り、５７０マナ。

さて次はどうするだろうか。

直近で倒した以上、警戒するため積極的に近寄っては来ないだろう。

なら、飛び道具に訴えるしかない。

だから、それを見越して口を動かす。

「残った矢を番《つが》えろ！　いしゆ――」

《――動くものを許さない。飛び交うものも許さない。人も鳥も、獣も虫も、逃れられない星の戒め。井戸よりの引き手はいついかなるときも強欲なり》

――重力積層式助性魔法【井戸よりの引き手《グラビティウェル》】

デュッセイアの口から指示が飛び出すその前に、前倒しした呪文の詠唱を完了させる。

バイオレットカラーの【魔法文字《アーツグリフ》】が前方の空間に広がって渦を巻き、やがてその中心に底の見えない穴が空く。

果たして、覗けば奈落か深淵か。

高重力の空間に差し掛かった矢玉は、倍増しになった重力に抗えず、その勢いを減殺。こちらに向かって飛来する矢玉のすべては、到達する手前で力なく墜落した。

――残り、450マナ。

さて、これでいよいよ心許なくなった。あとは消費の少ない部類の魔法が一回と、【磁気揚羽《マグネティックフォース》】と【輪転する魔導連弾《スピニングバレル》】を一回ずつ使えればいい方か。余裕はない。むしろ、すべて倒すには到底間に合わない量だ。

やはり、魔力が少ないのが悔やまれて仕方がない。

「な、なんだあのガキは……」

ふいに聞こえてきたのは、恐れの交じった驚きの声だ。

だが、そんなものはどうでもいい。いまはこの少ない魔力の量でどうやってここを切り抜けるかそれだけが、自分が常に固執しなければいけない事柄なのだから。

行き先は……まだ遠い。

自分が行き着かなければならない場所に目を向けて、ふいにそんな言葉が思い浮かぶ。

セイランのもとまでほんの少しのはずなのに、いまはどうして遠くに感じて仕方がなかった。

突撃してくる帝国兵たち。先頭に一人、その後ろにもう一人。計二人。

どうやら、まだ舐められているらしい。

先頭が、自分めがけて剣を振るってくる。

だが、生ぬるい。伯父の剣撃や男の世界の老爺《ろうや》の剣に比べれば、どうしてこれが鋭いと感じられるのか。横薙ぎの剣閃を、わずか後ろに下がって回避して、すぐにすり抜けるように横合いへ。的が小さいため、帝国兵は一瞬姿を見失ったか。このときばかりは背が低いことに感謝しつつ、帝国兵の右足をゴルフスウィングの要領で刈り取った。

膝から下の部分が、悲鳴と共に宙へと打ち上げられる。

だが悠長にしてはいられない。

今度は飛び散る血液を追い越す勢いで、後続、二間《三メートル》強先にいる二人目に剣の切っ先を突き込んだ。

「なに――かはっ⁉」

驚きの声は、神速の右片手一本突きによって止められた。

距離を一瞬にして詰めた技術の正体は、以前から練習していたあの動きだ。

男の世界の読み物にある、相手との間にある距離をゼロにし、一瞬で間合いに踏み込むという歩法のもどきだ。まだ『もどき』だが、それでも敵からすれば、目が追い付かないほどではあったらしい。

帝国兵はなんの抵抗もできないまま。

鎧の隙間を縫うように突き刺され、突撃の勢いを受けて吹き飛んだ。

――かんなれ。

そう、かんなれだった。

いつか聞いたそんな言葉を思い出していると、デュッセイアの声が聞こえてくる。

「分散して掛かろうとするな！　囲んで殺せ！」

そんな指示が上がる。今度こそ自分に全力を注ごうと言うのだろう。

先ほどセイランにそうしたように、まとまって囲い込もうという算段だ。

――だがそのおかげで、ちょうどよく兵士たちが周りにまとまってくれた。

《――水が欲しい。いますぐ欲しい。我らの田畑に、天よりの恵みよ降り注げ》

詠唱後、天に手をかざすと、水色の【魔法文字《アーツグリフ》】が空へ空へと昇っていく。

やがて水色の【魔法文字《アーツグリフ》】と入れ替わりに、空からバケツをこぼしたような水が辺りに降り注いだ。

水が、撒かれた。そう、水だ。単に水を撒くだけの、それだけしか効果のない魔法。

だが、その場にいた帝国兵のすべてが、絶望に顔を青褪めさせる。

「みっ、水っ……!?」

「ち、散れぇえええええええ!!」

デュッセイアの怒号が響く。この状況において、水を浴びるということが、どれほどの危殆《きたい》を招くのかを、彼らは正しく理解しているのだ。電気の原理を理解していなくても、永く王国と戦争を行ってきた帝国の兵士だからわかることなのかもしれないが――

そう、いまここには、雷鳴の魔法を操る人物がいるのだ。

「殿下」

頼むように声を掛けると、セイランから「よいのか？」と言うように視線が向けられる。それにしっかりと頷いて応えると、セイランが呪文を唱え始めた。

帝国兵がセイランの方を向くが、いまから止めようとしても間に合わない。

当然だ。帝国兵の殺意のすべては、自分に対して向けられていたのだから。

だからといって、通電を回避するため、水から逃げることも叶わない。

当然だ。水は田畑に撒布するように、広範囲をカバーするよう撒いたのだから。

辺り一面びしゃびしゃになったそんな中、

《——轟け。叫べ。龍王の意のもとに、眩き光が貫き通す》

聞こえてくるのは、短い詠唱。

電気を伝えるためだけであるため、長い呪文を使う必要はない。

セイランの手から発せられた稲妻は、即座に水に通電。

帝国兵に、稲妻が足下から浴びせられる。

聞こえてくる、魂《たまげ》消るような悲鳴の数々。絶命し、水溜まりに倒れ込んでも、いまだ稲妻の蛇が獲物を守るようにその周囲を這っている。

帝国兵が稲妻に焼かれて崩れ落ちたあと。

靴を滑らせて、飛沫と共に稲妻の蛇を撥ね除ける。

やがて、薄《うっすら》と立ち昇った白煙が晴れた。

その先に見えるのは、驚きを張り付けたデュッセイアの絶望を予感させる面貌。

「……馬鹿な。何故そこに立っていて、無事でいられるのだ」

そんなものは簡単だ。セイランの使う魔法が光と熱を合わせた魔法と聞いてから、あらかじめ刻印を施しておいたのだ。

「――【不導】」

「…………」

その【古代アーツ語】だけを端的に口にするが、しかしデュッセイアは呆けた顔のまま。当たり前だが〈電気〉や〈雷〉という概念が一般的でないこの世界では、まず知る由《よし》もないのだろう。

これで、電気は伝わらない。直撃でなく、間接であれば……という条件は付くが。

「ば、バカな……こんな一瞬のうちに精鋭十人がやられただと……？」

デュッセイアが引き連れてきた精強な兵士の一人が、驚愕に震えながら、呆けた呟きを放つ。

一方で、林の中からトライブが姿を現した。

それで勘付いたか、デュッセイアが焦った様子で声を張る。

「っ、弓兵隊!!　どうした！　返事をしろ！　弓兵隊！」

返事はいつまで経っても返って来ない。

当然だ。死者の妖精の猟犬が、手抜かるはずもないのだから。

「こんなことが……」

帝国兵が、失意の呟きを漏らす。

……奇襲が成功し、近衛がすべて倒れたときに、彼らは勝利を確信していたはずだ。

だからこそ、誰も彼も、こんなことになるなどとは、予想すらしなかったのだろう。

彼らの常識の外にある魔法を使い。

さらに埒外《らちがい》にある幽霊犬トライブをけしかけ。

そのあとには電気を貯めた水の上に立ったのだ。

「お前は、一体何者なんだ……？」

ふいに、そんな誰何《すいか》の声が聞こえてくる。

その問いを口にしたのは、ギリス帝国南部方面軍副将、デュッセイア・ルバンカ。

驚きに囚われた男の疑問に、返す答えは――


――魔導師、アークス・レイセフト。


熱に囚われたまま、己の名前を口にする。

自分はここに、こうしていると。

こうしてここで、戦っているのだと。

己が失格でないことを、ここで確かに証明するために。

地面を躙《にじ》って、今度こそセイランのもとへ。

「ッツ……！」

踏み出すと、さすがに身体が悲鳴を上げ始める。疲労に、小さな身体でのかんなれ。様々な要因が重なって、困窮の鳴き声が軋《きし》みとなって身体を襲った。

――これだけやっても、敵の残りはまだ十人以上。

道のりは、いまだ遠くあるらしい。

——グランツ将軍が立案した作戦は、完璧なものであるはずだった。

ミルドア平原で戦う討伐軍に、まやかしの勝利を掴ませたあと、セイランが撤退するよう仕向け、これを奇襲し討ち取る。

そう、完璧だ。一切の瑕疵《かし》もない、非の打ち所のない作戦だ。

もしそれでもこの作戦に穴があるとするならば、セイランとグランツ将軍との運の釣り合いがとれず、天がセイランに味方することくらいだろう。

帝国の影が見えても戦場から退かずに、愚かにもそのまま戦い続けること。

援軍の国定魔導師が予想を超えて早く現れ、セイランが退く必要がなくなること。

そんな偶然がない限りは、セイランの首は確実にこの手中に収まる。そう断言できるほどに、完璧という言葉が相応しいものだった。

しかし、蓋を開けてみればどうか。

天はグランツ将軍に微笑んだにもかかわらず、率いてきた黒豹騎の半分を失うというこの惨状。いまだ戦力は残っているが、それでも絶対的な優位は失われ、作戦が失敗するという未来さえ見え始めてきた。

作戦は当初、グランツ将軍の予想通りに進んでいた。

セイランが後方の陣へ向かう中、その途中にある街道で奇襲を敢行。

まずは取り巻きである近衛をすべて排除し、セイランを追い詰めることに成功した。

あとは予定通りセイランを討ち取るだけ。

にもかかわらずこの大事な場面でこの体たらくとは、これも指揮官である自分の不甲斐なさのせいなのか。

……頭の中に蘇るのは、奇襲に向かう直前にグランツ将軍が開示した言葉の数々だ。

それはナダール軍の崩壊が確実になってきた折、いまだ状況を掴めずにいた自分を安心させるためにグランツ将軍が口にした、ポルク・ナダール蜂起から始まる作戦の全容である。

そう、ミルドア平原での衝突も、その衝突でナダール軍が劣勢になるのも、そもそもが将軍の策の内だったのだという。

「——帝国での地位といううま味のある餌をぶら下げれば、ポルク・ナダールはセイランを追い回すのに躍起《やっき》になるだろう。あの豚には、目の前の餌しか見えないのだからな」

……ポルク・ナダールはセイランを襲撃する計画を企てたことで、王国での地位を失ったばかりか、王国に降伏すら出来ない状況に置かれてしまった。

そこから復権を望むならば、王国と敵対状態にある他国に頼るほかはない。

当然、ポルク・ナダールは立場が弱いゆえ、条件を出されればそれを呑まざるを得なくなる。

彼はグランツ将軍が提示した条件にばかり気を取られ、セイランに固執。戦列を引き延ばしてしまうという失策を取ってしまった。

「――襲撃計画を事前に察知できたのであれば、ポルク・ナダールの魂胆《こんたん》を予測できる者の一人や二人はいるだろう。しめたとばかりにセイランを囮《おとり》にして、ナダール軍の戦列を引き千切りにかかる。この通りにな」

ライノール王国が、これまで幾度も帝国の侵略を撥ねのけてきたのは伊達ではない。

当然、知略を巡らせる者がおり、背後関係に勘付く者もいると考えてしかるべきである。なればこそ、討伐軍はポルク・ナダールを手玉に取って、戦を有利に運ぼうとするだろう、と。

「閣下。ナダール軍の戦列を危機に晒すのは、討伐軍を勢いづけることになるのではないのですか？そうなってしまえば、軍団としての質が低いナダール軍はひとたまりもないはずです」

「それでいいのだよ。ナダール軍など遅かれ早かれ崩れる運命にあるのだ。ならば、さっさと崩れて我らのためになってもらった方がありがたかろう？」

だが、それがセイランの奇襲へどう繋がるのかがわからない。

ナダール軍を敗勢にすれば、セイランは戦場に留まり続け、決して撤退などしなくなるからだ。

「――だからこそ、そこへ誰もが思ってもみない要素を投じるのだ。誰もが考えつかないことだからこそ、相手の虚を衝くことができる」

そう、それこそが、遊撃将軍バルグ・グルバの投入という一手だ。

帝国最強と謳われ、一人で万軍に匹敵するとも言われている破格の兵を戦場に送り込む。

西側諸侯はバルグ・グルバの脅威をよく知るために、混乱。討伐軍に看過できない楔を打ち込んだ。

「――そうなれば当然、討伐軍はセイランを後方に下げざるを得なくなる」

「……何故ですか？　グルバ将軍によって劣勢になったとしても、それはごく一部のもの。その程度では、セイランを戦場から遠ざけることなどしないのではないでしょうか？」

そう、たとえバルグ・グルバによって打撃を与えられたのだとしても、戦列が千切れた方と比べればどちらが優勢なのかは明白だ。兵が倒されれば倒されるほど、ポルク・ナダールは追い詰められるし、戦いの趨勢《すうせい》が決すれば帝国とて最後まで戦う必要はない。

討伐軍はセイランを筆頭にして、そのまま押し切ろうとするはずだ。

むしろ、士気を下げないために、戦場から離さない可能性すらある。

「――だからこそ、私は先にナダール軍の敗勢を決定付けさせたかったのだよ」

「……？」

それでは先ほどの話と同じだ。

ナダール軍が崩れれば、セイランはなおのこと退かないはずなのだ。

それゆえ、どういうことなのかわからない。

「よいか、デュッセイア。今作戦におけるセイランの役割は、ポルク・ナダールを釣り上げる囮の他に、討伐軍全体の士気の維持が挙がる。ナダール軍が崩れてしまえば、当然だが討伐軍は勝ち戦の空気に包まれるだろうな。そうなれば、討伐軍の士気はどうなる？」

「たとえセイランが居なくとも、討伐軍の士気は維持されたまま……」

「そうだ。そもそも戦場には〈首狩りの魔女〉もいる。士気が下がったとしても憂慮に値するようなものではなく、討伐軍にとっては押し切れる範囲だろう。セイランが退いてもなんら問題はない」

「しかし、それでもセイランが退くかどうかは賭けなのではないでしょうか？」

「それゆえの、バルグ・グルバなのだ。あんなものを投入してきたと知れた以上、討伐軍は帝国のさらなる策謀を考えずにはいられないし、連中にとってバルグがセイランの首を脅かすことなど万に一つもあってはならない。目に見えた危機がある以上、無理はさせん。絶対にだ」

「王国はセイランを失うことができない以上、安全策を採るしかない……」

「……そうだ。平原での戦いは決戦であるが、緒戦でもある。たとえこの戦いでセイラン軍とナダール軍の趨勢が決するのだとしても、今後、追撃戦や籠城戦が控える以上は、ここでセイランを後ろに下げても軍全体の士気やセイランの名声に然《さ》したる影響はない。むしろナダール軍の瓦解を決定付けた時点で、セイランを後ろに下げるのが常道だとも言える。奴らにとっては残りの安全な戦場で目立ってもらえばいいだけなのだ。あとは先ほど言った通り〈首狩りの魔女〉にでも任せてしまえばいい」

「だからこそ、セイランの部隊が撤退するのは自然なことである、と？」

「そうだ。そのうえ、後方の陣への撤退だ。退路を確保している以上、護衛に多くの近衛を割かずともよい。当然、撤退は少数でということになる」

——そら、奇襲するにはうってつけだろう？


……まぶたの裏に、グランツ将軍の涼しげな笑みが蘇る。

常勝将軍の名に恥じぬ、堅実で綿密な作戦の立案。

最強無比の魔導師を揃える王国と幾度も渡り合い、若い頃は王国から〈耀天剣〉と砦を奪取するという無類の大功を成したほど。

無能なものは即座に廃される帝国で、長く将軍を務めて来た男の真髄が、あの笑みの裏には確かにあった。

彼の言った通り、セイランの首は必ず取れる。

自分もそう思ったし、間違いなくそうなるはずだった。

――だが、それでもこうしてセイランの首を取れずにいるのは、心のどこかで王国の力というものを舐めていたからなのかもしれない。

セイラン・クロセルロード。

龍王の血脈、雷鳴の王統たるシンル・クロセルロードが、精霊の末裔と呼ばれる女の胎《はら》より産ませたという、比類なき血統だ。その力は巷に流れる風説すら上回り、剣を振れば天にかかる雲すら払い、声を発しただけで雷鳴すら呼ぶと言う。

まだ年端もいかぬ子供だが、油断できない相手。たかが子供と見て戦えば、それこそ全滅もあり得るほどの怪物だ。

だからこそ、出し惜しみせずに兵をぶつけたのだ。確実な殺害を期するために。

だが、まさか近侍《きんじ》の少年の方まで、慮外の腕前を持つとは思わなかった。

銀色の髪を持った、年のころはセイランと同程度の少年。少女のような可愛らしい顔立ちで、最初見たときはまったく少年とは思わなかったほどだ。

ならばあの容貌、所詮は高貴な者が慰みに侍らせる小姓だろうとたかをくくった。

そうでなくても、決して戦うことはできないはずだと、そう考えた。

だが、まさかそれが裏目に出るなどとは思わなかった。

無視しても構わないだろう。

そんな見くびりや侮りの代償は、結局兵士の命で贖《あがな》う羽目になる。

襲いかかった黒豹騎は、あれよあれよという間に、この少年に討ち取られていったのだ。

最後はセイランのお膳立てだったとはいえ、それを含めても十一騎は倒した計算になる。

ときには魔法を用い。

ときには年齢に見合わない体術を見せ。

最後の動きなどまったく見えなかったのだから、驚嘆を通り越して白昼夢でも見せられている気分になるほどだ。

しかもこのうえは、幽霊犬トライブときた。それは、死者の妖精が墓荒しを捕えるためにけしかけるという猟犬だ。その権能を貸し与えられているなど、まるで【精霊年代】に登場する聖人たちのようではないか。

十騎を超える黒豹騎を倒すことに要した時間は、おそらく五分にも満たなかったはず。

……見た目は、十かそこらの年頃。普通に考えれば、まだまだおもちゃで遊んでいるような年齢だろう。そんな歳でここまでできるとは、おそるべき資質であるが、自分を最も驚かせたのは、あのライノールの恐るべき魔法を防ぐ術を持っているということだ。

未だどんな魔法を隠しているかわからない。

もしかすれば、セイランと同程度の魔導師ということもあり得る。

いまはセイランのもとにたどり着き、その前で一人、立ち塞がる。

先ほど黒豹騎に剣を突き刺して吹き飛ばしたため、空手のまま。

叫びも怒号も発せず、佇む姿は静かなもの。しかし、にじみ出る気迫が、火の灯った真っ直ぐなまなざしが、この少年が強者であることを如実に語っている。

——兄上様、父上様のお言葉をどうかどうかお忘れなきよう。勝利の目前こそ、生死の境にございます。

脳の奥のどこからか、妹が口にした言葉が聞こえて来る。

勝利の目前にこそ、生死の境が存在する。

それは幾度も聞いた、父の口癖だ。バルグ・グルバに討ち取られ、もう二度と会うことは叶わないが、その言葉はいまでも耳に残っている。

大きな勝利の前にはかならず巨大な障害が立ちはだかり、それを掴むことを阻むのだと。

父はバルグ・グルバだったが、おそらく自分にとっては、この少年なのだろう。

二人の魔導師を見据えながら、大声で叫ぶ。

「ッ、命令だ！　この二人は刺し違えてでも殺せ！　絶対に！　絶対にだ！」

この二人を逃せば、これが必ず禍根《かこん》となる。

ここを切り抜けたということは、死線を乗り越えたことを意味するのだ。死地より舞い戻った兵士がどれほどの経験と力を培うかは、歴史がそれを証明している。

それが出来上がった代償は、さらなる帝国兵の屍の山で贖わなければならないだろう。

そう、ここでセイランとこの少年を逃がすことがあれば、セイランは途方もない武器を得た王として、天へと駆け登ることになるのだから――


辺りをのたうち回っていた稲妻の蛇も、その数を減らし。

いまは雷撃を受けた兵士たちのなれの果てが発する、焦げた肉の臭いが燻っている。

凄惨な光景だ。平時ならば、目を背けたくなるような惨状だろう。

だがそんな余裕など、いまはもうどこにもない。いまだ窮地は変わらずにここにあり、少しでも気を抜けばそこで終わりという状況なのだ。

……直前までの戦闘により、敵の数を減らすことができた。否、それだけしか減らせなかったと言い換えた方が、この場合は適切かもしれない。

十人倒すのに、使った魔法は正味三つ。そのうえセイランの力まで借りているのだ。

それでも十。トライブをけしかけてやっと弓兵部隊を倒した程度。

ノアやカズィほどの魔導師ならばすでに切り抜けられている状況だろうに、まったく不甲斐ないと言うしかない。

自分たちのこともそうだが、生き残っている近衛の容態も心配だ。こちらは早く手当てをしなければば、それこそ命にかかわるだろう。

そんな状態でも、這ってセイランの下に馳せようとするその気概には恐れ入る。

セイランが背後で、集まってきた近衛に声を掛けた。

（……そなたらは大人しくしていろ）

（……いえ我らも殿下の盾に）

（……それは最後の手段だ。聞き入れよ）

セイランが口にした命令は、近衛の身を優先してのもの。

最初に矢を射かけられたときもそうだが、セイランは時折他人を優先する節がある。王は自分の身を優先するのが当たり前だし、今戦争でのセイランもきちんとその常道に則って動いていた。だがそれは必要だからそうしていただけで、本当は、まったく違うのかもしれない。

そうでなければ、この場で近衛を盾にすることを厭わないだろうし、この状況だ。近衛に特攻を仕掛けさせるということも十分手段の一つとなり得る。

それをしないということは、他者の命を重んじていることに他ならないだろう。

セイランの命令を聞き、意識のある近衛たちが悔しげに呻《うめ》いている。

その心中はいかばかりか。

しかし、前には、まだ二十人以上の敵兵士がいる。一方的な展開のせいでしばしの驚きに囚われていたものの、デュッセイアの発した喝によってその闘志は復活。いまは誰も彼もが瞳に殺意をギラギラと反射しているという状態だ。

ふいに、敵兵士に動き出す兆し。どうやらこれ以上、考える時間はくれないらしい。

「私が行く。他の者はセイランに注力しろ」

帝国兵が三方より迫って来る。

後ろに援護を控えさせつつ、右から四人、左から五人。そして、正面は指揮官であるデュッセイアだ。名のある兵《つわもの》である以上、油断はできない。

（……正面を食い止めます。殿下は他をお願いしても？）

（……構わぬが、できるか？）

（……殿下が、倒しきるまでなら）

自分ならば難度は高いが、セイランとデュッセイアを一対一にすることができるなら、活路はある。

自分と違い魔力にも余裕があり、高い身体能力と破格の戦闘能力を持つセイランならば、デュッセイアとの一騎打ちでも負けはしないだろう。

他の帝国兵はトライブに任せようと、意識を向けた折。

「トライブ……どうした⁉」

トライブが、林の奥に向かって唸り声を上げていた。

敵がいるのか。遠間に対して強い警戒感を示している。

そんな中、ふいにトライブの姿が揺らめき始めた。

どうしたのか。そう疑問を抱いた瞬間、トライブはランタンの窓の中に吸い込まれていった。

「お、おい！」

声を掛けるが、スチールランタンはうんともすんとも言わない。

以前は自分から戻ったが、今回はまるでランタンが引き寄せたように消えてしまった。

制限時間。そんな言葉が脳裏をよぎる。もしかすれば以前に自分の言うことを聞かずに戻ったときも、そうだった可能性がある。

セイランに次ぐ最大の難敵が消えたことで、帝国兵が調子を取り戻し始めた。

「どうやら、頼みの綱は切れたようだな」

「く……」

この状況、どうするべきか。

こちらの魔力に余裕があれば打開策もあるのだが、嘆いたところで仕方がない。

前に踏み出す間際、セイランが静かに耳打ち。

――余の魔法、白煙、デュッセイアは嫌がる、距離を取れ、黒い飛礫《つぶて》。

囁きの内容は、短く区切られたそんな指示。

断片的な言葉の意味するところを、なんとなくだが読み取って、やはり前に踏み出した。

出し惜しみはしない。その場で足踏みをして歩調を整え――かんなれ。

剣を持って突撃してきたデュッセイアに、飛び込むように飛び蹴りを繰り出す。

突進対突進。その相対的な速度は一体どれほどのものになるのか。

しかし、その高速の蹴撃は、デュッセイアの小手によって止められた。

「小僧……お前が来るか！」

「当たり前だ！　お前らの思い通りになんてさせて堪るか！」

全力で叫び返し、着地する。

そして、すぐに周囲を横目で確認。他の敵兵士はすべてセイランの方に向かっている。

こちらはデュッセイア一人で大丈夫だと思っているのか。そもそもセイランに全力を懸けたいのか。

判断の中身は知れないが――直後、デュッセイアが長剣での斬撃を繰り出してきた。

先ほどの兵士よりも鋭い斬撃が、上から下へと襲い来る。

それを、横にずれて回避。的が小さく、地面に近い分、やはり当てにくいらしい。

こちらは徒手であるため、当然かわすしか手立てはない。目に見えた攻撃手段もないが、しかしどうして、セイランまでの足止めはできている。

やはり、先ほどこの男が叫んだ通り、標的はセイランだけではなくなったからなのだろう。

何を以て自分も殺害の対象になったのかは不明だが、いまはそれがありがたくもあった。

襲いかかってくるのは、滅多斬りのように繰り出される複数の斬撃。

それには積極的な回避を試みるも、鋭く、速い振り抜きの連続を回避するのは容易ではなく、切っ先が過ぎ去る都度、かわしきれなかった証拠が身体に赤く刻まれていく。

「ぐっ、うっ……」

腕に。足に、顔に。まだまだ掠る程度だが、嵩《かさ》めば致命にも至るだろう。

斬撃の合間、機を見て懐へ踏み出そうとする。

一歩踏み込むと、デュッセイアはそれに合わせて即座に後退、今度は追い払うように横薙ぎの斬撃を繰り出してくるが――それは地面へ伏せることでなんとか回避する。

そのまま両腕の力を使い、跳ねるようにして前の体勢へ復帰。乱暴な使い方に腕が抗議の悲鳴を上げるが、いまは無視。そのうち過労に対するストライキでも起こされそうな一抹の不安を抱えながら、再度デュッセイアの懐へ入り込むような挙動を見せる。

やはりデュッセイアは嫌がるように後ろに退いた。

「っ……」

この体格差、普通なら抱きかかえて押し倒してしまえば楽だろうに、そうしないのは、こちらが積極的に懐に入ろうとしているためか。それに危機感を見出しての、この回避なのか。その直感はまったくもって正しいだろう。懐に入りさえすれば、自身にもまた違う打開の一手はあるのだから。

「くっ、ちょこまかとっ……」

聞こえてくるのは、捉えきれないことへの苛立ちの声だ。どうやら焦りのせいで、悪い気が溜まってきているらしい。ならば、ここが付け入る隙だろう。

無理をせず回避に努めていると、デュッセイアの悪い気がさらに高まってくる。

それを頃合いと見て呼吸を合わせ、わざとらしく大きな隙を見せた。

「これで終わ――!?」

デュッセイアはこれ幸いと斬りかかり、途中で気付く。誘いに乗ってしまったことに。まさかこんな子供が、虚実を交えた動きをするなどとは思わなかったのだろう。

こんなものクレイブに使ったら一瞬で見抜かれて打ち据えられるような拙《つたな》い手だ。

しかし、悪い気が高まったいまならばと博打を打ち、しかしてその小さな策略は見事に図に当たった。

一連の行動の結実を無駄にしないよう、今度こそデュッセイアの懐へと踏み込んだ。

武器もなく、魔力も少なく、詠唱ができる猶予はないが――【錬魔力】はまだ残っている。

デュッセイアの鎧に抱きつくように密着し、体内に秘していた【錬魔力】を右腕に移動させ、右拳を鎧にくっつける。

ふいに自爆技という言葉が脳裏を過《よぎ》るが――

「貴様、一体何を！」

「くらえ!!」

言うや否や、

――ずどん。

デュッセイアの胸元で、【錬魔力】が炸裂する。地響きと錯覚するような震動と共に鎧の一部が拳型にへこみ、衝撃が背中まで突き抜けた。

「ぐっ――!?」

「いっっっっ!!」

腕に電撃のような痛みが突き抜けると共に、拳が熱と激しいしびれを帯びる。

【錬魔力】を拳から打ち出す部類の攻撃の中では、これが最大の威力を誇る一撃だ。

しかし、拳を接着させているため反動がダイレクトに返ってくるという欠点もある。

拳に跳ね返る反発力は、わかりきっていたことだが、心構えがあっても痛いものは痛い。折れてはいないようだが、すぐには動かせないだろう。

デュッセイアはいまので内臓に痛手を負ったのか、口の端からわずかに血を流す。

直後、背後に閃光が迸り、辺りに白煙が舞い立った。

(――余の魔法、白煙)

直後、デュッセイアは、白煙から逃げるように飛び退き。

(――デュッセイアは嫌がる、距離を取れ)

一方でこちらは白煙に紛れセイランのもとまで後退。

(――黒い飛礫!)

直後、セイランのオーダーを完全に理解して、行動に移した。

《――絶えず吐き出す魔。穿ち貫く紋様。黒く瞬く無患子《むくろじ》。驟雨《しゅうう》ののち、後に残るは赤い海。回るは天則、走るも天則。余熱《ほとぼり》は冷めず。狙いの星もいまだ知らず。喊声《かんせい》を遮る音はただひたすらに耳朶を打つ。猖獗《しょうけつ》なるはのべつまくなし》

「アークス、いまだ！　撃ちまくれ！」

セイランの指示にも似た言葉が聞こえてくると同時に、目の前を覆っていた白煙が一気に晴れた。

――【輪転する魔導連弾《スピニングバレル》】

先ほどの衝撃のせいで、まだ右手は動かないが、もう片方はいまだ無事。

左腕を魔法陣に差し込んで、片膝立ちの体勢を取る。

左手左腕を砲身にして構えると、腕を差し込んだ魔法陣が適切な大きさまで収縮し、互い違いに回転し始めた。

……この魔法を見たことがない帝国兵たちは、この動きや魔法を妙に思ったことだろう。

普通は詠唱すればすぐに炎が飛んできたり、風が唸ったりするのだ。それらの魔法と一線を画すこの魔法ならば、確実に彼らの虚を衝ける。

どんな魔法が飛んでくるのかわからないため、ギリギリまで見極めようと試み、動きにわずかな迷いが生じるが――しかしデュッセイアは勘がよかったらしい。

「か、かわせ！　かわせぇぇえええええええ！」

斉射よりもわずかに早く、デュッセイアが叫びを上げる。

すぐに逃げ場がないよう水平方向に腕を動かすが、しかし、残った敵も然《さ》る者。撃ち出される飛礫をかわし、剣ではたき落としている。

先ほどの一撃を受けてなおそんなことが出来るなど、やはりこのデュッセイアという指揮官もまったく強兵ということだろう。

弾丸本来の速度を出すことができれば、そんなことなど不可能だが、この魔法は【黒の銃弾《ブラックバレット》】と違い、目に見える。慮外の身体能力を持つこの世界の人間ならば、こうして切り払うことも不可能ではないということだろう。つくづくとんでもない世界というしかない。

かわすことができなかった帝国兵は、黒い飛礫に身体を砕かれる。肉が飛び散り、飛散した血液が血煙となって漂う様は、さながら地獄めいた様相だ。

左腕が熱で赤みを帯び、痛みの悲鳴を上げ始める。

これ以上は限界か。

まだ止めたくはないが、止めざるを得ない。

（くっ……）

腕が焼き付くという不安が躊躇いとなって、撃ち出す意思を押しとどめる。意思に従い、魔法陣は回転速度を落とし、やがて停止。残響と硝煙のような臭いを漂わせて、飛礫を吐き出すことを止めてしまった。

魔法陣は左腕に装着されたまま。いまだ魔法の効果は持続しているが、デュッセイア・ルバンカは健在。

帝国兵は、彼以外に残り十以上もいる。

「まだこのような魔法を持っていたか……」

「ぐっ……」

「だが、その様子では、これで打ち止めということらしいな」

腕が熱を発散するまで、まだしばしの時間を要する。

当然、それを見過ごす敵ではない。デュッセイアが剣を持って迫ってくる。

――このままでは、斬られる。

腕の熱が影響してか、身体がうまく動いてくれない。

たとえ地面を這ったとしても、すぐに追い付かれてしまうだろう。

デュッセイアと共に帝国兵が迫る中、ふいに目の端に影が動いた。

しかしてその影の主は、セイランに他ならない。

「させぬわ！」

セイランの鋭い剣撃が、デュッセイアの剣撃を弾く。

一方でデュッセイアは、思わぬ衝撃のせいで後退を余儀なくされた。

「っ、身を挺して庇《かば》うか！」

「当然だ！　アークスは余の臣よっ！」

「だが、将が自ら臣下を庇うとは愚かなり。それは王として失格だぞ。我らの目的は、お前の首級なのだ」

「わかるとも！　だが……だがっ！」

セイランは、それでも、と、デュッセイアの前に立ちはだかった。

彼らの第一の目標がセイラン自身であるにもかかわらず、身を挺して庇いに入る。道理に反した行動だ。何故そこまでするのかは不可解だが、セイランは、今度は自らが盾となるようにデュッセイアや帝国兵を相手取って立ち回りを始める。

帝国兵の、無骨でシステマチックな剣技を、古式ゆかしい流麗な剣舞が払いのける。

都合三つの切っ先が幾度もセイランを脅かすが、しかしセイランはそれを危なげなく捌《さば》いていく。

ひとたび、セイランが斬りかかってくる帝国兵を剣で払う。先ほど帝国兵を一気に吹き飛ばしたあの剣撃だ。帝国兵は弾き飛ばされるが、その隙を突いて踏み込んだデュッセイアが、セイランに長剣を振り下ろした。

「チィッ！」

セイランは剣を寝かせて受け止めるが――はじき返せない。この男にはそれだけの剛力があるのか、分の悪い鍔迫り合いに持ち込まれてしまう。

「いい加減に倒れろ！　抗っても無意味だということがなぜわからない！」

「ぐ、うっ……」

「帝国に目を付けられている以上、王国はお前の代で一層厳しい立場に置かれる！　貴様がこうして抵抗することで、民も苦難を被るのだ！」

「………っ！」

「王国はいずれ帝国に圧されて滅ぶ！　ならばここで討たれておくのが――」

「……れ」

「なに？」

「っ、余は黙れと言ったのだ!!」

怒声と共に発せられる、裂帛《れっぱく》の気合い。同時に、セイランの剣がデュッセイアの剣を下から上に押し返していく。

「な、なんだとっ……」

「余は、負けられぬのだ！　たとえ王国がこれから、帝国に圧され、苦難の道を歩むのだとしても！」

顔に驚愕を貼り付けるデュッセイアに、セイランは思いの丈を吐き出し続ける。

「王国が滅びれば、貴様ら帝国は王国の民を蹂躙《じゅうりん》するだろう！　そしてすべてを奪うだろう！　搾取によってしか富を生めない貴様らが属国とした国にすることなど、それしかないのだ！　それは貴様とてよく知っているはずだ！」

「――っ」

「だからこそ、余は守らねばならぬのだ！　人々の笑顔を、それを保証する安寧を。決して理不尽に涙させぬそのためにっ！　だからこそ余は生きて帰り、父上の跡を継いで、強い王国を作らなければならないのだ！」

……聞こえてくる。守るという確かな意思が。

だからこそ、その言葉で、自分の腹は定まったのかもしれない。

セイランを守るのだと。きっとここで守らなければならないのだと。

そう、セイランが発したこの深奥よりの叫びには、いまだけ己の願いを押しのけても叶える価値がきっとあるのだと。

……自身には、やらなければならないことがある。あの両親を見返すという、ささやかな目的が。

決して前向きなものではないが、それでもそれは、これまでの自身を動かした確かな原動力だった。

挫けそうになったときは、己を奮い立たせるための負けん気であり。

疲れて倦んだときには、再び立ち上がるための怒りだったのだ。

だが、そんな願いが、どうしてあの叫びよりも優先されるというのか。

セイランは、人々の笑顔を守りたいと言った。涙させないのだと、確かに言ったのだ。

そんな誰かを確かに守りたいという心からの叫びの前には、自身の願いなど朧《おぼろ》に霞んでしまうものなのではないのか。

いや、そうであるべきだろう。

そんな思いは、誰にも尊ばれてしかるべきものなのだから。

……まだ魔法の効果は残っている。あとは意思だけ。己の左腕を犠牲にする、そんな痛みを厭わない、鋼のように堅牢な意思だけだ。

「っ、殿下！　お下がりを！」

「アークス⁉」

「後ろへ！　お早くっ！」

セイランの反応速度を信じて、左腕を構え、飛び退く前に斉射する。

「――いっけぇぇぇええええええええええ！」

撃ち出される飛礫と、けたたましい発射音。

残りの兵士の数はデュッセイアを含めて十。今度はすべて倒しきるまで、止めるつもりはない。腕を引き換えにしても、倒し尽くさなければならないのだ。

あの願いを、確かにここで守るために。

熱を上げ、赤みを増していく左腕。無理を押しての魔法行使のせいで、白煙まで上がり始め、火で炙《あぶ》られるような感覚が腕を徐々に徐々に侵食していった。

「ぐっ！　あぁあああああああああああああ⁉」

「っ、アークス⁉　無理をするな！　やめろ！　腕が壊れてしまうぞ！　アークス‼」

セイランの制止の声が聞こえるが、止めるわけにはいかない。ここで止めてはいけないのだから。

……やがて、途切れ途切れに聞こえてくる兵士の絶叫。一人倒したか、二人倒したか、それとも全員薙ぎ払ったのか、舞い上がった土煙に撒かれて一寸先もわからない。

集中力が底を突き、【輪転する魔導連弾《スピニングバレル》】の斉射が止まる。

しかして晴れた視界の先には、いまだ複数人。デュッセイアとその部下たちが立っていた。

それでも、無傷とはいかないか。弾丸を回避し損じたため、身体のあちこちがえぐれている。しかし、それでもこうして長剣を構え、敵意を緩めないその姿は、どんな信念によって成り立っているというのか。

その答えを求めたのは、セイランも同じだったたか。

「……デュッセイア・ルバンカ。そなたに問いたい。そなたはどうしてそこまでして戦うのだ？　帝国はそなたの故国を滅ぼした憎い敵であろう？　そうまでして皇帝に勝利を捧げようとする理由は、一体なんなのだ？」

その問いに対し、デュッセイアはまるで愚かな質問でも聞いたかのように冷笑を見せる。

「どうして？　それは異なことを訊ねる」

「なに？」

「帝国の兵は、皇帝陛下の望みのままに戦うものだ。でなくば――」

――あの絡繰《からく》り仕掛けのような男に、すべて滅ぼされてしまうのだから。

デュッセイアが発したその言葉には、重みよりも、不気味さが勝っていたように思う。

そんな言葉を口にした男に対し、セイランは面紗の奥から一体どんな視線を向けているのか。ただ黙ったまま、見据えているばかり。

「……我ら氏族は長い間帝国の侵攻に抵抗していたが、結局はその猛威に呑み込まれた。やがて私たち氏族はその尖兵となった。ならざるを得なかったのだ。帝国ではそうして手柄を挙げ続けねば、氏族存続の道はないからだ」

デュッセイアはそう言うと、セイランを鬼気迫った表情で睨み付ける。

「いいか。よく聞けセイラン・クロセルロードよ。帝国には、私のような人間はそれこそ腐るほどいる。帝国の覇を妨げるライノール王国がある限り、私のような者たちが、いつか……いつか王国を、貴様を葬るだろう」

「ッ……」

デュッセイアが見せた気迫に、セイランは一瞬たじろいだのか、一歩、後退る。

それは、氏族を背負うという、多くの命を預かる重みのせいなのか。

だが、そんな理不尽な物言いには、自分が黙っていられなかった。

「――そんなもん、迷惑だっての」

「貴様、まだ……」

「立つさ。まだまだ敵が残ってるんだからな」

「アークス……」

まだ辛いが、一度深呼吸をして、言い放つ。

「殿下を狙いたきゃ狙えばいい。だけどな、王国にだって、ここにいる近衛や俺みたいに、殿下を死ぬ気で守りたいって思うヤツはいっぱいいるんだ。いつか葬る？　葬れるもんなら葬ってみやがれ。お前みたいなのは、これから俺が全部倒してやるよ」

「よく吼えた。その気概は褒めてやろう。だが――」

デュッセイアがそう言い放った折、林の向こうから足音が聞こえてくる。

どう考えても、味方の援軍ではない。

やがて、十名以上にも上る帝国兵の援軍が林の中から現れた。

デュッセイアが嘲笑う。

「どうやら貴様らの命運も尽きたようだな」

「くそっ！　さっきトライブが警戒していたのはこれか……」

「ッ、まだ戦力があるとは……」

「これで終わりだ！　セイラン・クロセルロード！」

万事休すか。そんな風に諦めを抱きかけた、そんなときだ。

「――それは、敵がアークス君と王太子だけであったらの話だ」

吹く風と共に聞こえてきたのは、いつか聞いた覚えのある声だ。

帝国兵が現れた場所の反対側の木立から、一つの影が立ち上がる。

姿を現したのは、黒いニット帽のようなものを被った、外套をまとう細面の男。

そう、そこにいたのは二度自分たちを襲った男、エイドウだった。

突如現れたエイドウに向かって、デュッセイアが叫ぶ。

「エイドウ貴様……我らの邪魔をするつもりか？」

「先に私たちを切ったのはお前たちだ。ここで私が立ちはだかろうと、文句は言えまい」

「貴様の目的も王太子ではなかったのか⁉」

「そうだとも。だから王太子は貴様らを倒したあとで私がいただく。あの男を釣り出すためにな」

「だから、我らにかかってくると言うのか？　ふん、舐めてくれたものだ。この数を貴様一人でどうにかできるとでも言うのか」

「ほう？　たったこれだけの数でよくそこまで強気になれる」

「よくそんな大口を叩けたもの――」

デュッセイアが言いかけたそんな折、エイドウが身体の内にある魔力を解き放った。

「なっ――⁉」

放出されたのは、空気が渦巻くほどの量の強大な魔力だ。クレイブが魔法を行使するときに発するものと遜色ないほどの質と量、そして圧力が感じられる膨大な力。

周囲に魔力が満ちると共に、空が魔力の闇に覆われ、辺りが薄暗くなっていく。

さながら魔力に黒い色味でも付いているかのよう。

しかしてエイドウが唱えるのは、オリジナルの呪文か。

《――夢のあとさき。衰退の行く末。落とした命は数知れず。つわものどもの成れの果ては地の底より現れたる。つわものどもよ、鬨の声を響かせよ。つわものどもよ、戦いの影を忍ばせよ。己が剣を掲げて立て。己が槍を携え立て。戦を唱える我が声に集い、すべての影よ起ち上がれ》

――【影の軍団《イモータルバタリオン》】

【魔法文字《アーツグリフ》】が黒色の魔力と共に一斉に地面に広がると、まるで沼から泥人形が這い上がってくるかのように、影絵の兵士が起立する。

それも、一人や二人ではない。

重装備の前衛、剛弓を持った弓兵、黒豹騎のような見た目の騎兵、様々な兵種の兵士が彼の背後に揃い踏みとなった。

少なく見積もっても、数百単位はいるのではないか。

「な、なんだこれは……」

「バカな……」

「こんな魔法が、どうやって……」

驚きの声を上げたのは、無論帝国兵だけではない。いまだ意識がある近衛たちも、エイドウが行使した魔法を見て恐れの声を上げている。

当然だ。大隊規模の兵数が突然この場に現れたのだ。たとえこれが魔法のなせるものだと言えど、いや、これが魔法のなせる技だからこそ、彼らは驚愕を禁じ得ない。

デュッセイアも、驚きに目を見開いている。

「エイドウ、貴様……」

「まさか数を揃えればどうにかできると思われていたとは心外だな。私は、シンル・クロセルロードたちと肩を並べていたのだぞ？」

「ッ――」

「誰も彼も勘違いをしている。クロセルロードを策にはめれば倒せる、だと？　そこにいるセイラン・クロセルロードもそう、奴らはそんな程度の生ぬるいものではない。そしてシンル・クロセルロードは、この規模をしてなお悠々と上回るほどの力を持っている。ただの人間が姑息に動き回ったところで、勝てるような相手ではないのだよ」

「ならば貴様とて！」

「そんなことなどわかっている。しかしそれでも、やらねばならぬ意地があるのだ」

エイドウは言い放つ。

たとえ勝利を掴めなくても、噛み付くことはできるのだと。一矢報いるのだと。そう言うように。

デュッセイアが歯噛みし、そして彼が指示を口にしようとするよりも早く、エイドウの声が響いた。

《蹂躙しろ》

その一言で、【影の軍団《イモータルバタリオン》】が動き出す。

黒豹騎よりもなお黒色に染まった影の兵隊が、その場にいた帝国兵を蹂躙する。

敵の全滅は、もはや時間の問題だった。

「まだだ！　まだ負けてはいないっ！」

デュッセイアが最後の賭けに出たのか、こちらに向かって吶喊《とっかん》してくる。

狙うはセイランの首か。それに対して自身は、いまだ無事な右手を天に掲げた。

《――漆黒の羽は夜にも輝く。汝の蜜は黒鉄で、汝の敵も黒鉄だ。その羽ばたきは音もなく、鉄砂を散らして空へ空へと舞い上がる。菜の葉飽いた。桜はいらぬ。金物寄越せ。鉄を食わせろ。鉄呼ぶ汝は金物喰らいの揚羽蝶》

……【黒の銃弾《ブラックバレット》】は、左手で支えられない。【矮爆《ドウワーフスター》】は、自分だけでなくセイランまで巻き込む可能性がある。【絶息の魔手《リバーサル・エアリア》】は、いささか距離がありすぎる。デュッセイアを確実に討ち果たさんとするならば――

（なにも、自分で倒さなくてもいい）

そう、先ほど水に通電させたときと同じだ。

確実に倒せる人間のため、お膳立てをすればいい。

「っ、これで魔力全部だ！　もって行きやがれ！」

――【磁気揚羽《マグネティックフォース》】

「け、剣がっ……ぐぅ！」

デュッセイアの剣が、強力な磁界を発する揚羽蝶によって、上空へと引っ張られる。デュッセイアは剣を放すまいと抵抗するが、しかし身体まで引き付けられるほどの磁力の前には、爪の垢程度のものだったか。抗いきれずに放してしまう。

一方で、セイランの剣も磁力が影響する圏内だったか。セイランの武器がその手元から離れていく。

デュッセイア共々武器を失ったが、しかしセイランが口にしたのは――

「――アークス。よくやった」

そんな、称賛の言葉だった。

対してデュッセイアが、地の底から響いてくるような恨みの絶叫を浴びせてくる。

「小僧っ、きっさまぁあああああああ!!」

「〈剛騎〉デュッセイアよ。どうやらアークスの方が一枚上手だったようだな」

「いまはそちらとて武器をっ……」

しかし、セイランはその言葉を一笑に付して、堂々と言い放った。

「余はセイラン・クロセルロードである。武器がなくとも、一対一ならば貴様などには決して負けぬ」

「なっ⁉」

セイランはデュッセイアとの距離を詰めると、地面が砕けるほど踏み込み、拳での鋭い突きを繰り出す。しかしてそれは、自分が一撃を打ち込んだ場所へ過《あやま》たず吸い込まれていった。

「バカ、な……ここまで、ここまで来て……」

インパクトの直後、デュッセイアはまるでゴム鞠がトラックに撥ね飛ばされたかのように容易に吹き飛び――やがて痙攣と共に血をまき散らして絶命した。

「殿下、お見事にございます……」

「……うむ。だが」

残りの帝国兵は、エイドウが動かした【影の軍団《イモータルバタリオン》】に蹂躙された。

しかし、まだエイドウがその場に残っている。

こちらにとって救いだったのは、魔法の維持ができなかったことか。

影の兵士は一人、また一人と立ち消えていった。

エイドウが、セイランに対して向き直る。

「王太子、剣を取れ」

「……いいだろう」

エイドウも、魔法はこれで打ち止めらしい。

腰に差した剣を抜いて、セイランに向かい合った。

「エイドウ！」

「アークス君。何も言うな。私に聞く耳はない」

「待ってくれ！　話を聞いてくれ！　あんたは……」

「アークス。よい」

「で、殿下⁉」

「よいのだ」

セイランはそう言うと、地面に落ちた剣を拾ってエイドウと対峙する。

セイランは、よいと言った。エイドウの誤解を解きたいという考えは同じであるにもかかわらず、それでも剣を取ったということは、エイドウの剣を受け止めるつもりなのだろう。

一合。二合。続けて、セイランの剣とエイドウの剣が交わる。

セイランは小さな身体にもかかわらず、エイドウとよく渡り合っている。いや、それどころか圧倒している節さえあった。

一方で、エイドウの動きにはキレがなく、どこかぎこちなさが見てとれる。

以前見た彼はもっと軽快な動きをしており、余裕があったはず。

「エイドウ、あんたもしかして怪我してるのか……」

「だからどうした」

「やはりそなた、先ほどの魔法でもう……」

すでに力を使い果たして、消耗しきっていたのか。

それならば、叫ばずにはいられない。

「やめるんだ！　エイドウ！」

「聞く耳はないとそう言った。私は……私はやらねばならんのだ！　私はあの男に、裏切りの代償を贖わせねばならん！」

エイドウが叫ぶように言い放つ。

それは、心からの叫びだ。これまで抱いてきた思いをぶちまけるような苦しみの混じった咆哮。

それを聞いたセイランは、剣を構えて応える。

右手で剣を持ち、左手で剣指を作る。

「来い。そなたの剣、受けてやろう」

「はぁあああああああ!!」

エイドウが、気合いと共に斬りかかる。

しかし、消耗しきった怪我人の剣は、セイランには届かない。

セイランは振り下ろされる剣を横薙ぎに弾く。エイドウは剣を戻すが、そこを狙ってセイランの渾身の二撃が襲いかかった。

エイドウの剣の横っ面に剣撃が思い切り叩き付けられる。

その衝撃で、エイドウは剣と共に大きく弾き飛ばされた。

「ぐ、う……息込んで出てきたものの、この体たらくとはな……」

エイドウは勝ち目がないことを悟ったのか。

自嘲気味に息を吐いて、その場に座り込んだ。

「なぜ余たちを先ほどの魔法の対象に入れなかったのだ？」

「シンル・クロセルロードを釣り出すにはお前が生きていなければならない。それだけのことだ」

「殺さずとも、動けなくさせることくらいはできただろう」

「……あんなやり取りを見せられたあとで、そんなことができるほど落ちぶれてはいない」

それは、セイランとデュッセイアの応酬に対して言っているのか。

ふいに、セイランが持っていた剣を鞘へと納める。

「どうした、セイラン・クロセルロード。なぜとどめを刺さん」

「その必要がないからだ」

「なに？」

「エイドウ、話を聞いてくれ。陛下はあんたたちを助けるために、あんたたちを襲ったんだ」

エイドウが怪訝そうに眉を動かし、セイランを見る。

「……セイラン・クロセルロード。どういうことだ？」

「余は父上からそう聞いている。そなたたちを助けるには、そなたたちを王都から追い出す必要があったのだとな」

「それが本当なら、なぜシンル・クロセルロードは私の部下を殺したのだ」

「…………」

「答えられぬのか」

詰め寄るようなエイドウの問い質《ただ》しに、セイランが口を開く。

「父上はそこまでは語らなかった。だが、一つだけ、心当たりがある」

「聞こう」

「おそらくだが、そなたらが抱えていた内部分子を粛清したのだろう」

「内部分子だと？　そんな者は……」

「話を聞くに、当時の執政府には悪所にいたならず者たちを一掃する必要があった。その成果を目に見えるものとするため、貴族たちは生贄を作ることを画策し、その対象を当時王都を二分した二つの組織に絞った。父上の率いた集団と、そなたの率いた集団だ」

「そうだ。私もそう把握している」

「無論、父上のところは貴族の子弟も交じっていたため、手が出せない。だから、そなたの率いる一団が一番のやり玉に挙がった。そしてそなたたちの罪を確固としたものにするため、貴族の手の者が送り込まれたのだ。心当たりはないか？　殺された者は、古くからの仲間ではなく、遅い時期に加入した者たちばかりだったのではないか」

「……そうか。そういうことか」

「心当たりはあるようだな」

「お前の言う通りだ。確かにあの場で殺されたのはみな、あの騒動の起こる一年以内に仲間になった者たちだった」

「父上が殺しの指示を出したのは、おそらくはその者たちがそなたらを体内から蝕む寄生虫共だからだったのだろう。その者たちは、当時そなたを陥れようとした貴族や役人たちの手の者だ」

「そうなら、そう言えばいいものを」

「すべてを話せば、そなたは王都に残って父上たちに助力しただろう。ことが終われば仕立て上げた役人や貴族たちをつけ狙ったはずだ。もしそうなれば、父上もそなたを庇いきれない。だから、父上はそうするほかなかったのだ」

「…………」

だが、エイドウもそう簡単に受け入れることはできないか。

「……エイドウ。もう、良いのではないか？」

「この期に及んで今更なにが良いというのだ」

「父上はそなたに生きていて欲しいから、王都から追いやったのだ。父上の子である余が、その想いに背くようなことをするわけにはいかぬ」

セイランはエイドウの前に立つ。

そして、彼に向かって手を差し伸べた。

「いまの話が信じられぬなら、余と一緒に来るのだ。父上の御前でそのときの真意を問い質せ」

「私はお前を襲撃したのだぞ？　そんな人間を連れていくというのか？」

「襲撃？　ふむ、そなたはよくわからぬことを言う。余はそなたに襲われたことなど一度としてないし、むしろ先ほど窮地に陥ったところを助けられたのだがな？」

「だが、いまの戦いは」

「ふむ。余は先ほどそなたに、剣を受けてやろうと言ったはずだ。そなたは余の命令を聞いただけで、歯向かったわけではない」

「っ、屁理屈をこねるのは父親譲りか」

「かもしれぬ」

セイランはそう言って笑い声を上げると、一転、真剣さを帯びた声音を放つ。

「当時の父上を好いて、その想いに付いて行った者も多い。【溶鉄】や【護壁】もそうだ。エイドウ、そなたもその二人と同じように、父上のことが好きだったのだろう。だから、こうしていつまでも恨みに思い続けていたのではないか？」

「……ああ」

「ならば来るがいい。余の手を取るのだ。そなたにはその資格がある」

「……すまない」

セイランの言葉に、エイドウは絞り出すように謝罪の言葉を口にする。

いまは何を思うのか、その表情はどこか感極まったもののように思えた。

これで、自分たちを脅かす者はもういない。

終わった。襲撃を撥ね除けることができた。

そう思った、そのときだった。

「――なるほど。あなたが【第一種障壁陣改陣《ウォールアルター》】を破った魔導師なのですね？」

そんな声が、森の奥から聞こえてきたのは。

ふいに心臓を突き刺したのは、森の奥からかけられた声だった。

聞こえた声は女のもので、それも若い女の瑞々しさが備わった美声だ。

セイラン共々声が聞こえた方を向き、木々の奥に蟠《わだかま》る闇を注視していると、白い靄のようなものがぼんやりと浮かび上がってくる。

やがてそれは白磁のように真っ白な色に固定され、人の顔のようにその形を定めた。

これは靄が見せる錯覚なのか、それとも心霊写真に写り込んだ人面のみの存在か。

白仮面の輪郭が明確に浮かび上がると同時に、隠れていない口元と、女の肢体を包み込む藍色の法衣が現れる。

さながら半透明な幽霊が、色味と形を得たかのよう。

白仮面の何者かは、闇から剥がれ落ちるように現れると、茂みを通り抜けて立ち止まり、セイランに向かって礼を執った。

「初めて御意を得ます、ライノール王国王太子、セイラン・クロセルロード殿下。私の名はアリュアス。【不滅】のアリュアスとお呼びください」

そんな自己紹介をした白仮面――アリュアスに、セイランは厳しい言葉を浴びせかける。

「たわけたことを。そのような胡乱《うろん》な名乗りを行うなど、作法を知らぬと見える。ただ名乗ればよいというものではない」

「それはご無礼を。私は高貴な出ではありませんので、不調法《ぶちょうほう》はご容赦ください」

アリュアスは咎めの言葉を涼しげな口調で流す。この状況を弄んでいるのかは定かではないが、随

分と飄々《ひょうひょう》とした性格らしい。

一方でセイランは不満げに鼻を鳴らし、場にかける圧力を高める。

内臓を押しつぶすか如き不可視の力に、しかしアリュアスはどこ吹く風。こんな圧力の中でも、仮面に隠れていない口元は不敵な笑みでゆがんでいる。

「そなたも帝国の者か」

「ええ。この状況で姿を現すということは、自明のことでしょう」

とは言うものの、この言及しない妙な言い回し。出てきたタイミングといい、なんとはなしに別派の者なのだなと思っていると、アリュアスはセイランと視線をぶつけ合うのもわずかにとどめ、こちらを向いた。

「アークスくん、と言いましたね？」

「なぜ俺の名前まで？」

「先ほどからずっと、見ていましたので」

ということは、先ほどの名乗りも聞いていたということだろう。

そしてそこから踏まえるに、味方を助けもせずに傍観に徹していたというわけか。

やはり別派か――そう確信したその直後、彼女の背後から足音が聞こえて来る。

兵を伏していたのか。森の中から次々と帝国兵が現れ、自分やセイランを取り囲むように散開した。

先ほどの黒豹騎とは違うらしいが、普通の帝国兵とも様子が違うように思える。

帝国兵ならば、この機を逃がさず、真っ先にセイランに襲いかかるはず。

しかし取り囲んだまま動かない……というのはどうにも解せなかった。

身構えていると、アリュアスが自分に対して礼を執る。

腕を胸元に回し、深々と頭を下げる王国式の敬礼。

それこそセイランへの礼がおざなりだったと感じられるほどの恭《うやうや》しさがそれにはあった。

「アークス・レイセフト。先ほどデュッセイア殿との戦いで披露された魔法の数々、すべて拝見させていただきました。私も長らく魔導に身を浸したものと思っていましたが、あなたが使った魔法は、まるで知識が及ばなかった。まったくお恥ずかしい限りです」

「それはどうも」

「気のない返事をするのですね」

「……ふん」

「ふふ、健気なことです。いまはもうそんな気のない返事をするのも大変でしょうに」

アリュアスは微笑ましさでも感じているかのように、口元に笑みを浮かべる。

そんな彼女はお世辞も早々に終わらせて、本題に入るのか。

「あなたにひとつお願いがあるのですが、先ほど使用した【第一種障壁陣改陣《ウォールアルター》】を貫いた魔法。それを私に教えてはいただけませんか？」

……おそらく【第一種障壁陣改陣《ウォールアルター》】とは、帝国魔導師が使った防性魔法だろう。そして、このアリュアスという女は、それを破った魔法が【輪転する魔道連弾《スピニングバレル》】だと確信しているらしい。

この確信ぶり、とぼけても意味はなさそうか。

「――断る。当たり前だろ？」

「でしょうね。ですが、私も手ぶらで帰るわけには参りません」

「じゃあ、どうするって？」

「そうですね。では、ここでそれを教えていただく代わりに、セイラン殿下を見逃す……というのはどうでしょうか？」

「……!?」

この状況で、そう来るか。

確かにそんな条件を出されれば、心も揺れ動くというもの。

セイランを失うかもしれない、という王国にとっての危機的状況なのだ。

どうしても、悪くない話に聞こえてしまう。

その誘惑に、つい乗りそうになってしまったそのときだ。

「それは出来ぬな」

「殿下……」

「そなたが口にした条件では、見逃されるのは余だけだ。近衛たちは含まれていないし、なによりアークスに対しても言及されていない」

「当然でしょう。近衛まで見逃せば私としても言い訳が立たなくなりますし、なによりアークスくんには魔法を教えていただくのにご足労願わないといけませんので」

「ならばなおのことよ。その条件は呑めんな」

セイランがそう断じると、アリュアスは口元に含みのある笑みを浮かべる。

「――やはりそれは、魔力を測る道具が関係しているので？」

「さて、なんのことか」

「知らぬ存ぜぬなどせずとも構いませんよ王太子殿下？　すでに我々はその存在を把握しています。ふふ、まだ現物は回収できていないのですが」

「……貴様」

セイランの圧力に、明確な敵意が交じる。不可視の力が切っ先を突き刺すような鋭さに変わっても、しかしアリュアスは動じないまま。むしろ語調に弾みを付けて、陶酔《とうすい》の交じった指摘を行う。

「例の道具を作ったのは彼だ。先ほどの戦いを見て、確信いたしました。魔導師アークス・レイセフト。あなたの使った魔法には、この世にある魔法の理論とは、別種の機序が確かにあった。そう……そうですね。まるで、あなただけが遠く離れた未来に、いえ、遥か古の時代にいたかのような、そんな不自然さが見受けられたように思います」

「…………」

「本当に素晴らしい。その才を、知識を、たかが一国の魔導師として埋もれさせるわけにはいきません。是非とも、我ら【銀の明星】の一席を担う星の一つとして、あなたのことをお招きしたい」

交渉は無理と知って、今度は勧誘に走ったか。

しかし、自分が口にする答えは一つだった。

「そんなつもりはない。自分がどの道を行くかは、ついさっき決めたばかりだ」

「……そうですか。それは残念です。できれば力ずくで、という形は取りたくなかったのですが」

「……来るか」

「先ほど魔法を見せていただいたお礼です。まずは、私の魔法をご披露いたしましょう」

白仮面《アリュアス》はそう言うと、詠唱を始める。

《――■■■が求めし、炎の■■のその在処。時の流れに葬られ、忘れ去られし足跡よ。再誕を夢見る■はここに。■■■の叡智によって紡がれる。いまは夢幻の■■よ、決して止まらぬ■■となり、その吼え声を上げよ》

――【■■■■■■】

煌々《こうこう》と輝く赤を湛《たた》えた【魔法文字《アーツグリフ》】がアリュアスの前に散らばると、燃え上がりながら巨大な魔法陣を形成、展開。魔法陣の中心の空間が、さながら写真を炙ったようにぐずぐずで曖昧にその像をゆがませ、なんらかの出現を予期させる兆しを見せ始めた。

やがてその曖昧な境界から生まれ出ずる、巨大な炎の鳥。

それは剛風を伴って飛び出すと、衝撃波を先陣にして、火線を引きながら後方へ一直線に駆け抜けていった。

吹き飛ばされそうなほどの風圧に身を伏せて耐える中、森が炎と共に吹き飛ぶ。

振り返ると、そこは余燼《よじん》が燻る通り道が、森が、炎によって切り裂かれていた。

呪文は…………聞こえた。ほぼすべて。これはアリュアスが呪文を聞かれないように手を尽くさなかったためだ。

だが――

（いまの呪文は……）

読み込んだ紀言書と、聞いた呪文とを照合しても出典が割り出せない。

紀言書にはまだ読み解けていない部分も多くあるが、内容は頭の中で、書式化したデータのように記録されている。だが、いまの呪文からは、似たような伝承さえ見つけ出せなかった。

聞いたこともない単語や成語があったから、ということもあるのだろうが。

しかし、森を吹き飛ばすほどのこの激しさだ。【炎】という単語を制御しているのも理由にあるだろうが、創作などでは決して発揮できない威力があるように思える。

ということは、読み解けていない部分の話だったのか――

セイランが腰を落とし、耳元で囁く。

（……アークス、魔力は残っているか？）

（……申し訳ありません。もうほとんど）

（……いや、致し方あるまい）

ならば、選択肢は一つか。

「殿下。ここはお逃げを」

「馬鹿を申すな。余はセイラン・クロセルロードなるぞ。雑兵如き相手に背は向けられぬ」

「しかし、あの魔導師は別格です。このままでは御身もろとも……」

「あれが得体の知れないものだとは余も存じておる。だが、余だけが退くわけにはいかぬのだ」

「左手の動かない俺は足手まといです」

「なればこそよ。臣下を守れずして何が新しき王統か」

「しかしっ」

「……これが愚かな選択だとは余とて重々承知している。それでも余は……」

自分たちとアリュアスの間に割り込むように、エイドウが立った。

「私を忘れてもらっては困るな」

「エイドウ、そなたは父上に」

「ここでお前を失えば、合わせる顔がない」

「そなたは……」

セイランが呻くような声を上げる中、アリュアスが嬲《なぶ》るように訊ねかけてくる。

「そろそろご相談の方はお済みになりましたか？」

「……っ」

「たわけが。貴様らの思い通りになると思うな」

セイランが身構え、身体の周りに稲妻をまとい始める。

これが全力の臨戦態勢なのか。魔力が渦を巻き、まるで嵐の直下にいるかのような錯覚さえ起こしてしまう。

一方で近衛たちも、今度こそ自分が盾となろうと動き始めた。

足止めにならずとも、敵の邪魔になりさえすれば、セイランが帝国兵を倒す余裕が生まれると踏んでのことだろう。詠唱時間さえ確保できれば、セイランに負けはないはず。

自身も体内に残ったありったけの【錬魔力】を右手に集めて、反抗の機会を待つ。

そうしてセイランが呟き始めた直後、アリュアスが手を挙げた。

それを振り下ろせば敵が動く――そんな予感が走ったときだった。

横合い――街道方面から、強烈な衝撃波が駆け抜けてくる。

「な――⁉」

「これはっ……」

一体なにが起こったのか。木々をねじ曲げるような爆圧めいた暴風に堪える中、街道を封鎖していた帝国兵の一人が、逼迫《ひっぱく》した絶叫を上げた。

「――っ、逃げろぉおおおおおおおおお‼」

まるで爆発したようなその怒号は、いかなる災禍を目撃してのことなのか。

直後、周囲の木々が炎上する。原野に火が放たれたかのような速度で炎が木々に伝わり、辺りの景色は盛り猛る炎に包まれた。

辺りは一瞬にして真っ赤に。

どこからか、火炎の攻性魔法が撃ち込まれたのか。

そう考えたのもつかの間、今度は街道に沿って、溶けたマグマのようにどろどろとした流体が流れてくる。その動きは、波打ち際で砂浜を浸食する白波さながら。空気に触れた表面が、黒く酸化してボロボロと剥がれている。

「あ、あ、あ……アカツ、ナミ」

それを見た帝国兵が、今度こそ絶望の声を挙げた。

人が抗うことの出来ない災害を目の当たりにしたためだろう。マグマが恐ろしい速度で押し寄せるあの光景は、たとえ非現実な映画を見たときでも、心臓を引き絞るほどの絶望感がある。それが本物であるのなら、言わずもがな。

そう、マグマのようなそれの正体は、どろどろに溶けた鉄だ。

赤熱し、赤い輪郭を見せ、目を焼くような熱と光を放つ、超高温の融解物。千二百度か、千五百度かは杳《よう》として知れぬが、肌を焼くような熱が、確かにビリビリと伝わってくる。

街道から流れてきた溶湯《ようとう》は波のように押し寄せて、帝国兵たちを呑み込み、すぐに真っ黒に冷えて固まった。鋳鉄の彫像から白煙が上がり、魔法の残り滓《かす》であるいびつな【魔法文字《アーツグリフ》】が、宙に舞い上がっては砕け散る。

「これは……」

「来てくれたか」

セイランが声に喜色を滲ませる中、アリュアスの声から余裕が消える。

「……っ、【天地開闢録《かいびゃく》】にあるという。【流々、流れ出づるアカツナミ。地より噴き出いで、形なすは大地の背骨、鉄甲山脈】――この世の天地《あめつち》を造ったという十の言象《げんしょう》の一つ、ですか……」

そう、紀言書は第一、【天地開闢録】には、天地創成の大事象が記されている。

【天からの光】

【冷たい炎】

【ヴァーハの大渦】

【瀝青《れきせい》の巨人レガイア】

十の言象と呼ばれるゆえまだあるが、アカツナミはそのうちの一つ、大陸を縦断するクロス山脈を形成したものと言われている。

そして、王国では上位三席に匹敵すると言われる国定魔導師の、その本領でもあった。

「――いや、助かったぜ。わざわざ居場所を教えてくれるとはよ」

街道の向こうから、そんな聞き覚えのある声が聞こえてくる。

声に釣られて、振り向いたその先。

流れる赤い河のその中心、冷えて黒くなった黒鉄の上に、見覚えのある姿が佇んでいた。

「あ……」

ふと漏れ出た吐息は、喜びと安心だったのか。

その魔導師は無造作に葉巻を突き出す。

すると、溶けた鉄が持ち上がって、その先端を焼いた。

煙を吸い込むとやがて、天に向かって大きく吐き出す。

それを見たセイランが、安堵したようにその名を零《こぼ》した。

しかして、冷えた黒鉄の舗装に軍靴を鳴らして現れたのは、王国にて【溶鉄】の異名を持つ魔導師、クレイブ・アーベントだった。

身体の周りに魔力を充溢させた筋肉質の偉丈夫。

いまは軍のコートを肩に引っかけ腕を組み、軍事行動中だというのにもかかわらず、火の付いた大振りの葉巻を咥えている。

ふいに溶湯の難を逃れた者が、鉄の床を渡って特攻を仕掛けてくる。しかし、クレイブは焦りもせず。おもむろに吸いさしの葉巻を口から離して、帝国兵に向かって弾き飛ばした。

「ぐあっ」

「甘ぇって」

クレイブは呆れたようにそう言って、ひるんだ帝国兵を裏拳で払いのけるように殴りつける。痛そうなど、そんな言葉は生ぬるい。文字通り、帝国兵は鉄の拳の前に砕け散ったのだから。

絶命した帝国兵の身体は、やがて横合いから押し寄せた溶湯の波にさらわれていった。

「伯父上……」

呼びかけると、クレイブはこちらを向いて一度頷き、すぐにセイランのもとに馳せて膝を突いた。

「【溶鉄】の魔導師、クレイブ・アーベント。陛下の命を受け、いまここに参上いたしました」

「【溶鉄】、よくぞ馳せ参じてくれた」

「殿下。あとのことはすべて私にお任せを」

「【溶鉄】の魔導師……」

「ああ。頼むぞ」

そんなやり取りを聞く中、ふいに身体が宙に浮く。

誰かに抱き起こされるような、そんな感覚。見上げれば、見慣れた顔が。

「アークスさま」

「ノア……」

身体を支えてくれたのは、ノアだった。

おそらくは援軍に来たクレイブを街道まで導いてくれたのだろう。

追って、クレイブの後ろから、彼の部下である魔導師たちが現れる。

彼らは温度を下げる魔法を唱えたあと、黒鉄の舗装を頼りにして周囲に展開。

アリュアスを囲むように動く者と、近衛の助けに入る者に分かれる。

そんな中、クレイブは辺りを睥睨《へいげい》。やがて、ここで何が起こっていたのかを察したらしく、ニィっと不敵な笑みを向けてきた。

「アークス！　よくやったぞ！　根性見せたじゃねぇか！」

「へへ……」

ノアに抱えられながらも、応えるように拳を突き上げる。

クレイブからかけられた言葉は、これまで聞いた褒め言葉の中で、一番嬉しいものだった。

「にしても――」

クレイブは視線を横に動かして、エイドウの方を見る。

「なんとも懐かしい顔がいやがる」

「まったくだ。まさかお前が来るとはな」

「で？　長いこと姿をくらませてたお前はこんなところで一体何してるんだ？」

「さあな。詳しいことは他の者に訊けばいい」

「そうだな。敵じゃねえってことだけわかりゃあそれでいいさ」

ふと、エイドウはクレイブに対し、懐かしむような視線を向ける。

「お前は変わったな」

「そうか？」

「昔はもっと陰気だった」

「余計なお世話だ。やさぐれてたときの話をするんじゃねえよ、まったくよ」

クレイブやエイドウが向き直った折、アリュアスが口を開く。

「……将軍閣下よりも、シンル・クロセルロード陛下の方が上手だったということでしょうか」

「当たり前だ。国王陛下が帝国なんぞにそうそう後れを取ると思うなよ？」

クレイブはそう言い返すと、アリュアスに向かって熱風のような武威を差し向ける。

さすがにこの状況では、アリュアスも危機感を抱かずにはいられなかったか。

「こうなっては仕方がありませんね。退きましょう」

「させるかよ」

「いえ、そうさせていただきます」

アリュアスはそう言うと【溶鉄】の波濤から逃れるように跳躍し、まだ無事な木の上へ。

追って溶湯の波が彼女のいた場所を浚《さら》い、クレイブは即座に溶湯を宙へと伸ばした。

クレイブの【鉄床海嘯】は変幻自在の魔法だ。一度使用すれば、魔力が尽きるか、使用者であるクレイブが魔力の供給を遮断するまで、溶けた鉄を自由自在に操ることができる。

冷やして鉄に固めることも、煮えたぎった溶湯に戻すことも、こうして中空に伸ばすこともできるという出鱈目《でたらめ》ぶりだ。

溶湯が迫る中、アリュアスが何事かを唱えると、彼女の前に魔法による防御が現れる。

複数になって伸びてきた溶湯の触手が、半透明の障壁にはじき返された。

「……ほう、なかなかやるじゃねぇか」

「この世の創世の一端を操るお方にお褒めいただき、光栄です」

「んで、それを防いで見せたお前は、もっとすげえって言いたいワケか？」

「まさか、それは深読みのし過ぎというもの。この程度では防いだと言えるほどでもないのでしょう？」

「……へっ」

クレイブは鼻で笑うと片目をつむり、すぐに右手を振り上げる。その動きに合わせて溶湯はさらに周囲に広がり、さながら瀑布の流れを逆にしたかのように、木々の背丈よりも高く伸び上がった。

味方ですら恐怖や絶望を抱かずにはいられないほどの光景。

極限の質量が襲いかかるその直前。

ふいにアリュアスの姿がおぼろげに変じる。

ゆらり、ゆらりと。

直後、殺到した溶湯がアリュアスに接触。しかし、溶湯は彼女を突き抜けて通り過ぎた。

「なに――？」

クレイブが怪訝な声を発する。それもそのはず、溶湯の直撃を受けたはずのアリュアスは、いまだ平然とその場に浮いていたからだ。確かに、直撃を被ったはずなのに。

しかし、まるで立体映像にでも当たったかのように、像はその場に残ったまま。一体どういう絡繰りなのか。魔法を使った様子もなかったようだが、果たして。

安全が確立されたからか、像だけのアリュアスは、落ち着いた様子で口を開く。

「……まさか、討伐軍にここまでやられるとは思っていませんでした。ポルク・ナダールという囮。バルグ・グルバ将軍。デュッセイア・ルバンカの奇襲。そして最後に、この私。戦力も策もすべて整っていた。にもかかわらず、そのことごとくが抑え込まれてしまうとは……」

「そんなものは王国を舐めていたがゆえのことよ」

「いえ、舐めていたはずはありません。であれば、あれほど周到に策を仕込むこともなかったでしょう」

ではなぜか。

誰かに訊くまでもない。

その答えが、至極簡単だからだ。

だから、

「そんなの当たり前だろ？」

そう口にする。

「……理由をお伺いしても？」

「お前らの向いている方向が、みんなバラバラだったからさ。いくら実力がある奴が集まっても、足並み揃わなきゃ実力を完全に発揮することなんてできやしない。てんでバラバラ好きなように動いたら、足の引っ張り合いになるのは当然だろ？」

「…………」

「確かにお前らは、みんながみんな勝利のために動いたんだろうよ。ポルク・ナダールも、奇襲に来た帝国の将も、なんだかよくわからないお前もな。だけどな、お互いがお互いを蔑《ないがし》ろにした時点で破綻するのは目に見えている。自分のことしか考えてない連中が、一つのことに団結した人間に勝てるわけないだろ？」

「これはしたり。その通りでしょう」

アリュアスはそう言うと、その語調を一転して神妙なものへと変えた。

「【第一種障壁陣改陣《ウォールアルター》】を破り、デュッセイア殿も打ち破った。その言い様では、今回の戦についてもよく見えていたのでしょう。つまり」

――ここで帝国が勝利するには、まずはあなたをどうにかするべきだったのですね。

そう口にしたアリュアスは、その姿をさらに薄れさせる。

「魔導師、アークス・レイセフト。先ほど私が言った言葉をどうか覚えておいてください。あなたの心変わりを、私たちは待っています」

「抜かせっての」

悪態めいたその返答に、アリュアスは笑みを返し、やがて煙のようにその場から消えてしまった。

再び現れる様子はない。

これで、ようやく終わったか。

直後、安堵と共に、上から暗闇が覆い被さって来る。

身体中が痛くて、限界だった。

「アークスさま⁉　お気を確かに！」

ノアが身体を揺らし。

「っ、アークス！　おい！　アークス！　しっかりしやがれ！」

クレイブの声が近づいてくる。

「アークス君！　っ、マズいな、早く治療の魔法を！」

次いで聞こえた声は、エイドウのものだ。

「アークス！　アークスぅうううううううう！」

意識が途切れる直前、最後に聞こえたのは、セイランの逼迫した絶叫だった。

佰連邦　バイリャンバン

大陸東部にある国家。ライノール王国からクロス山脈を挟んだ向こう側にあり、多数の民族で構成されている。衣装などから、中華風の文化を持っていると思われる。クロセルロード家の始祖もここから流れてきた。現在東側に勢力を伸ばしており、国土や人口などの規模は不明。

十の言象　じゅうのげんしょう

紀言書は第一【天地開闢録】に描かれる、天地を形作った巨大な現象のこと。「世界を生み出した言葉」とも呼ばれる。全部で十の現象が数えられており、これを操ることのできる魔導師は、確認されている時点で【溶鉄】クレイブ・アーベント、【水車】ローハイム・ラングラー、【城塞】ガスタークス・ロンディエルの三人である。

耀天剣　ようてんけん

クロセルロード家に代々伝わる宝剣。先代ライノール国王の時代に、ギリス帝国皇帝リヒャルティオに砦と共に奪われた。先代国王はこのとき片腕を失っている。これらを取り返すのが王家の悲願だが、いまだ達成されてはいない。

エピローグ　ゆめまくら

――ふと気が付くと、見知らぬ場所で、一人ぼうっと立ち尽くしていた。

「あれ……？」

目が覚めたばかりで、まだ頭の中は漠然としているものの、探るように周りに目を向ける。

立っていたのは、通路のような場所だ。

横幅は大人が二人横に並べれば上出来というほどに、窮屈で仕方がない。

陽の光は高い壁面に阻まれて遠く空にあり、薄暗がりの狭い路地、という言葉がぴったり合う。

木箱や紙箱が乱雑に重ねられ、隅にはゴミが溜まり、随分と埃にまみれている。

古ぼけた室外機に、シャッターの下ろされた窓。メンテナンス用のはしごは錆びてボロボロ。足下を見れば泥に汚れて真っ黒になった水溜まり。そこを剥き出しの配線が蛇のようにのたうっているという有様だ。

はて、ここは一体どこなのか。

確か、クレイブがアリュアスを追い払い、自分はノアに抱えられていたはずだ。

しかし、そこからの記憶はまったくなく、いま自分が置かれたこの状況とも繋がらない。

そこから、どこぞの路地に迷い込むなど、あり得ないことだ。

そもそも、舞台を彩る設置物からして趣が違う。

置かれているものは自分のいた世界の品ではなく、男の世界の品ばかり。

決してこの世にあるはずのないものだ。

考えてもわからないゆえ、その答えを求めて路地の先の光明に向かって歩き出す。

路地と通りの明暗の差のせいで眩しさを感じ、手のひらを額に添えてイタチの目陰を作る。

やがて目が明るさに慣れると、そこには、やはり見覚えのある光景が広がっていた。

コンクリートでできた高層建築物と、色とりどりの電灯。

自動車がエンジン音を響かせて道路を駆け抜け、向こうに見える高架橋の上には、電車が騒音をまき散らしながら走っている。

足下を見れば、タイル敷きの歩道や、アスファルトで埋められた車道がある。

間違いなく男の世界だ。

ということは、だ。自分は、またあの男になった夢を見ているのか。

そう考えて、通りにあったショーウィンドウのガラスに自分の姿を映してみると、そこに映っていたのはあの男ではなく、アークス・レイセフトの姿だった。

「これは、一体……」

これがあの夢ならば、自分はあの男になっているはずだ。

にもかかわらず、自分がここにこうしているのはどういうわけか。

それがまったくわからぬまま、漫然と歩道を進んでいると、やがて交差点に差し掛かる。

交差点には多くの人々が立っており、信号が青に変化するのを待っていた。

その顔は――ない。のっぺらぼうか、それとも影に隠れて見えないだけなのか。覗き込もうとするも杳《よう》として知れず。

やがて信号が青に変わると、顔のない人々がアスファルトに描かれた白線に沿って歩き始めた。

みな、一つの流れに向かって。サラリーマンも、主婦も、学生も、だれであろうと。川の流れに流されていくかのように。

戸惑っていると、どこか見覚えのある青白い灯火の揺らめきが見えた。

その青白い灯火は仄めき、人波の間をふわふわと漂っている。まるで昼間の街に墓場の人魂が迷い出てきたかのような、そんなちぐはぐさが感じられた。

なんとはなしに、そちらに足を向ける。まるで誘蛾灯に引かれる羽虫になったような気分だが、向かう当てもなし。誘われるように近づくと、青白い灯火を揺らす者の正体が判明した。

「こっちこっち」

そこにいたのは、死者の妖精ガウンだ。青いフードを被り、顔は影に隠れて判然とせず、にこにことした黄色い目だけが確認できる。

自分が持っているものと同種のランタンを片手に提げて、しきりに自分を手招きしていた。

この背景にあってあまりにファンタジー過ぎる風体に、まるで白昼夢でも見ている気分にさせられる。いや、これが今際《いまわ》の際の夢であるのかもしれないが。

「こっちこっち」

ガウンは手招きをしながら、ふらふらと人波に入り込んで行く。

それを追うように足を進めていると、やがて彼のもとへとたどり着いた。

「アークスくん、こんにちは」

「こんにちは。ガウンが来たってことは、ついにお迎えってことか。なんとも短い人生だったよ」

「何言ってるの？　まだアークスくんは死んでないよ」

「そうなのか？　こんな、状況じゃてっきりそうなのかと」

そう言うと、ガウンは呆れた様子で「ちがうよ」と言い、こちらの予想を否定する。

ともあれ死を否定されたということで、一つ不安要素が取り除かれた。

「トライブ、役に立ってる？」

「もちろん。あれから何度か助けてもらったよ……まだ何を考えてるかわからないけどさ」

「それは仕方ないよ。慣れるまでは時間がかかるから」

慣れるというよりは、まず認められる必要があると思うのだが、それはともかく。

「ところでここはどこなんだ？」

「こっちにおいで」

「いやおいでって、まずは説明をな」

「いいからいいから」

ガウンは相変わらずのマイペースぶりを発揮する。どこにいようと変わらないのはある意味安心する要素の一つだが、それはともかく。

胸にわだかまった戸惑いを晴らせぬままに、ガウンのあとを付いて行く。

雑踏を抜け、ビルの谷間を通り、高架橋の下をくぐって、どこか見覚えのある駅前へ。

やがて一軒の店にたどり着いた。

そこは、どこの街にもあるような小綺麗なカフェだ。

ガラス張りで店内がよく見えるタイプ。壁紙は白系で統一されて明るく清潔感が際立ち、椅子とテーブルは木製のもの。オープンテラスを持つ、小洒落た佇まい。

ふとテラスを覗くと、顔のない人々が座る席の中にたった一人だけ、はっきりとした容貌を持つ者がいた。

（え――？）

それは、一人の少女だった。

歳の頃は十代半ば。流れるような黒い髪を持ち、瞳は青玉をはめ込んだかのように青く輝いている。肌は新雪のように白く、唇は淡い桃色につやめき、まるで等身大の精巧な人形が座っているかのような錯覚さえ覚えてしまう。

なんとなくだが、彼女がスウに似ているような気がしたのは、気のせいだろうか。

服装は、白いハイネックのジャケットと黒のパンツ。どこか未来的な趣のある服装で統一されているが、気になるのは身体のいたるところにあしらわれた鎖だろう。

動けば擦れてじゃらじゃらと音がしそうなほど、いくつも服から垂れ下がっている。

傍から見れば縛られているようにも見えるが、鎖の縛めにも重みにも、囚われている様子はない。

「ぼくの仕事はここで終わり。じゃ、いってらっしゃい」

「いってらっしゃいって、あれは一体……」

ガウンは手を振りながら、その姿を薄れさせる。

まるで霞の中に消えてしまうように、その場からいなくなってしまった。

あまりに投げっぱなしな行動に、こちらは脱力を禁じ得ないが。

テラスの椅子に腰掛ける少女が、にっこりと微笑みかけて来る。

「どうぞ、こちらに」

少女の口が響かせたのは、穏やかな声だ。

一切の雑味が取り払われた声音は、透き通り過ぎて、逆に恐ろしさを覚えてしまうほど。

彼女に勧められるがままに店に入り、その対面、木製の椅子に腰掛けた。

「これはあんたの企てかい？」

「はい。その通りです。私がそのまま会いに行くよりも、面識のある者に案内してもらった方がいいと思いまして」

「気を遣ってもらった割には何が何だかわからないままだけどな」

「ふふふ」

こちらの苦言に対し、少女はしとやかな笑いを見せる。

「改めまして、私はチェインと申します。どうぞお見知りおきを、アークス・レイセフト」

「チェイン？」

「はい」

——チェイン。

その名前は、あちらの世界では知らない者がいないほど有名なものだ。

それは、紀言書は第二、【精霊年代】に登場する双子の精霊の片割れで、まだ世界が混沌のただ中にあった時代に、姉であるウェッジと共に、世に安らぎと平穏をもたらすべく、世界中を旅して回ったという超常的な存在である。

旅の途中、ときには怪物を倒し、ときには災害を鎮め、人々を導いてきたという。

そのため、絵本やおとぎ話には必ずといっていいほど登場し、彼女たちへの信仰もまた篤い。

「まさか俺の夢にそんなすごいのが出てくるとはなぁ」

「確かにこれは夢ですが、単純に夢だけというわけではありません」

「じゃあこれは一体？」

「そうですね。夢の体裁を取った思念の共有……とでも言えばいいでしょうか。ここはあなた方人間が見るような、模糊で曖昧としたものではなく、普遍的な心象空間というものです」

「なんか言い様が急にＳＦっぽくなったなぁ」

「それでもあなたにならわかることでしょう。彼の記憶と経験を得た、あなたなら」

「彼……？　——⁉」

ふいに横を向いた夢の登場人物に釣られて、首を動かす。

そこにあったのは、陽の当たるテラス席に設《しつら》えられた木製の丸テーブルと椅子二つ。

そして、確かに見覚えのある男の姿があった。

あれは、あの男だ。あの世界で生き、道半ばで夭折《ようせつ》した一人の青年。頭脳明晰で、運動神経も抜群。読書だけでなく、武道にも通じているという、まさに天から二物も三物も与えられた英才だ。

誰からも、その活躍を期待されていたが、それにもかかわらず、あっけなくその命を落としてしまった。

いまは恋人と二人、たわいもない話で盛り上がり、穏やかな笑顔を見せている。

まさに幸せの絶頂。そんな言葉がよく似合う。

これは、婚約直後の一幕だろう。

聞こえてくる声は、希望と幸福で満ちている。だが、それを聞く方は心穏やかではいられない。

「式場はどうしよう」「人はどれだけ呼ぼうか」その弾むような声の数々に、堪らないほどの悲しさを覚えてしまうのは、その結末の一端を知っているからだろう。

そんな思いを抱く中、突然二人の顔に影が落ちる。まるで切り絵の本の登場人物のようにその表情は見えなくなり、やがて雑踏を歩く人々と同じようになってしまった。

チェインから、そっとハンカチが差し出される。

そうされてやっと、自分が涙を流していることに気が付いた。

「――津ヶ谷《つがや》さん。あのあと、どうなったかな？」

「あなたがそれを知る必要はないでしょう。ただ、悲しみが深くなるだけです」

「…………そうか、そうかもな」

そう、確かにそうなのかもしれない。彼女が悲嘆に暮れていると聞けば、やはり申し訳ない気持ちになるだろうし、逆に新しい恋人を見つけたとしても、それはそれで悲しくもなるのだろう。

自分は彼ではない。彼ではないけれども、彼であったことがある。悲しみに心が寄り添う理由は、きっとそれだけで十分なのかもしれない。

気分が落ち着いたあと、核心に迫る。

「さっきチェインって名乗ったけど、やっぱり、あの？」

「ええ。あなたが考えている通り、私はあのチェインです」

やはり彼女は、双精霊の片割れ、くさりの精霊チェインらしい。

まさか本当に、こうして目の前に出てくるとは夢にも思わなかったが。

「そうなると、あー、やっぱり言葉遣いとかきちんとした方がよろしかったりします？」

「いえ、このままで結構ですよ。その方があなたもお話ししやすいと思いますし」

「えっと……じゃあ、大変恐縮ですけど」

「はい」

そう言って、にこやかに微笑みかけてくるチェイン。そんな彼女の顔を見て、少しだけ面映《おもはゆ》ゆくなり、誤魔化しの咳払い一つ。

すぐに、質問に移る。

「ええと……要するにこれは、現実に話をしているのと同じなんだよな？」

「はい。そうです。あ、あちらの世界でもお話しすることはできるんですけどね。いまはちょっと遠くにいて会いに行けないので、こうして夢の中でという形を取らせていただいています」

つまり、彼女は現実に存在しているということか。

男の世界では、神や精霊は物語の中にしか登場しない存在だが、あの世界ではそういったことも当たり前なのだ。自分もこの世界の人間であるにもかかわらず、さすがファンタジーなどと思ってしまうのは……男の世界に毒されすぎているためか。

「一体なんで、こんなことを？」

「あなたに一つ、お願いしたいことがあるのです」

「俺にお願い……」

「はい。これより先、【クラキの予言書】に描かれたいくつかの事柄が現実のものとなります。あなたには、それを食い止めて欲しいのです」

「へ？　は？」

「私の用件はこれだけです」

チェインはそう言って、話を締めてしまおうとする。

しかし、話の内容があまりに突然すぎた。

「い、いや……いやいやいや！　ちょっと待ってくれ！」

「焦る必要はありませんよ？　これはまだ先の話ですから、時間には余裕があります」

「そういうことじゃなくてだな！」

「ちゃんとわかっていますよ。突拍子もなさ過ぎて、話をきちんと呑み込めていない、ということですね」

「わかってるならさ……」

一方で、チェインは「ふふふ」としとやかに笑っている。

この精霊さま、意外といたずら好きなのか。

「すみません。ですがあなたにそうしていただかないと、私たちも困るのです」

「言いたいことはわかったけど、まず、なんで俺なんだ？　他にも適している人間はいるだろ？　むしろ俺じゃない方がいいまであるぞ？」

「いいえ、アークス・レイセフト、あなただから頼んでいるのです」

チェインは、自信を持ってそう言う。その根拠の出所は一体どこにあるのか。

まったくもってわからない……というわけではないが。

「……それは、これが関係しているからか？」

そう言って、周囲を見回す。理由があるとすれば、これしかない。男の人生を追体験したときの記憶、つまり男の世界の知識があるから自分を選んだ、ということだ。

訊ねるように視線を向けると、チェインは「それも、理由の一つではありますね」とだけ口にして、あとはなにも語らず。

追及しても答えてくれなそうなことを悟り、話の路線をもとに戻す。

「予言の結果を変えてくれってことだけど、それはできることなのか？」

「出来ないことではありません。【クラキの予言書】の記述はいわば指標、目安のようなものです。

これは悠久に繰り返されるべきものであり、結果はその都度変わります。当然これまでも、努力によって変わったことがいくつもあります」

らしい。精霊が不可能ではないというなら、できることなのだろう。

「どうです？」

「……そりゃあやれと言われれば、やらないわけにいかないだろ」

精霊から直接そんなことを言われたのだ。自身も信心深いわけではないが、この世界を生きる者の一人として、知らぬ存ぜぬなどできはしない。

だが――

「俺にはやるべきことがあるんだが」

「その合間でよろしいですよ」

「無茶苦茶言うなぁ……」

合間でどうにかできる事柄ならばいいが、こうして精霊が動いている以上、まず些細なことでないのは想像するに難くない。

「肝心のその中身については？」

「それは私が語るべきことではありません」

「語るべきことではないって……教えてもらわなきゃ、何をどうすればいいのかわからないだろ？【世紀末の魔王】とやらが復活するのか、馬鹿でかい怪物でも出てくるのか、それとも【精霊年代】に出てくる、人間の手には負えない頭のおかしな存在が出てくるのか」

食い止めなければならない……という話でまず想像が及ぶのは、大きな厄災や災害だ。

中でも最もそれらしいものは、第六紀言書【世紀末の魔王】にある、四つの魔王の存在だろう。

【魔導師たちの挽歌】の後年、現代との狭間の時代に、世界を滅ぼそうとした強大な力を持つ怪物たちだ。

もしこれらの復活があるのならば、当然【クラキの予言書】にも記述があるはずである。

あとは、呪詛《スソ》から生まれる魔物もそう。

当時はいたるところで魔法の技術が使われており、そのせいで多くの呪詛《スソ》が生み出されたのだが、【魔導師たちの挽歌】の時代に、魔法文明を一掃した直接の要因がこれだと言われている。

結果、世界各地で魔物嵐が発生し、スソノカミと呼ばれる存在が出現した。

魔物やスソノカミは急速に増え続け、人々の生活圏を圧迫。やがて魔王の出現に至るまで、多くのものが失われたという。

しかも【精霊年代】で語られる怪物たちは、これらのものとはまた別だ。

海を飲み干すと語られる巨大な魔。

気に入った人間を結晶に閉じ込めるという水晶の女王。

悪魔が造り出したという心のないブリキの兵隊たち。

見た者を黒鉄に変える、大きな一つ目の怪物。

宿り木の騎士フロームと幾度も戦いを繰り広げた首なしの騎士。

こうなるともうすでに人の手には負えない領域のものになる。

その辺りを詳しく教えて欲しかったのだが、しかし精霊さまはにべもない。

「それは、ご自分で読み解いて、ご自分で判断し、止めていただいて欲しいとしか」

「手伝ってはくれないのか？」

「精霊が主立って困難を解決しなければならない時代は、すでに終わったのです」

「うーん……」

それを無責任……とは言うまい。彼女は自分が生まれるずっと前から、この世界を守ってきた存在なのだ。すでに役割を終えたというのなら、感謝こそすれ、文句を言うなどおこがましい限りである。

にしても、

「なんかやたらと厳しいなぁ」

そんな言葉が口をついて出る。

教えられない。

手伝えない。

自分のことだけですでにいっぱいいっぱいな自分に頼むには、随分と難易度が高くはないだろうか。

チェインはそんな内心を、読み取ってくれたのか。

「そうですね。では、一つだけあなたに、いいことを教えてあげましょう」

「それは？」

「エメラルドを探しなさい」

「エメラルドを？」

「そうです。それを見つけたとき、また一つ、あなたの道が開けるでしょう」

「は、はあ……？」

そうは言うが、どうにもピンとこない。エメラルドを見つけると道が開けるとは一体どういうことなのか。宝石一つ手に入れることなど、あの世界の文明レベルではそう難しいものでもないはずだし、そもそもエメラルドが一体どんな働きをして自分の道を切り開いてくれるのか。これがわからない。

「大丈夫です。それを手に入れれば、きっとわかるでしょう」

「それも詳しくは教えられないって？」

そう訊ねると、チェインはまたにこやかに頷く。

「用件はそれだけです。アークス・レイセフト、どうかよろしくお願いします」

「まあ、やれと言われれば、なるべく努力はするとしか」

「いまはそれで十分です。では――」

チェインがそんなことを言った直後だった。

「う……ん」

突然、眠気のようなものが襲ってくる。夢の中にいるのにもかかわらず眠気とはこれ如何にだが。

ならば、これは覚醒の予兆なのか。

しかして意識が落ちるその間際、耳に届いたのは。

「――導士アークス・レイセフト。願わくばあなたに、良い出会いと結びつきがあらんことを」

そんな、くさりの精霊が口にするに相応しい言祝《ことほ》ぎだった。

天雷

ライノール王国国王シンル・クロセルロードがライと呼ばれていた時期に使った魔法。天候制御系攻性魔法。空から雷を落とす呪文で、短いながら強い威力を発揮する。呪文は《裂けよ。砕けよ。天蓋より鳴り響く暴雨の先触れ。天地の理を具現し、その精妙なる理を以て、轟（とどろき）と共に降り落ちよ》。

落雷牙

ルォレイヤ

セイランがナダール軍に対して行使した魔法。天候制御系攻性魔法。シンプルに空から雷を落とす魔法で、シンル・クロセルロードが使ったものと効果は同じだが、それよりも見た目が大掛かりで、呪文が少し長いという特徴を持つ。呪文は《降り落ちる槍。殺意の閃光。眩き黄金。愚かなる者は地を這いつくばりては塗炭にまみれ、金色の槍が前にその身を捧ぐ。律せよ。滅せよ。天より下されし絶叫よ》。

磁気揚羽

マグネティックフォース

アークスがナダール軍に対して使用した魔法。磁力操作系助性魔法。任意の場所に強力な磁場を発生させる魔法。主に金属を吸い寄せるために使用する。磁場の形を蝶に見立てたもので、黒い蝶の群れが集まって巨大な黒いアゲハ蝶へと変わり、それが磁場に変わる。渦の中心のようにも見える磁力線の動きはあたかも、巨大なクロアゲハが羽ばたいているかのよう。効果も強く、鎧を着た人間ごと空中に引っ張り上げることができるほど。呪文は《漆黒の羽は夜にも輝く。汝の蜜は黒鉄（くろがね）で、汝の敵も黒鉄だ。その羽ばたきは音もなく、鉄砂（てっさ）を散らして空へ空へと舞い上がる。菜の葉飽いた。桜はいらぬ。金物寄越せ。鉄を食わせろ。鉄呼ぶ汝は金物喰らいの揚羽蝶》。

第一種障壁陣改陣　ウォールアルター

帝国軍魔導師部隊が使用した魔法。改良型儀式防性魔法。多人数で一斉に呪文を詠唱して行使する儀式タイプの防性魔法で、術者たちの前に強固な障壁を構築する。ハニカム構造の形態を取っているためか、必要となる魔力の少なさに反して防御は頑健。

輪転する魔導連弾　スピニングバレル

アークスがクレイブの領地の山野で使用した魔法。武器連想系攻性魔法。銃弾に見立てた無数の黒い飛礫を絶え間なく射出する。強力な魔法だが、もともとイメージしていたガトリングガンと違って弾丸が大きく、射出した弾が目視できる速度であるため、かなりイメージと異なっている。そのうえ、砲身に見立てた腕には強い負荷がかかるため、連続して使用できる時間は十秒から二十秒と少ない。それでも、貫通力、殲滅力は他の魔法の追随を許さない。その威力は帝国軍魔導師部隊が使用した新型の防性魔法を容易く貫徹するほど。呪文は《絶えず吐き出す魔。穿ち貫く紋様。黒く瞬く無患子（むくろじ）。驟雨（しゅうう）ののち、後に残るは赤い海。回るは天則、走るも天則。余熱（ほとぼり）は冷めず。狙いの星もいまだ知らず。喊声（かんせい）を遮る音はただひたすらに耳朶を打つ。猖獗（しょうけつ）なるはのべつまくなし》。

乱立する身代わり氷　アイシーダメージトークン

ノアがナダール軍に対して使用した魔法。氷像設置型外傷転嫁防性魔法。術者を模した氷の人形を作り出し、自分の受けたダメージをすべて人形に押し付ける呪文。ダメージを受けるたびに氷像が砕け、原形をとどめないほどになると効果をなさなくなる。斬られたり殴られたりしているのに、本人には一切ダメージが入っていないため、傍から見ると不思議な光景に見える。呪文は《私の氷像。綺麗な表情。見分けは付かず、見極め付かず。大怪盗も青ざめる華麗な小細工。この痛みをあなたにあげよう。血の代わりに水を流し、砕ける肉は氷となり、零す命は溶け消える。ならばその脆く冷たき身体をもって、私の傷を引き受けよ》。

天威光

ザラッハーオウル

アークスがバイル・エルンに対して使用した魔法。幻想科学融合式外性神話攻性魔法。以前王都に出現したスソノカミを倒すために使用した【無限光(アイン・ソフ・オウル)】をかなり弱めたもの。魔力消費も少なく、もとの魔法よりも威力は大幅に低下したものの、人間一人倒すには十分な威力を持つ。手のひらからレーザービームを放つため、見た目はとてもかっこいい。呪文は《途絶えぬ光。輝く標。そして煌めきと死。回り回れ螺旋の如く。ゆらり揺られてゆらぎ揺蕩(たゆた)え。殺意の光よ、天からの滅びよ。混沌なりし円より出でて我が手に満ちよ。天地開闢に記されし、言理の呪法よわが手に宿れ》。

凍える風

ノアがバルグ・グルバの足止めのために使用した魔法。進行妨害系系助性魔法。相手の動きを抑制する氷風を発生させる。呪文は《雪山の魔性。朽ちた庭園。冬ざれの野。足を止めるために地を覆え、凍えの風よ吹きすさべ》。

水車操者

ヴァーハ・レイ・ディーネー

ローハイム・ラングラーが傭兵たちに対して使った魔法。この世界を造り上げたという十の言象の一つ『ヴァーハの大渦』を再現したもので、地面の上に巨大な大渦を横向きに発生させる。対象は、さながら巨大なモーニンググローリーを横から見ているかのように見える。大多数を相手に使うもので、中規模な街程度なら跡形もなく消し去れるほどの破格の威力を持つ。呪文は《回れ回れ、水車よ回れ。ヴァーハの大海のいと深き水底より、始原の混沌を掻き混ぜる蒼き螺旋よ舞い降りよ。寄せては集まる者どもには、永久(とわ)の巡りのただ中を。満ちては消えゆく者どもには、久遠に終わらぬ響きの中で。寄せて平らげ圧して帰す。割れて砕けて裂けて散る。天地開闢に記されし、言理の極致をいまここに……》。

あとがき

皆さまお久しぶりです。著者の樋辻臥命です。

『失格から始める成り上がり魔導師道！』第四巻をお手に取っていただきありがとうございます。

本作もついに四巻となりました！　コミカライズ第一巻も発売されて嬉しい限りです！

文字数などを合わせると文庫換算でおよそ5～6巻分というところでしょうか。大判は結構な文字数ページ数を収録できるのでボリュームが物凄いことになります。今後も紙の本を購入してくださる読者の皆様の本棚をこれでもかと圧迫しまくってやりたいと思っています。ごめんなさい。

今巻は前巻の続きでして、西へと旅立ったアークスくんたちがまさか戦争に巻き込まれてしまうというお話となっております。巻き込まれると言いますか、この場合参戦するというのが正確でしょうか。アークスくんの意志ではないので微妙なところではありますが、これでやっと副題の『ときどき戦記』が回収できたかと思います。

物凄い作戦や戦略がポンポン出てくるわけではないけれど、軍議になれば男が生前に読んだ書物の知識が役に立ち、戦争では少ない魔力を節約しつつ、新魔法をバカスカ撃って敵をなぎ倒す大活躍をするアークスくん。作者も書いてて「これのどこが失格なんだよ……」と自分で自分に突っ込みを入れてるくらい活躍させちゃったかと思います。

もちろん二人の従者の活躍も見どころです。ノアのあの魔法は必見ですね（笑）。

そして今作のキーパーソンは、謎の人物である王太子セイランでしょう。彼？　彼女？　はどうしてアークスをあれほど気に掛けるのか。そもそもどうしてアークスのことを知っているのか。セイランとアークスの絡みも見どころの一つとなっております。

精霊チェインとの出会いもありますね。彼女からお願いされた無理難題？　のために、今後アークスくんは成り上がりに関係しないことでも苦労ばかりする羽目になりそうです。というかなります。アークスくんのこれからに幸あらんことを祈らずにはいられません。

そして書籍版のみの登場となるエイドウ。アークスたちと敵対する彼の運命やいかに。

あと、コミカライズ一巻が発売されていますので、それもよろしくお願いします！

では最後になりますが、謝辞と致しまして、ＧＣノベルズ様、挿絵およびコミカライズを担当するふしみさいか様、担当編集のＫ様、コミカライズ担当編集のＨ様、校正会社鴎来堂様、応援していただいている読者の皆様、本当にありがとうございます。

実の両親から出来損ない扱いされる日々
お前を廃嫡《はいちゃく》する
悲観するのはもうやめた――
私にも魔法を教えてくれないかな
というか教えっこ！教えっこしよう！
原作小説イラストレーターふしみさいかが描く
王道ファンタジー！
毎月30日発売
https://comicride.jp/
コミックライドにて好評連載中！

RideComics
僕は——
僕だけの魔法で
成り上がるッ!!
失格から始める成り上がり魔導師道!
Start up from disqualification. The rising of the sorcerer-road.
ふしみさいか
Comic by Fushimi Saika
原作／樋辻臥命
Original by Hitsuji Gamei
コミックス第一巻
好評発売中!!
ライドコミックス
B6判

次巻予告

アークス、家を買う。

当初の予定とは大きく変わったものの、
王国西部への旅を終え王都へと帰還したアークス。

王都でアークスを待っていたのは、
セイランの父である国王、
シンル・クロセルロードへの謁見と、
ナダール伯討伐戦の論功式典であった。
突然訪れた初陣は、一体彼に何をもたらすのか？

さらにアークスは、
以前より探していた念願の「自分の家」を手に入れる。
そんな彼の前にコックとして現れたのは
意外な人物で――？

失格から始める成り上がり魔導師道！ 5
Start up from disqualification. The rising of the sorcerer-road.
～呪文開発ときどき戦記～

2021年初冬 発売予定！

GC NOVELS

失格《しっかく》から始《はじ》める 成《な》り上《あ》がり魔導師道《まどうしどう》!
～呪文開発《じゅもんかいはつ》ときどき戦記《せんき》～
4

2021年6月6日　初版発行

著　者　樋辻臥命《ひつじがめい》

イラスト　ふしみさいか

発行人　子安喜美子

編　集　川口祐清

編集補助　和田悠利

装　丁　横尾清隆

印刷所　株式会社平河工業社

発　行　株式会社マイクロマガジン社
〒104-0041　東京都中央区新富1-3-7　ヨドコウビル
[販売部] TEL 03-3206-1641／FAX 03-3551-1208
[編集部] TEL 03-3551-9563／FAX 03-3297-0180
https://micromagazine.co.jp/

ISBN978-4-86716-149-4　C0093

本書は小説投稿サイト「小説家になろう」(https://syosetu.com/)に掲載されていたものを、
加筆の上書籍化したものです。

乙女ゲー世界はモブに厳しい世界です
08
三嶋与夢
イラスト／孟達
お前が
俺のペットになれ！
6月30日発売
B6判／定価:1,320円（本体1,200円＋税10%）

せっかくチートを貰って異世界に転移したんだから、好きなように生きてみたい
ムンムン
イラスト／水龍敬
⑧
王国に広まる
陰謀の影――
さぁあなたも
今すぐ、制服、征服！
6月30日発売
B6判／定価:1,320円
（本体1,200円＋税10%）

異世界転移したら愛犬が最強になりました
シルバーフェンリルと俺が異世界暮らしを始めたら
My beloved dog is the strongest in another world.
龍央
イラスト／りりんら
2
元サラリーマン、
異世界で剣の修業開始!?
6月30日発売
B6判／定価:1,320円
（本体1,200円＋税10%）